ファズイーター
組織犯罪対策課 八神瑛子

深町秋生

幻冬舎文庫

ファズイーター
組織犯罪対策課　八神瑛子

1

八神瑛子（やがみえいこ）はモニターを睨んだ。

台湾料理店『台北菜館』の厨房が映っている。換気扇は黒く汚れ、壁も油にまみれている。清潔とは言いがたいが、ひっきりなしにオーダーはある。とうに夕飯時を過ぎているにもかかわらず、東南アジア系の痩せたコックが、一心不乱に中華鍋を振るっている。コックは汗まみれで、中華鍋に汗が滴り落ちそうだ。

店を仕切っているのは、日本人の中年男性だ。出前用のプラスチック容器に魯肉飯（ルーローハン）や炒めたビーフンを盛りつけている。

『台北菜館』は秋葉原（あきはばら）の住宅街にあった。電気街の北に位置し、高層マンションやオフィスビルが並ぶ。人気（ひとけ）の少ない静かな一角で、夜ともなれば地元住民や残業を終えたサラリーマンしか見かけなくなる。

秋葉原の繁華街は万世橋署の管轄だが、住宅街は上野署の縄張りだ。巨大マーケットのアメ横や飲食街の仲町通りのような犯罪、揉め事が起きやすい盛り場とは違う。

瑛子はマイクを通じて、〝撮影者〟に指示を出した。

「客席のほうを向いて」

〝撮影者〟が指示通りに動いた。彼の胸にはボタン式の超小型カメラが取りつけられている。カメラが厨房から離れて、テーブル席のほうを映し出した。壁に備えつけられた小型のテレビには騒々しいバラエティ番組が流れているが、客はいない。

四人掛けのテーブルがふたつと、カウンターに椅子が三つあるのみの小さな店だ。来客を拒むかのように、テーブルの灰皿は吸い殻で汚れ、チューハイや発泡酒の空き缶が残されている。

「誰もいませんね」

井沢が横で呟いた。

肩まで伸ばした髪は、瑛子よりも長い。見た目こそホストのような優男だが、瑛子と同じく上野署組対課の一員であり、柔道の猛者でもあった。

改めてモニターに目を凝らした。入る注文のほとんどは出前で、店を訪れるのはもっぱら飲食宅配代行サービスの配達員だ。

店には出前用の店員がふたりいて、原付バイクでフル稼働していたが、それでも追いつかないらしく、フリーランスの配達員も利用している。ロゴの入った四角いバッグを背負い、自転車やバイクで店に来ては、料理を客のもとへと運んでいる。

〝撮影者〟の大木（おおき）もそんな配達員のひとりだ。ふだんは会計事務所の事務員をしており、副収入の獲得と運動不足の解消のため、クロスバイクを走らせて、秋葉原を中心に料理を運んでいた。『台北菜館』でも何度か請け負っていて、店の人間とは顔なじみだ。

大木自身はこの店の料理をほとんど食べたことがない。油がやたらとしつこいうえに味が濃すぎるのにもかかわらず、なぜ人気なのかを一度も考えずに運んでいたという。ランチタイムや夕食時ではなく、むしろ夜が遅くなってから忙しくなるのにも、さして疑問を抱いたりはしなかった。

瑛子は大木に命じた。

「それとなく、厨房の奥まで行って」

そこにはスタッフルームがあった。人ひとりが座れる程度の小さなスペースだ。

大木はなかなか動かない。彼はこの店がただの台湾料理店でないのを知っている。恐怖で足がすくんでいるようだ。

「我々はそっちに十秒もあれば駆けつけられるから、あなたの身の安全は責任持って確保する。このトラブルときれいさっぱり決別できるチャンスよ」

瑛子が鼓舞すると、大木は意を決したように歩を進めた。

瑛子たちが、配達中の大木に職務質問したのは五日前の夜中だ。やはり、『台北菜館』の料理を運んでいる最中で、彼は「料理が冷めちまうだろう」「客の信用を失ったら責任取れるのか」と、喰ってかかってきた。

フードデリバリーは確かに時間との勝負だ。立ちはだかる警察官は邪魔者に見えただろう。おまけに瑛子はバッグのなかを検めるだけでなく、料理が入ったプラスチック容器まで開けだしたのだ。大木は警察官の横暴を動画に収めようと、携帯端末のレンズを向けてきた。

――警察だからってなにをしてもいいと思ってるんですか！　あんたのやってることネットに流してやる！

『台北菜館』では客へのサービスとして、大根のスープを一緒につけている。

大木の抗議を一切無視して、瑛子がピンセットでスープの入ったカップから異物をつまみ上げると、彼はクロスバイクから転げ落ちそうになるほど狼狽した。異物の正体は白い粉が入ったパケだったからだ。

瑛子は大木を逮捕せずに解放した。パケを元の容器に戻し、配達を続けるよう促した。末端の運び屋を捕まえても意味はなく、上の密売人に動きを察知されて逃げられるだけだ。さしてうまくもない台湾料理店に注文が絶えないのは、魔法の粉がついてくるからだった。

大木は配達後の取り調べで、自分が覚せい剤を運ばされているとは知らなかったと主張した。自分の人生を思いがけぬ形で狂わされ、前科者として生きていくなど耐えられないと嘆いた。瑛子は協力者となるよう取引を持ちかけた。

もっとも、半月の内偵によって、店の手口はある程度把握できていた。『台北菜館』は開店してから三ヶ月にも満たない。グルメサイトでもほとんど注目されていない。以前は小料理屋や博多ラーメン屋が入っていたが、どちらも一年も経たないうちに店を畳んでいる。

瑛子が店の繁盛ぶりを怪しみ、情報収集に勤しんだ結果、出前料理を看板に掲げた覚せい剤の密売拠点であることが判明した。かなり大胆な手口で売り捌いている。

相場の七割。クスリ好きの間で噂が広がり、配達係の店員だけでは需要に応えきれなくなった。ツケ払いの常連客に対しては、大木のような事情を知らない配達員に運ばせていたのだ。

これほど派手に売り捌けば、当然ながら目をつけられる。長くここに留まる気はないのだろう。危うくなったら店を畳んで、また別の場所で商売を始めるのだ。

モニターにスタッフルームが映った。三十代くらいの男が事務椅子に腰かけていた。大木に背を向けて、デスクでなにか作業をしている。真夏の厨房の傍にいるにもかかわらず、長袖の白いシャツにジーンズという姿だ。

おそらく、この密売拠点の元締めだ。デスクには、輪ゴムでまとめられた札束が見える。この男が約二十分前に『台北菜館』に入るのを、三十メートル離れたマンションの一室にいる瑛子らが視認していた。男は入店するさい、ベースボールキャップを目深にかぶり、鼻まで隠れる使い捨てマスクをつけていた。人相までは確かめられずにいた。

マンションを借り、二十四時間体制で店の監視を開始してから一週間が経つ。元締めらしき男が現れたことで、マンション内に熱気が充満しつつあった。狭い１Ｋの部屋にごつい刑事たちが五人もひしめいている。暑さに慣れている瑛子も、何度かタオルで汗を拭いながら張り込みを続けていた。

組対課のベテランである宇野がモニターを指さした。

「瑛子ちゃん、こいつの後ろ頭」

「ええ」

男はベースボールキャップを脱いでいた。

頭髪を短く刈った後頭部には、ひどく目立つ傷跡があった。鈍器で殴られたような、五百円玉ほどの大きさの禿げがある。

「背中を見て」

瑛子はモニターを指で突いた。電子機器の進歩は目覚ましい。カメラが超小型とはいえ、男の汗染みまで捉えていた。長袖のシャツが汗でぴったりと貼りつき、紺色の和彫りがびっしり入った背中まで透けて見える。

井沢がうなった。

「こいつは……」

「千波組系斐心組の清谷ね」

組対課員の間でざわめきが起きた。

千波組は上野を中心に、東京東部を縄張りとする老舗団体だ。関東の広域指定暴力団の印旛会のなかで大きな影響力を持っていた。

宇野がうんざりしたように頭を掻いた。

「千波組がイカれちまったって噂は本当のようだな」

瑛子もうなずくしかなかった。

千波組は組長の有嶋章吾の意向もあり、覚せい剤に触れるのは禁止だった。組員自身が打つのはもちろん、売買に関わるのも禁じていた。

それが四ヶ月前の事件を契機に大きく変わった。今では一転して覚せい剤やコカインを大々的に扱い、警視庁だけでなく、上部団体の印旛会をも挑発するかのように、荒稼ぎの道をひたすら突っ走っている。

かつて有嶋は斯界きっての寝業師と言われ、老獪な政治家のように動いては、極道社会の荒波を乗り切ってきた。有嶋は企業舎弟を通じて政権与党の大物議員に多額の献金をし、あの手この手で捜査を妨害してきた実績もある。

縄張り内の警察署とチャンネルを持ち、裏ＤＶＤ店や違法エステ店を定期的に摘発させ、警察官たちのメンツにも気を遣った。極道をコケにするはねっ返りの半グレや不良外国人の悪行を摑めば、警察に追い払わせて、自分たちの手を汚さずに縄張りの維持を図る。癒着や根回しを好む策士だ。

瑛子とも直接顔を合わせていて、彼から機密情報を得るために協力関係を築いたときすらあった。千波組の出世頭と言われた斐心組組長の甲斐道明が地元警察とのパイプ役にあたり、瑛子とは情報をやり取りする仲だった。政治家や役人を巧みにたらしこむことで、厳冬の時代においても組織を拡張させてきたのだ。

その千波組で四ヶ月前、苛烈な内部抗争が発生した。上部団体の印旛会の親分衆が、有嶋が病気療養中で組織の舵取りができずにいるのに乗じ、千波組の人事に介入したのだ。

甲斐がビジネスの手腕に長け、金儲けがひときわ巧みであるのに目をつけ、彼の意思にかかわらず、千波組の跡目を強引に継がせようと画策した。

その企みを有嶋が知り、対抗策を打ち出したことで予期せぬトラブルが発生した。結果、甲斐は凶刃に斃(たお)れ、若頭の数佐周作(かずさしゅうさく)も殺人などの容疑で逮捕された。千波組の人事をめぐる争いにより、中国人マフィアなども巻き込んで、死傷者数十名を出す大事件となった。

有嶋は事件前まで、印旛会の総本部長という要職に就いていた。印旛会執行部から事件を起こした責任を追及され、総本部長の任を解かれて印旛会会長の舎弟分となった。つまり、極道としては〝上がり〟を意味しており、引退をほのめかされたことを意味した。会社組織に喩(たと)えるなら、常務取締役から相談役へと退かされたようなものだ。

だが、有嶋は肝硬変の進行を食い止め、現在も千波組組長の座を譲らず、シノギに精を出しているという。これまでの老獪なスタイルをかなぐり捨て、今では飢えた愚連隊のごとく、あからさまに非合法なビジネスに手を染めている。

その噂を裏づけるように、下部組織の斐心組の構成員が薬物売買をしていた。死んだ甲斐もかつての親分と同じく、覚せい剤をひどく嫌っていたというのに。

あの世にいる甲斐が今の千波組の状態を見たとしたら、果たしてなんと思うだろうか。瑛子に抱きかかえられながら息絶えた彼の姿を思い出す。

モニターの清谷らしき男が後ろを振り返った。ヤクザらしい剣呑(けんのん)な目つきで、店内を盗撮している大木を胡散臭(うさんくさ)そうに見やった。大木は焦ったのか、慌てて身体(からだ)を厨房に向ける。

モニターから清谷の姿が消えはしたものの、はっきりとツラを見せてくれたおかげで、本人と断定できた。無精ヒゲを伸ばし、腹回りに脂肪をでっぷりとつけるなど、以前と大きく姿は変わっていたが。

厨房で働いている店長にしろ、東南アジア系のコックにしろ、準構成員や共生者に過ぎず、斐心組にとってはただの逮捕要員だ。店長の田端（たばた）は前科九犯の懲役太郎で、これまでも印旛会系の組織のもとで、裏カジノの支配人や裏ＤＶＤの販売に従事してきた。得意技は完全黙秘で、口が堅いことに定評がある。

だから清谷の出入りを押さえられたのは大きい。清谷の線から洗っていけば、他の密売拠点や卸元（おろしもと）を突き止められるかもしれない。

「お疲れ様。あなたは百二十点の仕事をこなした。もう配達員に徹してくれればいいから」

瑛子は大木に優しく語りかけた。

大木がひどく緊張しているのは息遣いなどからわかる。一介の台湾料理店かと思いきや、札付きのアウトローが店長で、バックには現役ヤクザがいるのだ。ガチガチになるのも無理はない。清谷の暗い目つきが気になった。

清谷は斐心組のなかでも売り出し中の若衆だった。高校はまともに出てはいないが、少年院と刑務所で簿記を学んだ。渡世入りしてからも向学心は衰えず、ビジネス会計検定試験二級の資格も持っていた。

斐心組の裏商売を統括する『サウザンド・コンサルタント』に出入りすることも許され、将来は組織の金庫番として、親分の甲斐を支える気でいた。全身に彫り物を入れてはいるが、甲斐を真似て極道臭をなるべく消し、羽振りのいい若手実業家のような恰好をしていた。

それが身だしなみもだらしなく、一介の密売人にまで落ちぶれた姿は、今の斐心組の零落と、千波組の荒くれぶりを象徴しているかのように見える。

〈だいぶ待たせちまった。悪い、悪い。こいつを急いで頼むわ〉

店長の田端が、人なつっこい笑みを浮かべながら、プラスチック容器をカウンターに置いた。なかには例のスープもある。

〈わかりました！〉

大木が元気よく返事をした。恐怖のせいか声を裏返らせている。バッグに料理を急いで詰めこむ。

大木の分を終えると、コックが竹ササラを使って中華鍋を洗い、大量の汗を滴らせながら、ギラギラとした目つきで次の料理に取りかかった。彼も覚せい剤を喰らっているのかもしれない。

モニターに店の出入口が映った。大木が料理を入れたカバンを背負って店を出る。ひとまず安心したのか、深々とため息をつく。

大木がクロスバイクにまたがろうとしたとき、店の出入口のほうで物音が響いた。モニターには映っていないが、引き戸が激しい勢いで開けられたのだとわかった。

「出前のあんちゃん、ちょっと待てや！」

清谷と思しき男の怒声が耳に届いた。

瑛子が立ち上がって、組対課員に声をかけた。

「大木の安全を確保。至急、家宅捜索をかけましょう」

「了解」

井沢の手には家宅捜索令状があった。

令状はすでに取っていたが、田端の背後にいるケツ持ちの正体を見極めたかった。清谷だと判明した以上、密売をこれ以上放ってもおけない。

組対課員たちも一斉に腰を上げる。モニターの画面が、まるで大地震にでも遭ったかのように激しくブレだした。

「店には大きな包丁や中華鍋もある。各自注意を怠らないように」

部下たちに指示を出すと、瑛子が一番に部屋を飛び出した。マンションの外廊下へと移る。

『台北菜館』に目をやった。半袖のサイクルジャージを着用した大木が、清谷にバッグを摑まれ、クロスバイクから下ろされていた。

「か、勘弁してください。おれ、なにも見てないです。知らないです」

苛立った顔の清谷が問答無用で大木を店内へと引きずり込もうとしていた。

瑛子は外廊下の柵を乗り越え、二階から公道へと飛び降りた。高さ三メートル以上はあったものの、膝のクッションを使って、アスファルトのうえに着地する。

ベルトホルスターから特殊警棒を抜くと、店の前まで全力で駆けた。清谷が瑛子に気づき、険しい顔つきになる。大木を忌々しそうに放り捨てると、彼のクロスバイクを担ぎ上げて、瑛子へと投げつけてきた。

瑛子は横にステップし、かわそうとする。ペダルがウインドブレーカーの袖を掠める。

清谷は企業舎弟の経営管理や金勘定に長けていた印象があり、決して腕自慢の肉体派ではなかった。四ヶ月前、元ヤクザと外国人の混成強盗団に、『サウザンド・コンサルタント』が襲撃され、甲斐も含めて双方に死傷者が出た。清谷も重傷を負ったひとりだ。強盗団のベトナム人にナイフの柄で頭をさんざん打ちのめされている。後頭部の傷跡はそのときにできたものだ。

追いつめられた者は往々にして思わぬ怪力を発揮する。清谷は瑛子に背を向けて公道を走り出した。

瑛子は後方にすばやく目をやる。井沢も外廊下から飛び降りたのか、路上で受け身を取っていた。他の捜査員は階段を下りて、マンションの玄関から飛び出してくる。

井沢に目で命じた。『台北菜館』のブツを押さえて、田端らを捕まえろと。瑛子自身は清谷を追う。

ごつい刑事がひしめいていたとはいえ、部屋のなかは冷房が効いていた。外に出てみると、夜遅い時間にもかかわらず、べっとりと湿気を含んだ暑さで淀んでいる。昼間に陽光を浴びたアスファルトが、未だに熱を含んでいた。わずかな距離を走っただけだが、全身から汗が噴き出した。

逃亡する清谷の発汗量は瑛子と比べものにならなかった。バケツの水をかぶったように、すでにぐっしょりと汗で濡れそぼっている。

彼は賑やかな御徒町（おかちまち）方面へ逃れようとした。陸上競技やジョギングをした経験はないらしく、フォームはガタガタだ。百メートルも走らないうちに速度が落ちてくる。

清谷は道路の真ん中で足を止めた。逃亡は諦めたようだ。ジーンズのポケットに手を突っこみながら振り返る。

彼はポケットから束ねた一万円札を取り出した。肩で息をしながら、札束を瑛子の足元に放った。

「これで目つむれや、婦警（メスポリ）！」

札束を一瞥（いちべつ）してから清谷を見据えた。不愉快そうに顔を歪（ゆが）めてみせる。

「ナメられたものね。こんなチンケなカネでどうにかなるとでも？」

瑛子は特殊警棒を正眼に構えた。汗が目に入るらしく、清谷は瞬きを盛んに繰り返す。

清谷は歯を剝いて怒鳴った。

「なるだろうがよ。甲斐（オヤジ）とちんかもの仲だったじゃねえか！」

清谷と対峙しながらも、組対課員が『台北菜館』に突入するのがわかった。刑事たちの怒声が背後で轟（とどろ）いている。

「マフィアの中国女とも寝れば、仲間相手に金貸しまでやってるだろう。てめえがワルだってのは、みんな知ってんだ。カネが足らなきゃ後で運ばせる！」

清谷が口を尖らせてわめいた。まるで教師に悪事がバレて、逆に喰ってかかる悪ガキのようだ。

瑛子は鼻で笑ってみせた。

「確かに甲斐とはいい仲にあった。あんたみたいなふにゃちんの三下と違って、この警棒よりもぶっといのを持ってて、何度もイカせてくれた」

「なにを――」

清谷が絶句した。瑛子は路上に唾を吐いた。

「あいつが生きていたら、こんなみっともない薬局なんか縄張(シマ)り内に作らせたりはしなかった。斐心組はおまんこ野郎ばかりになったと言ってるの」

薬局とはクスリの密売拠点を指す。もともと、覚せい剤の密売は極道社会のなかでも下劣なシノギとして蔑(さげす)まれている。

「……もういっぺん言ってみろや」

清谷の顔から血の気が引いていった。

彼は唇を小刻みに震わせながら、再びポケットに手を突っこんだ。フォールディングナイフを取り出すと、片手で刃を開いた。

「何度でも言ってあげる。甲斐はきっと草葉の陰で頭を抱えているはずだと」

清谷がフォールディングナイフを抱えて、突っこんできた。

瑛子は避けなかった。腹筋と下半身に力を込めた。清谷がフォールディングナイフごと体当たりをしてくる。

衝撃で数十センチほど後ろに下がった。履いていたスニーカーの靴底がアスファルトに擦られる。それでも歯を食い縛って、身体を正面から受け止める。剣道場での稽古では、もっとごつい巨漢が体当たりをしてきて、瑛子の体勢を崩そうとする。

清谷のほうが驚いた顔を見せた。ナイフの刃先は、瑛子のウインドブレーカーを突き破り、胃のあたりに当たっていた。

刃は身体にまで到達していない。なかにインナータイプの防刃ベストを着こんでいる。高密度ポリエチレンファイバーの生地が刺突(しとつ)を防いでいた。覚せい剤の密売拠点を叩くとなれば、最低でもこれぐらいの装備は欠かせない。

とはいえ傷ひとつつかないわけではない。細い金属棒で突かれたような激痛に襲われる。きっとひどいアザが腹にできるだろう。

反撃に出た。膝蹴りを繰り出し、清谷の股間を打つ。陰嚢(いんのう)がぐにゃりと潰れるのを膝頭を通じて感じた。

「あっ」

清谷は目を固くつむり、四つん這いに倒れた。

瑛子はスニーカーで、彼の右手を三度踏みしめた。清谷が抵抗してくる様子はない。手の骨まで砕けたのか、清谷の右手からフォールディングナイフが離れた。清谷の手の届かぬところまで蹴飛ばす。

清谷は顔を汗と涙で濡らしていた。

「淫売刑事(デカ)が。てめえに……てめえになにがわかるってんだ」

瑛子はなにも言わなかった。特殊警棒で清谷の鎖骨に一撃を加える。

清谷が苦痛に顔を歪める。瑛子は清谷の両腕を後ろに回して手錠をかけた。清谷をうつぶせに倒す。

清谷を挑発して攻撃を誘った。だが、挑発に乗ってしまったのは、むしろ瑛子のほうかもしれない。逆上したのは瑛子も同じだ。

――悪党を叩き続けろ。

それが甲斐の遺言だった。落ちぶれた密売人を、怒りにまかせてぶん殴れと言っていたわけではない。

「姐(ねえ)さん！」

井沢が駆け寄ってきた。

「『姐さん』はもう禁止って言ったはず」

「あ、すみません。係長」

井沢は頭を下げた。

清谷が言ったように、瑛子は一部の外国人マフィアや極道と盛んに情報を交換している。彼らが不利益を被(こうむ)らないように、他の部署の捜査情報をリークしたことさえある。

警察官相手に低利でカネを貸しつけ、先輩だろうが上役だろうが借金で縛り、警視庁内の機密情報をも得てきた。警察内部にも情報提供者を抱えている。

井沢は、その『八神金融』の番頭として長く腕を振るってきたものの、監察係に弱みを握られた経緯があり、〝金融業〟から足を洗わせた。現在は大学で柔道を教えている女性コーチと婚約中の身だ。今も瑛子の忠実な部下であるが、〝カタギ〟になったのを機に、姐さんと呼ぶのは禁じた。

井沢は目を丸くした。路上のフォールディングナイフと、瑛子のウインドブレーカーの穴を交互に見やる。

「なんてことを……ケガは」

「蚊に刺された程度」

瑛子は腹の痛みに耐えながら清谷の身体を検めた。ジーンズのポケットを裏返して持ち物を調べた。

「無茶すぎますよ……」

井沢が悲しげな表情を見せた。

瑛子はただ微笑(ほほえ)みを浮かべ、『台北菜館』のほうに目をやった。

「あっちのほうは？」

「二十二時十六分に家宅捜索を始め、一分もしないうちに覚せい剤のパケを厨房の棚から発見しました。ざっと二十個ほどです。厨房の横のデスクに、フリーザーバッグに入った覚せい剤がありました。正確な数字はまだわかってませんが、見たところ三百グラムってところです」

「田端とコックは？」

「すぐに手錠を。おとなしいもんでした」

瑛子はうなずいてみせた。清谷を指さす。

「こいつをお願い」

ヤクザと警察官の怒号で、静かだった住宅街が騒がしくなった。マンションの住民が何事かと窓を開け、ベランダへと出てくる。公道にもやじ馬が現れだす。

井沢は清谷の襟首を摑んで引き起こした。

「この野郎、やじ馬がいなきゃ、あと二、三回は地面に叩きつけてやったのに」

瑛子は『台北菜館』へと小走りに移動しながら携帯端末を取り出した。

これからもっと騒がしくなる。事件の匂いを嗅ぎつけた報道陣も駆けつけてくるだろう。現場保存と交通整理のため、応援を借りる必要がありそうだった。

組対課長の石丸(いしまる)に電話をかけようとしたところ、タイミングよく彼のほうからかかってきた。

〈瑛子ちゃんか、応援は無理だ〉

石丸が開口一番に言った。口調がかなり硬い。

「なにがあったんです？」

〈池之端(いけのはた)交番だ。夜勤の巡査がナイフ持った男に刺されて、拳銃奪われそうになった」

「え？」

瑛子は絶句した。

『台北菜館』に出入りしている捜査員たちも、それぞれが携帯端末を見て驚愕の表情を浮かべていた。端末はポリスモードと呼ばれ、一一〇番通報の内容や緊急速報を即座に確認できる。家宅捜索ですみやかに証拠品を押さえて被疑者も確保したというのに、捜査員の顔に動揺が走っていた。

池之端交番は不忍池(しのばずのいけ)のほとり、やはり静かな住宅街にある。片側二車線の広い道路に面し、車の行き交いこそ激しいものの、夜は人通りが少なくなる。

石丸は早口で言った。

〈刺されたのは馬淵(まぶち)で、ひとりで留守を預かってた。防刃ベストのおかげで急所は免れたが、手と太腿を数ヶ所ぶっすりやられたらしい〉

「それで犯人は」

〈外から戻った相勤者に捕らえられた。男が虚偽の通報をして、馬淵ひとりになったところを狙ったらしい。公安係の連中が先走って『どこのセクトだ』と騒いでやがる。とはいえ、男の正体はまだわかってねえし、他に共犯者がいるかもしれねえ。本署も現場もてんやわんやだ〉

馬淵はまだ顔にニキビが残る二十一歳の若い巡査だ。高校で柔道部の主将をしていた肉体派で、刑事になる夢を持っていた。

犯人がその場で逮捕されたとはいえ、まだ安心はできない。石丸の言う通り、別に共犯者がいるかもしれない。警察官は常に最悪の状況を想定しておかなければならない。警察官が襲われたとなれば、何者かによるテロの可能性もある。

現場保存のためには多くの人手が必要になる。薬物の捕物などとは比べものにならないほど、世間の注目度も大きい。まもなく報道陣が現場や上野署に殺到するだろう。

「わかりました。こちらは我々だけで対応します」

通話を終え、青い顔をしている若手に指示を飛ばした。誘導棒を振って交通整理にあたるようにと。万が一の事態に備えて、周囲の警戒を怠るなとも。

夜空が赤色灯で染まり、複数のサイレンが耳に届いた。上野署や自動車警ら隊のパトカーが、池之端交番へと向かっているようだ。救急車も出動しているらしい。

瑛子は腹をなでた。自分もナイフで突かれたばかりだ。不気味な脅威を感じずにはいられなかった。

2

富永昌弘（とみながまさひろ）は救急玄関を早足で通り抜けた。

歩きながら呼吸を整える。心臓に手をやると、案の定バクバクと激しい音を立てていた。ハンカチで額の汗を拭う。

繁華街を抱える大規模警察署のトップでいるかぎり、心安まる時間などないと覚悟はしている。それでも事件の一報を耳にし、心臓が凍りつきそうになった。

凶漢に襲われた馬淵巡査は二年目の若手だ。学生時代は柔道部員だった。ガッツやスタミナを買われ、多忙で知られる上野署に配属された。

身体自体はソップ型でほっそりとしており、ニキビが特徴の童顔だった。制服を着ていなければ、高校生と間違われてもおかしくなく、まだ青臭さが抜けきれていない。犯人の目的は拳銃奪取だったようだが、署員をじっくり見極めていたのかもしれなかった。

富永は自宅マンションで事件を知った。シャワーを浴びるため、洗面所で衣服を脱いでいるときに携帯端末が震えた。馬淵らが運ばれた病院は、東上野のオフィス街にあった。自宅から目と鼻の先だ。汗臭いワイシャツを着直して、病院まで駆けてきた。

一階の救急科は慌ただしかった。看護師たちが忙しく走り回り、救命士が患者を乗せたストレッチャーを運びこんでいる。毛布に包まれた患者は高齢のようで、手足を激しく痙攣させていた。富永は邪魔にならないよう壁際に寄った。

手術室の前、地域課長の根岸と刑事課の大久保係長が、ひっそりと立ち尽くしていた。ふたりは汗だくの富永を見て、ぎょっとしたように目を見開いた。慌てて一礼する。

「容態は」

富永は手術室に目をやった。根岸が青い顔で答える。

「命に別状はないとのことです。防刃ベストのおかげで、胸や腹を刺されずに済んだので。ただ、犯人のナイフを奪い取ろうとして、指を二本すっぱり切り落とされました。形成外科の専門医を呼んで、再接着の手術をしてもらっているところです」

「なんてことだ……」

「鋭利な刃物で切られたので、接着自体の成功率は高いらしいですが、機能まで元通りになるかはなんとも」

根岸は声を震わせた。目には涙を溜めている。

根岸をただの小役人と見なしていた時期がある。富永や副署長といった上司から叱られ、下の者からはうだつの上がらない中年男と軽んじていた。現在は調整役に徹することができる貴重な中間管理職と評価を変えている。

根岸から改めて報告を受けた。犯人の男は現金を拾ったと言って拾得物の届出を装い、池之端交番を訪れた。他の相勤者二名は、池之端二丁目のスーパーの裏手で喧嘩騒ぎが発生したという通報を受け、自転車で現場へ向かっていた。

男に不審な点はなく、馬淵がカウンターで事務手続きに入った。ふと馬淵が書類から顔を上げたときには、男がTシャツの裾をめくり、ベルトホルスターに入れていたサバイバルナイフを抜き出していた。

馬淵は胸をナイフで闇雲に突かれた。防刃ベストに助けられたとはいえ、とっさの攻撃にバランスを崩して床に倒れた。男はカウンターを乗り越え、馬淵のうえにのしかかってきたという。

根岸は深々と頭を下げた。

「今回の件は私の責任です。二年目のあいつをひとりにさせてしまった」

富永は首を横に振った。

「たとえ十年目だろうと、二十年目のベテランだろうと襲われていた可能性は高い。犯人に拳銃を奪われなかったばかりか、その場で取り押さえた。健闘したというべきだろう。重要なのは今後のことだ。この手の事件には模倣犯が現れやすい。ひとり勤務にならないよう徹底させてほしい」

「はい」

根岸は携帯端末を手にし、救急病棟を出て行った。

富永は巨漢の大久保を見上げた。もともとは鑑識係にいた男だが、署内異動で刑事課に配属された。

「犯人（ホシ）もここに運ばれたんだったな」

「そうです」

男は拳銃を奪おうとしたものの、馬淵に死に物狂いで抵抗された。拳骨や肘、電話機などで殴打されて顔や肩に打撲傷を負ったうえ、戻ってきた署員らによって床に押し潰されて肋骨を折った。

「何者なんだ。まだ身元はわかっていないようだが」

「いえ、先ほど割れました。竹石隆宏（たけいしたかひろ）、二十三歳。自宅は茨城県牛久（うしく）市で、職業は物流倉庫のアルバイトです」

大久保はタブレット型端末を操作し、一枚の画像を富永に見せながら淡々と告げた。物怖（ものお）

じしない性格だ。

タブレット端末には、竹石の原付免許証の画像が映っていた。免許証の写真は概して写りが悪いものだが、襟元がよれたジャージに伸びた頭髪のせいで余計にだらしなく見える。暗い目つきをした若者だ。

大久保によれば、竹石は財布や携帯端末など、身元が判明しそうな所持品はなく、病院に直行して治療を受けていたため、当初は氏名不詳だった。

穿いていたジーンズのコインポケットから、上野駅のコインロッカーの鍵が出てきた。鑑識係員がロッカーを開けたところ、竹石のものと思しきリュックがあり、そのなかには携帯端末や財布、勤務先のＩＤカードなどが入っていた。

「照会をかけたところ、竹石には軽犯罪法違反の前歴がありました。アーミーナイフを理由もなく所持していたとして、万世橋署管内で職務質問に遭って逮捕されてます」

「アーミーナイフというと、十徳ナイフの類か」

「はい」

富永の心のなかでじわりと不安が広がった――またなのか。竹石は警察組織に対して強い反感を抱いていたのではないか。

今は沈黙しておくしかない。まだ竹石に対する取り調べは始まってもいないのだ。たとえ非公式の場とはいえ、署長という立場にある以上、軽々しくものは言えない。

近頃は警察組織に対する風当たりが激しい。きっかけのひとつは強引な職務質問がメディアに取り上げられたことだった。

先月、東京都が電気設備工事会社代表の男性に、違法な取り調べや身体拘束があったとして提訴された。

男性が工事を終えた夜、コンビニに立ち寄ったところ、警視庁町田署員に職務質問を求められた。社用車のなかに電工ナイフやマイナスドライバーがあったため、町田署員が男性を軽犯罪法違反で逮捕し、翌朝まで勾留したのだ。

男性の訴状によれば、町田署員に衣服のうえから男性器や肛門を執拗に触られ、承諾もなしに所持品検査をされたばかりか、コソ泥と決めつけるような暴言まで吐かれたという。

警視庁は町田署員による暴言を否定し、あくまで適正な職務執行だったと答え、東京都も争う姿勢を見せている。

富永も警察組織の一員である以上、むやみに仲間を疑うわけにはいかない。ただし、工事関係者が仕事道具として刃物類を所持するのは当然であり、軽犯罪法違反として取り締まるのは無理があったと考えている。

先月は職務質問強化月間で、本庁が各署の地域課員に実績を上げろと発破をかけていた。

上野署も例外ではなく、地域課長の根岸が各交番所長を巧みにおだてつつ、発憤させていたものだ。

強化月間以外でも、今年の警視庁は〝世界一安全な都市、東京〟をスローガンに、セキュリティ対策に力を入れている。米国大統領が来日し、アフリカや中東各国のＶＩＰの訪問も続いている。

要人らの安全確保やテロを未然に防ぐため、そのたびに厳重な警戒態勢が敷かれてきた。つまり、それだけ市民に声をかけては〝協力〟を求め、バッグや車のなかを探ってきたのだ。

卒配されたばかりの新人を鍛えるため、積極的に声かけをさせてもいる。子供から高齢者までまんべんなくコミュニケーションが取れないようでは話にならないからだ。犯罪の発見や検挙の端緒を摑むため、職務質問は警察官にとって重要な武器だ。技術を若手へ継承させる意味もあり、強化月間などを設けて職務質問を励行している。

しかし、上を満足させるため、むやみやたらとこの武器を行使する場合もある。町田署の例もこれに当てはまる。実績を作るため、所持する理由があるにもかかわらず、銃刀法や軽犯罪法違反として市民を不当逮捕するケースだ。安全な都市を作り上げるために、市民の営みを阻害しては本末転倒といえる。

職務質問はあくまで市民の自発的な協力があって目的を達成できる。その原則を忘れ、新人を鍛える練習台に使ったり、実績作りに利用するなどあってはならないのだ。

大久保が再びタブレット端末を操作した。富永に画面を見せる。

「こちらはご存じでしたか？」

画面には動画サイトが表示されていた。

タイトルには『態度クソ悪すぎ上野警察』とあり、富永は思わず眉をひそめた。

「なんだこれは」

「顔見知りの記者から教えられましてね」

大久保がイヤホンをタブレット端末につないだ。富永はそれを耳につけて動画を再生させた。

画面にはふたりの警察官が映っていた。富永は目を凝らす。襲われた本人である馬淵と、同じ池之端交番の巡査部長だ。風景を見るかぎり夕方の不忍池付近で、ふたりの警察官の後ろには両生爬虫類館の四角い建物が見える。

動画撮影者と思しき男性が早口でまくしたてていた。

〈職務質問は任意ですよね。だからぼくは拒否しますよ。免許証見せても構いませんし、なにも怪しいものなんて持ってませんよ。だけど、そちらは警察手帳もちゃんと提示しないし、いきなり懐中電灯で照らされて目がチカチカするんです。それじゃ協力したくても――〉

馬淵は迎合するような笑みを浮かべようとしているが、目はまるで笑っていなかった。ぶっきらぼうな口調で言い返す。

〈さっき見せたでしょ。構わないのなら、お願いします〉

〈あなたが馬淵さんってことはわかりましたよ、馬淵さん。だけど、すぐに手帳を引っ込めたじゃないですか。それに懐中電灯で暴力振るっといて、協力もなにもないでしょ〉

〈暴力ってあんたさ〉

馬淵が呆れたような表情を見せると、さらに撮影者はヒートアップして揚げ足を取った。

〈あんたとはなんだ、あんたとは！〉

動画は二十分近くにも及ぶ。全部を見ている時間はない。何度かスキップする。

馬淵と撮影者が免許証の確認をめぐり、ダラダラとやり取りを繰り広げている。とくにオチがあるわけでもない。辟易した様子の馬淵とひたすら協力を拒み続ける撮影者が揉めたまま終了した。

タイトルこそ『態度クソ悪すぎ』と刺激的ではあるが、公安畑にいた富永からすれば、馬淵の態度は穏当といえた。

現在の上野署には、態度も思考も極めて荒っぽい刑事がいる。八神の姿が脳裏をよぎった。

大久保が怒りをにじませた。

「撮ったのはチンケなユーチューバーですよ。こっちをさんざん挑発しちゃ、職質されたのをネタにして、再生回数を稼いでるような輩(やから)です」

三ヶ月前にアップロードされ、再生回数は二万五千回に達していた。

馬淵らが着ていたのは春秋用の合服だった。木々の葉や人々の衣服の様子からも、撮られたのは五月だろう。三ヶ月間、馬淵らの姿がネット空間にさらされていたことになる。

動画投稿主は上野署だけに限らず、茨城や栃木でも同じように警察官と衝突しては、その模様をアップロードしている。自動車で移動し、二十四時間営業のスーパーや牛丼店の駐車場などで、現地の警察官とバトルを繰り広げていた。

撮影者本人も映っている。無精ヒゲを伸ばした肥満の中年男で、薄汚れた迷彩色のジャケットを着ていた。サバイバルナイフや違法なカスタムエアガンでも出てくるのではないかと、職務質問を誘っているかのような恰好だ。撮影者は警察官の習性を巧みについていた。

大久保に尋ねた。

「犯人(ホシ)はこれを見ていたのか？」

「それはまだわかりません」

富永はため息をついた。かりに犯人の竹石がこの動画を見て、馬淵をターゲットに選んだとすれば由々しき問題だ。

　昔から警察組織に対する挑発や攻撃はあった。過激派や愚連隊、酔っ払いや暴走族などだ。今はＳＮＳ上で目立とうとして、警察官をおちょくる者や、広告収入目当てで過激な動画を作るために警察組織を利用する者もいる。

　警察官にも肖像権はある。ただむやみに煽（あお）る目的で警察官を撮影すれば肖像権の侵害にあたるが、かりに市民から敵対的な態度を取られたとしても、警察官はあくまで理性的な対応が求められる。

　だからといって襲撃の標的にされるいわれはない。未来のある若手警官が危うく命を落とすところだったのだ。

　指が再接着するかどうかも重要だが、彼の精神面も心配だ。殺されかけた恐怖は簡単には消えない。今後は先ほどの動画のように耐え忍べるだろうか。警察官としての勇気を保てるかが気になった。

「署長」

　大久保が廊下に目をやった。

　看護服や白衣をまとった人々が行き交うなかで、ワイシャツ姿の男ふたりが入ってきた。ひとりは五十代前半くらいで、頭髪のほとんどが白髪だ。もうひとりは富永と同じく四十代、念入りに染めているのか真っ黒な髪をしていた。

どちらもきっちりと七三に分けたヘアスタイルで、地味なネクタイを緩みなく締めている。銀行員のような堅い恰好だが、摑み所のない目つきを見て同業者だと気づいた。

「手術中ですか……。馬淵巡査が負った傷がそこまで重かったとは」

能面みたいに無表情のまま、淡々とした口調で話しかけてきた。

「あなたは？」

「失礼しました。人事一課監察官の中路高光です」

大久保が小さくうめいた。

「人事一課……」

中路は警察手帳を見せた。

警視庁人事一課は、警部以上の階級にある警察幹部や、それに相当する一般職員の人事を扱うセクションだ。〝警察のなかの警察〟と呼ばれる監察係もこの部署にある。監察官は、警察職員服務規程や規律違反が疑われる者に対する調査と取り締まりを行う。仲間から怖れられ、そして嫌われる存在でもある。

富永は中路を見据えた。

「監察係がなんの用ですか」

中路は手術室のドアを見やった。

「むろん、今回の件での調査です。池之端交番はまだ新米といえる警察官に、なぜひとりで留守番をさせたのか。馬淵巡査の対応や勤務体制に問題がなかったのかを調べる目的で参りました。当の本人に話をうかがいたかったのですが――」

「冗談じゃない！　こっちは犯人(ホシ)をとっとと送検しなきゃならないんだ。そんなもん、後にしてくれよ」

大久保が声を荒らげた。

通りかかったマスク姿の看護師に厳しい顔つきで睨まれた。富永は大久保に声の音量を下げるよう目で命じる。

「『そんなもん』とは聞き捨てなりませんね」

中路は不愉快そうに眉をひそめた。

「かりに馬淵巡査がひとりでなければ、果たして事件は起きていたでしょうか。離島や山奥の駐在所ならいざ知らず、事件事故が多い上野署管内で警察官がひとりきりになることが、どれほど危ういのかは、富永署長がよくご存じだと思いますが」

中路はのっぺりとした顔立ちで、口調は淡々としている。まるで無感情なロボットのように見えたが、富永への嫌味が見え隠れしている。

彼は〝ひとり〟と〝危うい〟の部分をことさら強調していた。上野署にはひとりで動きたがる危うい捜査官がいる。八神のことを示唆しているのだ。

八神は上野署のなかでも群を抜く検挙率を誇るエースだ。武道の達人でもあり、多くのヤクザや腕自慢を叩きのめしてきた。今夜も組対課の八神班が密売拠点に家宅捜索をかけ、大量の覚せい剤を押収し、密売人と暴力団員を逮捕している。

彼女には裏の顔がある。署内外の警察官にカネを低利で貸しつけては、先輩だろうが上役だろうが意のままにし、警視庁内の機密情報をも得ている。上野署にいる者なら誰もが知っている——署を牛耳っているのは富永ではなく彼女なのだと。

『八神金融』をひそかに利用する者のなかには、本庁や方面本部長の幹部もいるらしい。暴力団や外国人マフィアとも深い関係にあり、情報を得るためなら、彼らの要求に応じることさえあるほどだ。

富永が上野署の署長となって二年以上が経つ。彼女は警察組織にとって極めて危険だと考え、最初の一年はあの手この手で不正を暴こうと動いた。現在でこそ、巨悪を眠らせまいとする彼女の魂に一定の理解を示してはいた。

とはいえ、警察組織の秩序を乱す彼女を、警察官を取り締まる側の監察係が放っておくはずがない。八神は今年の春に監察官から執拗な調査を受け、富永も警察組織上層部の政争に巻きこまれた。首席監察官が端(はな)から富永と八神を追い落とす目的で、監察係を動かしたのだ。

けっきょく、監察係は八神らの追い落としに失敗した。逆に件の首席監察官と監察官は左遷の憂き目に遭ってしまった。

富永は彼らの調査を妨害してはいない。むしろ彼女の不正が明らかになれば、上司として処分される覚悟もできていた。監察係から協力を求められれば、素直に応じてもいたはずだ。

八神追放を目論んだ監察係の一派は敗北したが、〝奥の院〟と呼ばれる警務部人事一課はエリートの集まりだ。一介の所轄に煮え湯を飲まされたままでは終わらないだろう。そんな噂を耳にしていた。中路の言動のおかげで噂の裏づけが得られた。

「監察官の仰る通りです」

富永は過去の経緯を持ち出さず、しおらしくうなずいてみせた。病院で男どもが集まって、口論などしている場合ではない。

「町田署の一件や品川での射殺事件もあって、警視庁に対する市民感情が悪化していることも」

「ほう……」

中路にじっと見つめられた。

警察組織に対する風当たりが激しいのは、なにも町田署の一件だけではない。先月起きた殺人事件のせいでもある。

被害者は元神奈川県警の警察官だ。凶器は拳銃だった。現場は品川区の住宅街で、至近距離から撃たれたらしく、被害者は頭と胸を撃ち抜かれた。ほぼ即死だったという。

銃犯罪はそれまで警視庁が築いてきた〝世界一安全な都市〟のイメージを根底から揺るがしかねない。ましてや殺人となれば、迅速な解決が求められる。

凶器が拳銃だったことから、反社会的勢力の関与が考慮された。品川署と捜査一課に加えて、本庁の組織犯罪対策部の捜査員も投入され、百人規模の特別捜査本部が設けられている。だが、未だに容疑者は特定していない。

被害者は鳥居啓治という五十代の男で、八年前の神奈川リンチ殺人事件という、戦後警察史に残る不祥事に関わっていた。

その事件は横浜市で起きた。大手自動車メーカーの工場に勤務していた二十代の被害者を、工場の同僚や愚連隊の少年がラブホテルなどに拉致監禁。消費者金融からカネを借りさせたうえ、殴る蹴るの暴行を加えた。

噴射したヘアスプレーにライターで火をつけ、被害者に火傷を負わせ、逃げられないように顔に墨汁と安全ピンで刺青を入れてもいる。

監禁は二ヶ月以上にも及び、被害者の両親が神奈川県警の警察署に八回も足を運んで捜査の依頼を行ったが、応対した担当官からは「不良どもと一緒に遊んでるだけだろう」「あんたの息子も愚連隊のメンバーじゃないのか」と冷たくあしらわれ続けた。

その間、加害者たちはますます凶暴化し、火傷を負った被害者の身体に唐辛子味噌を塗りたくり、のたうち回る様を動画に撮影し、さらに熱湯のシャワーを浴びせた。被害者の身体の七割は火傷を負い、まともに食事を与えられなかったのと、極度のストレスのために頭髪や歯が抜け落ちたという。

消費者金融から借りさせたカネを使って、加害者たちは横浜市内のキャバクラや風俗店で散財している。使い果たせば、被害者に友人や同僚に電話をかけさせてカネの無心をさせた。

主犯格の男は少年時代から不良グループに属し、恐喝や暴行といった事件を何度も起こし、自分のバックにはヤクザがついていると吹聴しては、共犯者の工員や少年を支配下に置いた。工員は絶好のカモがいるとして、工場内でも温和な性格で知られる被害者に目をつけたのだった。

両親の嘆願に辟易した担当官は、不用意にも主犯格の男に電話で連絡を取り、自分が警察官であると名乗ったうえで問いただした。男は事件が露見するのを怖れて被害者の殺害を決意する。緑区の山林に連行すると、首を絞めて殺して遺体を埋めた。いわば担当者の電話が殺人を促す結果となったのだ。その担当者こそが鳥居だった。

共犯者の不良少年が良心の呵責（かしゃく）に耐え切れず、警視庁玉川署に親とともに出頭し、ようやく事件が発覚した。警視庁は不良少年の自白に基づいて、被害者の遺体を見つけた。

主犯格の男らをスピード逮捕したが、全国紙が警察発表を鵜呑(うの)みにし、被害者を不良グループの元仲間であるかのように発表したため、不良どもの仲間内のくだらぬ喧嘩と報道され、世間の注目を浴びることはなかった。

事件から半年経ってから、裁判を傍聴した週刊誌記者が、事件の度を越す凶悪さと神奈川県警の怠慢を取り上げたのをきっかけに、テレビや新聞もこぞって報道した。

メディアや世論から批判の嵐を浴びた神奈川県警は、両親の訴えに耳を傾けなかった警察官らを処分したが、もっとも重かったのが鳥居の停職一ヶ月で、彼の上司が減給処分。鳥居が所属していた神奈川南署の署長と副署長がそれぞれ戒告、訓戒処分を受けている。

県警本部長は議会で事件の質問に対し、警察官の職務倫理が欠けていたとして、県警の不手際を認めたうえ、しおらしく陳謝の言葉を口にした。

両親が神奈川県や加害者の両親に対して民事裁判を起こすと、県警はあっさりと掌を返した。当時の対応は適切であり、事件を予見することは不可能だったと、過去の発言を翻(ひるがえ)している。裁判は今も係争中だ。

事件から八年が経ち、半ば世間から忘れられつつあったが、鳥居が拳銃で撃ち殺されるというショッキングな出来事によって、再び週刊誌を中心に、県警の当時の捜査怠慢と民事裁判での傲岸な姿勢が取り沙汰された。

　鳥居は懲戒処分を受けて県警を依願退職し、品川区の病院の渉外係として再就職していた。

　近年は院内暴力に対応するため、病院側が警察ＯＢをセキュリティ担当として欲している。モンスター患者や悪質なクレーマーへの対応だ。

　鳥居も病院の用心棒のような役割を果たし、心ない暴言やセクハラ、悪質な脅迫行為を行う患者や家族を相手にしてきた。

　そのなかには元ヤクザといったアウトローもいたようだ。特捜本部は鳥居とトラブルになった患者とその関係者を洗っている。何者かに撃たれた夜も、病院で勤務を終えて帰宅する途中だったという。

　中路の目が鋭くなった。

「管内で射殺事件まで起き、昨今の市民感情に鑑みて、警視庁から複数で行動するよう通達も出ております。にもかかわらず、新米警察官がひとりで交番の留守を預かることになった。富永署長としても不思議に思いませんか」

「署長としての責任を痛感しています」

　ポケットの携帯端末が振動した。

　相手が誰だかは察しがついた。副署長の伊地知からだろう。すでに上野署には多くのメディア関係者が集まっているはずだ。広報を受け持つ副署長を始めとして、幹部たちと情報のすり合わせを行う必要があった。中路にばかり構ってはいられない。

「中路監察官、馬淵巡査は未だ手術中だ。まずは犯人を捕らえた池之端交番の勤務員から聞き取り調査を始めたらどうだろうか」

「それはこちらが考えることです。そちらの指示は受けない」

中路はそっけなく答えた。大久保が小さく「ハイエナ野郎が」と呟いた。

部下の声をかき消すように咳払いをした。

「とにかく、私は署に戻ります。調査については協力を惜しみません。大久保係長、馬淵の容態がわかったら私にも連絡をくれ」

中路たちの返答を待たずに踵を返した。携帯端末が急かすように震え続ける。

廊下を早足で歩きながら、不吉な胸騒ぎを覚えていた。口内で血の味が広がる。

心に一定以上の負荷がかかると、どういうわけか歯茎が腫れて痛みを訴え出す。定期的に歯医者に通っているが、虫歯の治療はまだ終わっていない。

警察官を襲う凶漢が現れたかと思えば、上野署自体も事件を摑みきれていないうちに監察係が調査と称して姿を現した。城の中と外の両方から一度に攻め入られたような気分だ。

救急玄関を抜け、携帯端末に出た。やはり相手は伊地知だ。マスコミ向けに事件の概要をまとめたので、大至急確認してほしいという。

伊地知は総務畑を歩んできたベテランで、高い対人能力を持つ頼れる右腕だ。突然の凶事に彼も心穏やかではなさそうで、声には焦りをにじませていた。

「三分以内に戻る」

富永は走り出した。

3

上野署は朝を迎えても騒々しかった。

主立った幹部は昨夜のうちに署に呼び出され、非番の警察官もパトロールや、事件現場となった池之端交番の保全、さらに上野署に集まった記者の対応に駆り出されていた。

瑛子らが覚せい剤の密売拠点を叩き、大量の証拠品の押収に成功したというのに、祝勝ムードは微塵もない。ぴりぴりとした緊張に包まれており、手柄を上げた瑛子たちも、同僚が刺されて衝撃を受けている。

副署長の伊地知が夜中に会見を開き、交番を襲撃した犯人の名前を公表。当時の交番の状況や馬淵の容態などについて発表した。記者たちから矢のように質問が飛んだが、伊地知はそのほとんどに捜査中と答えている。

犯人も馬淵も治療を受けるのが最優先で、本格的な事件の解明は翌朝に持ち越された。

瑛子らも同じだった。密売の主犯格と思しき清谷は、瑛子に股間と右手を痛めつけられ、陰嚢部打撲と中手骨の骨折で治療を受けている。

清谷の取り調べには、瑛子と井沢が当たった。逃走防止のためにパイプ椅子に腰縄を結びつけているものの、清谷は座っているのがやっとの様子だった。

午前六時から清谷と向き合った。瑛子にこっぴどくやられているにもかかわらず、四時間経っても彼はろくに口を開こうとはしなかった。

井沢がうんざりした調子でノートパソコンのキーを叩いた。

「素直に調書巻かせろよ。いくら気張ったところで、コックのほうは早々に自白(うた)ったぞ。田端がお前からブツを仕入れるのを見たってな」

清谷はうつむいて目を合わせようともしなかった。

もっとも、清谷が簡単に落ちるとは思っていない。甲斐に見込まれただけあって、根性の据わった若衆という評判は本当のようだ。前科がいくつもあり、逮捕勾留にも慣れている。

井沢が清谷の和彫りの入った腕に目をやった。

「極道の意地ってやつか。無駄な骨折りだ。もうすぐ極道ですらなくなる」

瑛子が今日の新聞をデスクに置いた。社会面の記事を指さした。

「あなたがクスリで逮捕(パク)られたことはニュースになっている。今ごろ組本部じゃ、あなたの破門状の葉書をせっせとプリントしていることでしょう」

清谷は沈黙したままだった。目には怒気がこもっており、顎に力を込めている。昂(たか)ぶる感情を必死に抑えているのがわかった。

「甲斐を支えるために、簿記だの会計だのを必死に勉強して数字のプロになったというのに。覚せい剤の密売なんかさせて、逮捕(パク)られたら組員を守るどころか、知らん顔して追い出そうとする。ご立派な任俠団体になったものね」

清谷の感情を煽った。瑛子の本心でもある。

甲斐亡き後の斐心組を継いだのは、舎弟頭の小平恒美(こだいらつねみ)だ。斐心組の番頭役として陰から支える実力者だったが、甲斐のようなカリスマ性はなく、まだ数ヶ月しか経っていないというのに、組員の脱退や逃亡が相次いで起きている。

斐心組に限らず、千波組全体がその傾向にあった。有嶋の忠臣だった数佐と甲斐の両方を失い、数十名の死傷者を出す大事件を起こした。警察組織からも制裁を喰らい、シノギを集中的に潰されている。有嶋は印旛会のなかで立場を失い、舎弟へと追いやられた。コネを持つ者はよその組へと移籍するか、見切りをつけて足を洗った者もいた。

ヤクザという人種は、仁義や自己犠牲といった演歌のような世界を愛するわりには、その内実は驚くほどドライで合理的だ。親分に出世の目がなく、自分の組織が沈みゆく船だと悟れば、義理人情などお構いなしに逃げる。斐心組に残り、クスリの密売に手を染める清谷は、ヤクザ社会のなかでは不器用な男なのだろう。

清谷はふいに顔をあげ、笑みを浮かべた。

「あんたらに言えるのはこれだ」

彼は左手の中指を突き立てた。瑛子は首を傾(かし)げてみせる。

「つまり?」

「サクラの代紋ふりかざしてペラ回してると、痛い目に遭うってことだ。うちの者(もん)はみんな知ってる。あんたの住処(ヤサ)は豊洲(とよす)にあって、そっちのお兄さんには婚約者がいるってことを」

「この野郎……」

井沢の目が冷たくなった。拳をポキポキと鳴らし、清谷に迫ろうとする。瑛子は手で制止した。清谷に微笑みかける。

「大した情報通ね」

清谷は中指を突き立てたまま言った。

「とくに上野で女王面(づら)してるあんたについてはな。仲間相手に金貸しなんかやってる腐った婦警（メスポリ）だってことも。雑誌記者だった旦那が殺されて、ショックで腹ん中のガキを流しちまったこともな。生まれてこなくてよかった」

井沢がすかさず腕を伸ばし、清谷の中指を摑んだ。中指を逆方向に曲げる。清谷は短く悲鳴を上げる。

「係長……ちょっとこいつを道場に連れてって、一緒に運動してきますよ。ちゃんとコミュニケーション取って、ふざけた口叩けないようにしときますから」

井沢の顔色は白かった。怒りで血の気が引いたらしい。

対照的に清谷は顔を赤く染めた。中指をへし折られそうになり、苦悶の表情でパイプ椅子から滑り落ちる。

「こんな真似していいと思ってんのか。おれは知ってんだ。てめえらの周りは敵だらけで監察に睨まれてることもな。ここでおれが叫べば、終わるのはてめえらじゃねえのか」

取調室のドアは半開きだ。

ドアにはマジックミラーも設けられている。取り調べの可視化と被疑者の人権を守るためだ。警務課長が取り調べ監督官となり、署員の取り調べを随時確認させている。

「叫んだら？　好きなだけ」

瑛子は顎を上げて清谷に促してみせた。清谷が顔を強（こわ）ばらせる。

「伊達（だて）に女王面してるわけじゃない。いくらわめこうが泣き叫ぼうが、私が調べている間は誰も割って入ってはこない。あまり調子に乗っていると、ここにいる間の暮らしはよりつらいものになる。なんだったら試してみる？」

「この腐れおまわりどもが……」

清谷は悔しげにうなるだけだ。

瑛子の言葉はとくにハッタリではない。捜査部門の者たちにとって、署の財政や人事を管理する警務課は目の上のタンコブではある。ただ、エリート部門の警務課の幹部は出世が早く、頻繁に顔ぶれも変わる。

その下には、上野署を陰で支えるヌシのような行政職員が大勢いる。大半は瑛子のシンパか、もしくは借金という弱みを握られている。上野署内で瑛子に与（くみ）しない者がいるとすれば、署長の富永ぐらいのものだ。

「覚せい剤（シャブ）売りの落ちぶれヤクザが、えらく大物面するじゃねえか。みっともなく逮捕（パク）られたくせによ。指一本折れたところで、騒いでくれるやつなんかいねえんだよ」

井沢の怒気は凄まじく、本当に折りかねなかった。

瑛子は井沢の頬を強く張り飛ばした。耳をつんざく音が部屋いっぱいに轟く。井沢は我に返ったように、清谷の中指から慌てて手を放す。

「すみません」

清谷は中指をさすった。涙とヨダレで顔をぐしゃぐしゃに濡らしながらも、目は怒りに燃えている。

瑛子はドアに目をやった。

「ほらね。これだけ派手な音を立てても、誰も来やしない」

「つまんねえ漫才見せつけやがって。そんな小芝居が極道相手に通じるわけねえだろう」

「そりゃそうかも」

瑛子は苦笑してみせた。

取り調べは大抵井沢と組み、しばしば芝居を打ってきた。古典的な〝いい警官〟と〝悪い警官〟というやつだ。ヤクザが手下を容赦なく痛めつけ、一般人を思考停止に追いこむやり方と似ている。

瑛子は弱ったように頭を掻いてみせた。

「役者とヤクザは一字違い。この手の演技はあんたらのほうが得意でしょうね」

「今さらてめえが〝いい警官〟なんざ演じても、騙（だま）されるバカは斐心組のなかにはいやしねえよ」

清谷はシャツの袖で顔を拭った。瑛子は清谷を正面から見据え、本題を切り出した。

「でも、わからない。それだけ情報通で眼力もあるのに、どうして覚せい剤（シャブ）なんか捌いて、自分の親分を殺（や）った悪党にせっせと上納してるの？」

「なんだと――」

清谷の顔が凍りついた。動揺が走ったのは明らかだ。

「言葉通りの意味よ。あなたは警察の内情まで知る情報通だもの。身内で起きてることは、もちろんよく知ってるでしょう」

「知らねえよ。なんの与太話だ」

清谷は視線をさまよわせた。目の光が弱まる。瑛子は井沢にドアを閉めさせた。

「あなたは頭もキレれば、気合いも入っている。刑事（デカ）なんか刺せば、下手すりゃ一生刑務所暮らしとなっていたかもしれない。甲斐が気に入ってた理由もよくわかる。あの男も賢く立ち回る狐より、一本気な猪を好んだ」

瑛子は胃のあたりをさすってみせた。

清谷にナイフで突かれた箇所は、案の定アザとなり、痛みを訴えだしている。腹をサラシのように包帯で巻き、鎮痛剤を服用してはいるものの、身体を動かすたびに鈍痛が走る。

「何度も言わせんな。今さら〝いい警官〟なんか演じても時間の無駄だ」

「演じてるのはあなたのほうでしょう」

「ああ？」

「甲斐を殺した強盗団の後ろには、当時若頭だった数佐周作がいたということになってる。筆頭若頭補佐である甲斐の実力を妬み、強盗団を使って事務所を襲わせたと。まさか本気でそんな筋書きを信じてるわけじゃないでしょう。真実を知りながら、目をつむって密売に励んでた」

「黙れ！」

清谷がテーブルを叩いた。骨折している右手で。激痛が走ったに違いないが、瑛子をきつく睨みつけてくる。

「黙らない。数佐は一生刑務所から出られはしないし、主立った幹部もあの争いで逮捕されるか、中国人マフィアに殺された。数佐組は解散して組員もちりぢり。もう斐心組のなかには親分の仇を取らずに、外道のシノギを黙々とこなす恥知らずしかいない。だから、私が甲斐の仇を取ろうと言ってるの。私はあなたと違って演じる気はない」

清谷がわめきながらテーブルをひっくり返した。テーブルが壁にぶつかり、けたたましい音を立てた。

井沢が取調室の出入口に向かった。彼がドアを開けると、廊下には署員たちが何事かと集まっており、組対課長の石丸が不安げに室内を覗きこんでいる。

「おいおい、派手にやってやがるな。大丈夫なのか」

「問題ないっす、問題ないっす。署長に見つからなきゃの話ですけど」

「交番襲撃の件でてんてこまいだが、やっこさん、それだけ気が立ってる。用心しろ」

「了解。ほら、見世物じゃねえぞ。散れ散れ」

井沢は署員たちを追い払うと、取調室の前に立って見張りに回った。取調室内は清谷と瑛子ふたりきりとなる。

瑛子は清谷の襟首を掴んだ。

「千波組系の人間なら、甲斐殺しの黒幕が数佐じゃないことぐらいわかってるはず。あんたはあの強盗団に頭をかち割られたくせに、芋引いて覚せい剤売りに精を出してるんだから、情けなくて反吐が出そう」

「ポリ公のてめえになにがわかる」

清谷が拳を振ってきた。大ぶりのフックを屈んでかわす。

「あなたよりもずっとわかってる。甲斐とはちんかもの仲だったから。仇も取らずにねちょねちょ生きるあんたらと違う。私が有嶋の首を獲ってみせる」

再度殴りかかろうと左拳を振り上げていた清谷が、有嶋の名を出すと、彫像のように身体を硬直させた。

瑛子は畳みかけた。

「数佐が親分想いなのをいいことに、あの老人は甲斐を殺ってておきながら、未だくたばらずにのうのうと生きている。それどころか、いよいよ手がつけられない。なにが起きてるかは知ってるでしょう、情報通」

清谷はパンチを放とうとしない。左拳を震わせ、やがてだらりと左腕を下げる。

甲斐が好んだ子分らしく、この男には彼とどこか似たものを感じた。暴力団員のくせに努力家で、嘘をつくのも下手なようだ。

ヤクザ社会ではそんな人間が割を喰う。鉄砲玉として使い捨てられるか、当局に逮捕される危険度の高いシノギを任される。死んだ甲斐自身も、ヤクザに向いていたとは今も思えない。

清谷の身体を押した。彼は糸の切れた操り人形のように、力なくパイプ椅子に腰かけた。

「摑んでるでしょう。有嶋があんたら子分に覚せい剤まで捌かせ、なにをやってるのかを」

「知らねえよ……」

清谷はうなだれた。さっきまでの威勢は消え、声に力もない。知っていると告白しているようなものだ。

「有能な子分を失った有嶋は、怨念をあたりにぶつけて回ってる。印旛会の長老と幹部のふたりが消えたのがいい例ね。人をこの世から消し去るには、なにかとカネがかかる。大量の覚せい剤でも売り払わないかぎり」

清谷はもう反論しなかった。

四ヶ月前の事件で、有嶋は印旛会内で立場を失い、総本部長という要職から舎弟分へと追いやられ、暗に引退を迫られている。関東ヤクザの顔だった老極道は、長年肝疾患を抱えていたこともあり、表舞台から消えたものと思われた。

それから二ヶ月後、印旛会で不可思議な出来事が起きた。立て続けに大物ヤクザが事故に遭ったり、失踪を疑われたりしたのだ。

ひとりは印旛会の常任相談役の寺地満州雄だ。有嶋と同年代の老ヤクザで、葛飾区や千葉県北西部を縄張りとする東葛寺地一家の首領だった。

有嶋とは若いころからのつきあいで、極道社会で鎬を削りあった仲として知られている。東京東部を仕切る有嶋とテリトリーが近いため、互いの自宅や事務所で雀卓を囲んでいる。

寺地はアウトドアを趣味としており、テントとバーベキューセットを積んだ米国製の大型SUVを所有していた。海釣りも好んで、館山市のマリーナにフィッシングクルーザーを係留させ、季節を問わず釣りに出かけた。

その寺地が鴨川市の弁天島で、磯釣り中に事故死した。現場は足場の悪い岩礁で、当時は梅雨の長雨で滑りやすくもあった。随行していた若衆が、コーヒーと軽食を買いにコンビニに行っている間に、寺地が姿を消していたことから一一八番通報をした。

勝浦海上保安署などの捜索によって、寺地の死体が一キロ離れた沖で発見された。身体にすり傷以外の外傷は見られず、死因は溺死と判断された。

ヤクザだけに遵法意識はないに等しく、立入禁止区域に指定されている港の堤防でも、金網や鉄扉を平気で乗り越えて、釣れるポイントを探すなど、日頃から油断や過信もあった。事故の報が流れ、極道社会や警察組織に衝撃が走ったものの、起こるべくして起こったアクシデントと見なされた。

彼の転落を防げなかったとして、東葛寺地一家の本部長が若衆にゴルフクラブで制裁を加え、千葉県警に逮捕されるというおまけもついた。

寺地の死から一週間後、印旛会の直参である殿納屋良尚が忽然と姿を消した。殿納屋は印旛会内では座布団の位置こそ低いが、往時の千波組と互角の勢力を持つ山王一家を仕切っていた。

山王一家は印旛会の会長である籠島大志の出身母体だった。殿納屋は籠島の懐刀として名を売り、甲斐と同じく、次世代の印旛会を牽引するホープとして注目されていた。

殿納屋は縄張り内の赤坂で実業家と会食したという。二次会で韓国クラブに立ち寄り、自慢の喉を披露した後、青山の高級マンションの愛人宅へ向かった。

だが、愛人のいるマンションに着くことはなかった。彼を乗せたジャガーと運転手の若衆ごと失踪している。その月の定例会を無断欠席したため、印旛会内だけではなく、全国の極道社会に彼の失踪が知れ渡った。

ヤクザが急に行方をくらますのは珍しくない。当局の監視をかわすためだったり、地元の有力者や大親分を怒らせ、ほとぼりが冷めるまで旅に出るなど理由は様々だ。最近は暴力団排除の動きに対応できず、三次団体の組長クラスであっても、組織に納める上納金を用意できずにケツを割るケースもある。

ただ殿納屋はそこいらのくすぼりではなく、印旛会の未来の後継者と目されている若き大物だ。急に姿を消す理由はない。圧倒的な資金力を誇ってもいた。むしろ会長を熱心に支え、印旛会の運営を山王一家の色に染め上げようと企む野心家だった。

本庁の組対部にしても、寝耳に水だったらしく、自発的に姿を消したとは考えにくいと判断した。殿納屋の行方を秘密裏に捜査し、彼の乗ったジャガーが青山ではなく、首都高から常磐道へと走っているところを防犯カメラやNシステムが捉えていることを摑んだ。千葉県柏市の田園地帯で足取りが捕捉されたのを最後に、ジャガーと殿納屋は煙のように消えてしまった。

事故死と判断された寺地と異なり、気鋭の極道の蒸発は印旛会内に激震を走らせた。会長の籠島の号令のもと、組織をあげて調査に乗り出している。

警視庁と印旛会が現時点で黒幕と睨んでいるのは、首都制覇を目論む関西系ヤクザの華岡(はなおか)組だった。関東の印旛会とは関係が悪く、一昨年の師走には激しく衝突している。華岡組が格安のメキシコ製覚せい剤を、首都に乱売したのがきっかけだった。互いに多くの死傷者や逮捕者を出した経緯がある。

瑛子の読みは違った。寺地の事故死と殿納屋の失踪の裏にいるのは関西ではなく有嶋だと。

瑛子は千波組の内紛劇の後、八王子にある甲斐の墓で、有嶋と睨み合った。拳銃を突きつけても、彼は怖れるどころか、射殺されるのを心から望んでいた。

——降りられん。死んだ者たちのためにも、組はなにがなんでも再建させる。

——私は潰すほうに回る。屁理屈をこねるあなたと千波組を、どんな手を使ってでも。

——やらせんぞ。婦警(メスポリ)ごときが！

有嶋の目には狂気の光が宿っていた。

二年前に愛娘を失っただけでなく、目をかけていた子分を死なせた。自身の身体は病魔に蝕(むしば)まれ、組織も崩壊しようとしている。生き地獄にいる彼を突き動かしているのは、己をも焼き尽くすような破壊衝動だ。

それを裏づけるように、熊本刑務所内でひとりの元極道が死んだ。千波組の若頭補佐だった戸塚譲治だ。

戸塚は有嶋と同じく策に溺れて自滅したヤクザだ。

有嶋の愛娘は刃物で襲われ、亡くなっていた。犯人は富豪の息子で、戸塚を頼った。捜査の攪乱を依頼したのだ。戸塚は犯人からケジメを取るどころか、カネを巻き上げるため、別人に罪をなすりつけようと策動した。瑛子に事件の真相を見抜かれ、最後は暴力に打って出た。戸塚の策は失敗に終わり、彼は犯人隠避や銃刀法違反などで裁かれ、長期の懲役刑を科せられた。千波組からは絶縁され、極道社会から永久追放されている。

当の本人はヤクザから足を洗い、刑務所のなかでは仮釈放を得るため、模範囚であり続けた。経営学の勉強にも勤しみ、実業家として復活する気でいたらしい。

その戸塚が三ヶ月前に雑居房の便所で、大量のちり紙を鼻と口に入れたうえ、窓の鉄格子にタオルをかけて首を吊った。

遺書や自殺をほのめかす言動はなかったが、熊本県警は検視の結果、他に外傷や争った形跡はなく、同房にいた他の受刑者とのトラブルも確認できなかったために自殺と判断した。

瑛子は戸塚の検視報告書や熊本県警の捜査資料を入手した。書類上からは他殺と判断できる材料はないものの、戸塚のようなタフな男が簡単に自殺を選ぶとは思えなかった。

他殺と断定できるほどの手がかりは見当たらない。それでも、狂王と化した現在の有嶋なら、娘の死を利用した元子分にきつい仕置きを加えようと企んでもおかしくはない。そう睨んだ矢先に、印旛会幹部の死が続いたのだ。

清谷に語りかけた。

「死亡した寺地と失踪した殿納屋は、とりわけ生前の甲斐と何度も会っていて、メシやゴルフに誘っている。甲斐の護衛や運転手も務めていたくらいだから、消えたふたりがなんの目的で接触していたか、あなたなら知っているはず」

清谷はうなだれたままだった。

室内の空調は効いているが、彼は水をかぶったように汗で濡れている。シャツが肌に貼りつき、上半身全体の刺青が透けて見えた。

四ヶ月前の内紛劇は、印旛会の幹部らが千波組の人事に干渉したのがきっかけだった。印旛会の親分衆にとって、千波組の跡目問題は恰好のチャンスだ。トップの有嶋が入退院を繰り返している隙を見て、彼を引退に追いこみ、ナンバー2の数佐ではなく、甲斐を千波組のトップに据えようと企んだ。

暴力団でも一般企業でも、若返りと称して神輿（みこし）を担ぎ、若手を祭り上げることがよくある。組織の刷新を表向きに掲げながら、若いリーダーが本格的に実力をつける前に、長老や古株たちが組織の利益を分け合うのだ。甲斐を千波組のトップに擁立しつつ、周りを印旛会にとって都合のいい人物で固める。

激しい向かい風にさらされているヤクザ社会で、豊富な資金力と旨みにあふれた縄張りを持つ千波組は、今や貴重な金鉱だ。

顔の広い若頭の数佐より、若輩の甲斐をトップに据えれば、千波組の米びつを吸い上げられると目論み、印旛会は甲斐擁立工作を進めていた。印旛会の謀略に気づいた有嶋は対抗策を打ち出したものの、結果的には数佐と甲斐の忠臣ふたりを失った。

瑛子は続けた。

「目に浮かぶようね。『この厳しい荒波にも耐えて、千波組の看板を守れるのはお前しかいない』と、甲斐をしつこく説得する親分たちの姿が」

「止めてくれ……」

清谷がうめいた。瑛子はしゃがみこんで彼を見上げた。

「なにを」

「これからもっとたくさんの血が流れる。甲斐(オヤジ)はそんなのを望んじゃいない」

富永は二階の取調室に向かった。

昨夜は池之端交番の襲撃事件だけでなく、組対課による大捕物があった。何人もの目撃者や被疑者から調書を取るため、複数の取調室がすべて埋まっていた。

ひとつの取調室のドアの前で、組対課の井沢が立番のように直立していた。

富永を見かけると、彼は反射的に顔を背けた。路上で警察官に出くわした密売人のような態度だ。彼は不自然さをごまかすように頭を下げる。

「お疲れ様っす」

挙動不審な理由がわかった。井沢の左頬が真っ赤に染まり、手形がくっきりと残っている。

富永は左頬を指す。

「ここは?」

「へ?　なにか?」

井沢は左頬をさすった。上司の八神とは違い、腹のうちを隠しきれない性格だ。

富永は肩に触れて微笑みかけた。

「昨夜はご苦労だった。千波組系の現役まで押さえられたのは大きい」

「あ、あざっす」

井沢の身体から力が抜けるのがわかった。その隙をついて、富永は彼を押しのけると、ドアのマジックミラーからなかの様子を見つめた。

取調室では、八神と清谷がテーブルを挟んで向き合っていた。

清谷が大きく肩を落としながら話をしている。目に涙さえ浮かべて。八神は静かに相槌を打つ。

富永は目を凝らした。

「落ちたのか？」

井沢に小声で尋ねた。

「え、ええ。そうっす。姐さ……係長の手にかかれば、どんな野郎も一発っすよ」

井沢は自慢げに胸を張った。大きな口を叩くわりには、富永と目を合わせようとしない。

取調室に再び目をやり、部屋全体を見回した。

「壁に傷がある。昨日まではなかった」

「そうでしたかね」

井沢が首を傾げた。

清谷は斐心組のなかでも気骨ある男と見込まれ、頑なな性格だと聞いていた。覚せい剤の密売人をやらざるを得なくなっても、傾いた組織から離れようとしない。いくら取調官が八神といえども、そう簡単に口を開くとは思えない。

彼女がまた反則技を使ったと考えるべきだ。部下の井沢を見張り番のように立たせておくこと自体が不自然極まりない。

富永はうなずいてみせた。

「八神係長にはよくやったと伝えてほしい。規則に則って引き続き頑張ってくれ。被疑者(マルヒ)を道場に連行して、汗を掻かせるなどもってのほかだ」

「当然じゃないですか」

井沢は迎合するような笑みを浮かべた。

カマをかけただけだが、やはり清谷と一悶着あったようだ。問い詰めてやりたい衝動に駆られた。

今は寄り道している場合ではない。奥の取調室に進み、マジックミラーを通じて、池之端交番を襲撃した犯人の竹石隆宏を見つめた。

竹石は清谷以上にボロボロの姿だった。被害者である巡査の馬淵を襲ってもみ合いとなり、交番に戻ってきた他の警察官たちに制圧された。

馬淵から死に物狂いの抵抗を受け、拳はもちろん、肘や電話機で殴打されたために右目は塞がり、頬と唇が腫れ上がっていた。タンコブを山ほどこさえ、頭の形が変わっている。ガタイのいい警察官にのしかかられて肋骨を折り、今は胸にコルセットを着けているという。

署から貸し出される古いスウェットを着ているせいか、みすぼらしさが際立って映る。

免許証の写真とは異なり、頭を五厘の丸刈りにしていた。背丈はさほど高くはない。体重は百キロはありそうで、セイウチのようだ。パイプ椅子に背中を預け、だらしなく両脚を投げ出している。生粋の本職である清谷よりも、カタギの竹石のほうがヤクザに見える。

富永の背筋がひやりとした。

あれほどの巨漢に急襲されながらも、馬淵は拳銃を死守したのだ。交番に待機していたのが女性警察官なら、太刀打ちできたかは疑問だ。昨夜は監察官の中路から嫌味を言われたが、素直に耳を傾けなければならないところがある。

竹石は取調官の大久保との会話には応じていた。補助官の若手刑事がパソコンのキーを叩いて調書を作成している。

ドアのノブを摑もうとして、すぐに手を引っこめた。取り調べの状況は知りたいが、大久保の仕事を邪魔するわけにはいかない。

「署長」

刑事課長の中畑に呼びかけられた。富永は声をひそめて、取調室を見やった。

「どうだ」

「けっこう顎を回しやがりますよ」

中畑は憎々しげに竹石を見つめた。〝顎を回す〟とは、よく喋るという意味だ。

激しい物音がした。富永が取調室内を凝視する。竹石が急に前のめりになって、テーブルを掌で叩いている。

「あれはずっと使ってた愛用品だったんだ！　なんでいつもおれなんだ。なんでおれだったんだよ。あんたらは見た目だけで狙いやがって。もっとスパイだの反社だの、他に悪党はいっぱいいたじゃないか」

「ほらね」

中畑は口を歪めた。

竹石は唇の端に唾を溜め、早口でまくしたてた。大久保は静かに聞いている。大それた犯行を企むだけあって、廊下にまで竹石の狂気のオーラがにじみ出てくる。

富永は中畑にそっと訊いた。

「……薬物反応は出なかったらしいな」

「簡易検査の結果は陰性でした。野郎の持ち物からも出てきてはいません。自宅や職場からなにか見つければ、小便を科捜研に送って本鑑定をさせる予定です」

「よく尿検査に応じたものだ」

「大久保がうまくコントロールしています。やっこさん、あまり深く考えないようで」

竹石の感情の起伏が激しいため、捜査一係は竹石の薬物使用を疑った。

大久保が挑発するように疑問を投げかけると、竹石は憤激してトイレへと向かい、自ら尿を採って提出したという。陰性が判明し、竹石は自慢げに鼻を鳴らした。酒や薬物などに頼らず、自分の鉄の意志でやったのだと主張した。

「あんたら警察が、おれに喧嘩を売ってきたんだ。ナイフだけじゃなく時間や尊厳も奪った。大切なものを奪われたら、取り返そうとしてなにが悪い！」

富永はため息をついた。

図体こそデカいものの、署に引っ張られてくる不良少年よりも幼く見える。こんな男に部下が一生モノのケガを負わされたのか。憤りよりも虚しさを感じてしまう。

富永は取調室から離れた。中畑を連れて署長室に戻ると、応接セットのソファを勧めた。

中畑は腰かけるとメモ帳を開いた。

「今のところ、竹石の思想的な背景は不明で、過激派などとの関わりは見つかってはいません」

富永はうなずいてみせた。

警察官が狙われたとなれば、極左や極右の政治団体、カルト宗教団体の関与を調べる必要がある。襲撃犯をその場で捕らえたとしても、一件落着とするわけにはいかず、竹石の背後関係を徹底して洗わなければならない。事件の捜査には刑事課捜査一係だけでなく、警備課公安係も加わらせ、竹石の地元である牛久市に乗りこませた。捜査一係と公安係による混成チームは､竹石の自宅を家宅捜索し、アルバイト先である物流倉庫でも聞き込みを始めている。

富永は言った。

「思想や宗教はともかく、主張ははっきりしているようだな」

「大久保がうまく水を向けたところ、あの名調子でペラペラやりだしました。秋葉原で過去に何度か職務質問（バンカケ）に遭っているようです」

「茨城から秋葉原へとはるばる通う理由は？」

「メイドリフレのようです。毎週のように通っていたらしく、職務質問のせいで、予約時間に遅れたこともあったとか」

「メイドリフレ……」

思わずオウム返しで呟いた。

「神田消防署付近にある店です。そこのナンバー1の嬢にのめり込んでいたようですね。さっきの調子で、いかに予約するのが難しく、警察が貴重な機会を奪ったのかをまくしたててました。確かに竹石の財布には、この店の会員証とクーポン券が入ってました」

「貴重な機会か」

富永は低くうなって腕を組んだ。

捜査はまだ始まったばかりで、竹石の供述を鵜呑みにはできない。ただ、自分の目で彼の様子を見るかぎり、あり得そうな話ではある。他人から見ればささいな動機であっても、それが引き金となって、一生を棒に振る犯罪を起こす人間はいるものだ。

――私は警察官でいられますか?

馬淵に病室で尋ねられた。

富永は今日の朝一番に再び病院を訪れていた。彼の手術は六時間にも及び、切断された指の再接着には成功したという。治療のために二週間は入院する必要があり、指が元通りになるかは今後のリハビリ次第だ。

犯人の竹石が顔を派手に腫れ上がらせているのに対し、馬淵はミイラ男のような包帯まみれの状態で、ベッドに寝かされていた。指を切断された右手はもちろん、ナイフを摑み取った左手にも七センチに及ぶ裂傷があり、顔や頭にも打撲傷や切り傷を負った。指がくっついたとはいえ、麻酔が切れたために唇を嚙みしめながら激痛に耐えていた。

富永は彼の目を見て答えた。

――当然だとも。署長賞に値する手柄だ。

馬淵は泣きそうな顔で、分厚く包帯で巻かれた右手を掲げた。

かったら。

——むちゃくちゃ痛むのに、人差し指と親指の感覚がありません。もし元のように動かな
　地域課長の根岸が励ました。

——めそめそするな。かりにそうなったとしても、警察官（サツカン）なんざ続けられるし、刑事（デカ）にだってなれるさ。かりにペンや箸ぐらい握れなくたって、今じゃ書類仕事のほとんどがパソコンじゃないか。指の一本や二本、どうってことないって。

　デリカシーに欠ける慰め方だが、根岸の言う通りだった。

　問題は肉体よりも心のほうだ。不幸にして事故や事件に直面し、馬淵のように受傷してしまう部下たちを何人か見てきた。

　交通事故現場の処理中に、車にはねられた者もいれば、喧嘩の仲裁に入って背中を刺された者もいる。馬淵と同じく重傷を負ったものの、治療やリハビリはうまく行き、大抵は現場復帰を果たしている。

　ただ、彼らは再び危険な暴力やむき出しの悪意と向き合わなければならない。注意散漫なドライバーなどとも。

　ケガを負ったときの悪夢が頭をよぎり、心的外傷を克服できず、警察社会から去った人間もいる。顔にニキビが残る若者が遭遇するには、あまりに過酷な惨事といえた。

貴重な機会を奪われたのはむしろ馬淵だ。竹石の身勝手な犯行に改めて腹のなかが熱くなる。

中畑に尋ねた。

「秋葉原で事を起こさずに、うちの馬淵を狙ったのは例の動画サイトのせいか」

「そのようです。警察官であればとくにこだわりはなかったようで、初めは自分の地元である茨城県警牛久署の署員を狙おうと考えていたらしいのですが――」

中畑によれば、竹石は品川の射殺事件をきっかけに、神奈川県警が見過ごした八年前のリンチ殺人事件をネットで調べたという。

リンチ殺人の惨（むご）たらしさに戦慄し、被害者の両親の訴えに耳をまるで貸さなかった神奈川南署のずさんな対応に猛烈な怒りを覚えた。その中心人物である元刑事が何者かに撃たれたと知って興奮した。

竹石もまた無能で怠惰な警察官に対し、思い知らせてやりたいと考えた。

標的を探しているうちに、動画サイトにたどりつき、しつこく職務質問をする馬淵を見つけた。撮影された場所が不忍（しのばず）通りの池之端付近だとわかり、ネット通販で購入したサバイバルナイフを懐に入れ、池之端交番まで足を運んだところ、ちょうど立番をしている馬淵を発見したのだという。

彼から拳銃を奪おうと、その日のうちに決断すると、竹石は上野広小路のネットカフェにこもった。

夜になってから池之端のオフィスビルの陰に隠れながら、虚偽の一一〇番通報をした。交番から複数の警察官が自転車に乗って出て行き、交番には馬淵ひとりが残っていた。陽動作戦がうまく行き、竹石は天の配剤だと確信した。

昨夜、大久保に動画サイトの映像を見せられたときから懸念を覚えていたが、竹石はまさにそれを見て動いていたことになる。

中畑には引き続き、竹石本人とその周辺を徹底して洗うように指示した。

富永はデスクに戻ってパソコンを起ち上げた。やるべき仕事は山積みだが、それでも動画サイトを見に行ってしまう。『態度クソ悪すぎ上野警察』を選ぶ。広告の後に、馬淵と動画撮影者とのやり取りが始まった。

動画の再生回数は昨夜まで二万五千回に過ぎなかった。現在では三百万回を超えている。まだ竹石の動機は警察関係者にしか知られていないはずだが、すでに被害者の馬淵の名は報道されており、この動画が注目を浴びていた。コメント欄は荒れに荒れており、動画撮影者を非難するコメントで埋め尽くされている。

『警官に因縁つけて小銭稼ぎするチンピラ』『お前のせいで刺されたんだぞ、動画削除しろよ』『お前、うちらの街で見かけたら速攻で潰す』

罵倒と野次にまみれながらも、『警察も職務質問のあり方を見直せ』『職人の仕事道具漁って捕まえてるうちはまた刺される』と、警察を批判するコメントも少なくはない。なんにしろ、今回の事件でこの動画が注目され、撮影者に多額の広告収入が入るのかと思うと腹が立った。

ポケットに入れていた携帯端末が震えた。液晶画面に目をやると、知った名前が表示されていた。電話に出る。

〈ごぶさたしております。構いませんでしょうか〉

捜査一課の沢木管理官が柔らかな口調で訊いてきた。

「私もちょうどそちらに電話しようかと思っていたところでした」

沢木は人当たりのいい性格で知られているが、泣く子も黙る殺人捜査のプロだ。今度の品川で起きた射殺事件では、彼が品川署の捜査本部を取り仕切っている。

彼とはかねて親交がある。沢木は過去に上野署管内で起きた殺人事件を担当してもいた。

〈昨夜は大変なことに。申し訳ありません。ご迷惑をおかけしています〉

沢木は苦しげに言った。富永は苦笑した。

「一体、どうしたんです」

〈そちらの交番襲撃犯が、品川の件をきっかけに動いたと耳にしました。こちらの事件の犯

人を捕らえていれば、上野署員が襲われるような事態は避けられたのではないかと……〉

「あなたらしくもない。品川の事件はきっかけのほんのひとつに過ぎませんよ。竹石の家族関係や職場での様子を洗っている最中で、まだ事件の全容が明らかになったわけでもない。これは私見に過ぎませんが、竹石はよほどの鬱憤を溜めこんでいたようです。かりに品川の件がなかったとしても、竹石はいずれ別の誰かを襲ったことでしょう」

〈ありがとうございます。ひと言、お詫びを申し上げたかった〉

「だいぶお疲れのようですね」

〈いつものことではあるのですが……〉

品川の射殺事件はすでに一期を過ぎている。

一期とは捜査本部が起ってからの三十日間を意味する。殺しの捜査は時間との勝負だ。所轄が他殺と判断すれば、大量の捜査員が一期目に投入される。

捜査一課と品川署は先月、本庁の組対部からの応援も要請して百人以上の体制で臨んだ。拳銃という異質な武器が用いられているため、容疑者の絞りこみは容易と考えられていた。

被害者の鳥居が警察の負の歴史に名を刻んだ人物で、ネットやメディアは八年前のリンチ殺人事件に注目した。特捜本部は一方で、現在の鳥居が勤務先の病院で用心棒の役割を果たしていたことから、暴力団関係者とのトラブルを視野に入れて捜査しているらしい。

捜査一課員は品川署に泊まりこみ、昼夜を問わず、徹底して事件を追いかける。拳銃が用いられた殺人事件となると、すみやかに解決できなければ、安全都市東京というブランドに大きな傷がつく。特捜本部で指揮する沢木の肩には、いつも以上のプレッシャーがかかっているはずだ。

〈まずはそちらの中畑課長を通して依頼すべきなのですが〉

沢木の声は掠れており、ときおり咳払いをした。おそらく、特捜本部に送り込まれてから、一日も休みを取っていないのだろう。

「構いません。竹石のアリバイですね。そちらの射殺事件が起きた日の」

〈そうです。そちらが身柄送検を終えた後、捜査員を派遣しますので、時間をいただければと〉

「わかりました。中畑課長には私から伝えておきます」

富永は唇を舐めてから尋ねた。

「……品川の犯人（ホシ）は、病院絡みのトラブルではなく、竹石と同じく警察組織に恨みを持つ者ということですか？」

沢木が息を呑むのがわかった。

越権行為だと思いながらも、訊かずにはいられなかった。一介の署長がよその事件に首を突っこむのは、他人の縄張りに土足で踏み入ることに他ならない。

電話をしながら大手ポータルサイトのニュース記事に目をやった。週刊誌がすっぱ抜いた有名俳優の不倫や、昨夜発生した池之端交番襲撃事件と同じく、神奈川リンチ殺人事件の民事裁判に関するニュースがアクセス数ランキングの上位に入っていた。

品川の射殺事件は首都のイメージを汚すとともに、警察組織に恨みを持つ者を刺激し続け、今後も第二第三の竹石を生み出しかねなかった。

民事裁判の記事に目をやった。被害者の両親が、国家賠償法に基づいて神奈川県と加害者の家族に約一億四千万円もの損害賠償を求めた件だ。八年前、リンチによって殺害された若者は文野太陽(ふみのたいよう)といった。

昨年、横浜地裁は神奈川県警の捜査怠慢と死亡の因果関係を明確に認め、県警の主張を退けた。神奈川南署は文野の身に危険が切迫していたのを充分認識できたはずだと、厳しく批判。両親の主張をほぼ全面的に認め、約一億一千万円の支払いを県と加害者家族に命じた。

地裁で敗訴した神奈川県は不服として控訴。二ヶ月前の東京高裁では、地裁とは大きく異なる判決が下っている。神奈川県警に捜査怠慢があったとしても、文野を救出できた可能性は少なかったとし、彼にも責任があったと判断した。両親に支払われる賠償金は十分の一の一千百万円に減らされ、両親にはとても承服できない結果となった。

長い法廷闘争に疲れ果てた文野の父親が体調を崩し、高裁の判決が下った二週間後に心不全でこの世を去った。父親は死の間際、「県警によって命だけでなく、名誉や尊厳までも踏みにじられた」と無念の想いを綴ったメモを残している。

弱々しい手書きのメモは、全国ネットのニュース番組で報道され、神奈川県庁や県警には抗議の電話やメールが殺到した。

その父親が死亡した十日後、捜査怠慢の張本人の鳥居が何者かに射殺されたのだ。

〈暴力団の線で洗ってきましたが、それ以外の可能性を視野に入れざるを得なくなったのは事実です〉

保秘を約束すると、沢木が胸のうちを明かしてくれた。よほど今度の件には参っているようだ。

「元刑事の鳥居は八年前の事件で、被害者の遺族から深い恨みを持たれているでしょう。そちらのほうは」

〈リンチ殺人の関係者はすべて洗いました。文野太陽の友人や親戚、両親が加わっていた被害者支援グループ、裁判の傍聴人まで割り出して〉

品川署の特捜本部は、鳥居の勤務先の病院に入院していた人物や病院関係者、現在の鳥居の人間関係を中心に調べつつ、過去のリンチ殺人事件にも人員を割いた。捜査員を横浜市にやり、当時の事件資料に登場する人物をリストアップさせ、ひとりずつシラミ潰しで当たらせた。

リンチ殺人をみすみす見過ごした鳥居を、もっとも憎んでいるのは文野の両親と思われたが、早々に容疑者リストから外した。文野の父親は死亡し、母親も法廷闘争と葬式による疲労で寝込み、隣近所の住民たちから看病を受けていた。

文野の父親は息子と同じく、大手自動車メーカーの工場で働いていた真面目な工員で、母親は食品会社で仕出し弁当の盛りつけをしていた。ごく一般の市民であり、拳銃を入手できる伝手などなく、老後のために貯めていた資金もほとんどを裁判に費やしていた。

文野の両親をバックアップしていた支援グループも、警察組織に深い不信感と怒りを抱いていた。おもに亡き文野の友人や弁護士、左派の市議やジャーナリストで構成されている。大抵の者にしっかりとしたアリバイがあり、拳銃を入手しようと動いた形跡はなかった。

むしろ拳銃との接点がありそうなのは、文野をリンチした加害者のほうだ。とはいえ、まだ犯行に関わった全員が刑務所に入っている。

主犯格はバックにヤクザがいると吹聴して、共犯者や文野を支配した。実際に暴力団員との交流はなかったものの、属していた不良グループのOBには、暴力団の息がかかった地下格闘技のジムで働く者や、ヤクザの姐が経営するキャバクラの店長がいた。

連中には銃火器を入手できそうなルートはあっても、鳥居を狙う理由がない。アリバイも明らかになっており、容疑者リストから外さざるを得なくなった。リンチ殺人事件の線からは有力な容疑者が現れなかった。

　富永はうなった。

「つまり、今の勤務先からも、かつてのリンチ殺人事件の線からも、犯人につながる手がかりを見つけられずにいる」

〈鳥居は優れたトラブルシューターだったようです。過去に信じがたい捜査怠慢をやらかしてはいましたが、なかなかのコワモテで、モンスター患者にも毅然と対応していた。年に二百件以上のクレーマーを相手にしてきたくらいですから〉

「なかにはヤクザなどの反社もいたと聞いてます」

〈現役の暴力団員（マルB）から、代紋をチラつかせる共生者やチンピラまで様々です。鳥居が病院に再就職してから八年間、その手の怪しげな連中だけでも数十人にもなります。もっとも、そのうちのほとんどはすでに死んでいるか、介護施設に入所しています。高齢や病気で満足に走ることもできない者ばかりでした〉

「そちらの犯人（ホシ）は素人ではないと聞いています」

　鳥居は勤務先から帰宅途中に襲われている。鳥居の頭や心臓といった急所を、単独の犯人が後ろから的確に撃ち抜いたのだ。

〈使われたのは自動拳銃のシグザウエルP220と判明しています。現場を徹底的に調べましたが、空薬莢はひとつも発見されていません。犯人は三発放って鳥居を仕留めると、空薬莢をきれいに拾って、その場を立ち去ったのです〉

沢木の苦悩が言葉からにじみ出ていた。

拳銃で人ひとりを射殺しながら、証拠をなるべく残さず現場から立ち去る。よほどの腕と胆力がなければできない芸当だ。

それだけの腕利きを放つには、手間とカネをかけなければならない。よほど資金力のある大組織でなければ実行できない。おのずと捜査対象は絞られ、ヒットマンや雇い主の正体は割り出しやすくなるはずだった。

「明らかに暴力団絡みの犯行……そのくせ、手応えが感じられない」

〈そういうことです。鳥居と揉めた患者のなかに反社の人間が少なからずいたわけですが、そんな腕を持ったやつも、雇えるだけの財力のあるやつも発見できていません。事ここにいたって、なにか重要な見落としをしているのではと、頭を抱えているところです〉

「おまけに上野では交番襲撃事件まで起きた。上からのプレッシャーも相当でしょう」

〈それはいつものことですが……いや、申し訳ありません。こんなグチを聞いていただいて〉

「いえ。うちとしても、そちらの状況を知りたかった」

〈……もしかしたら、また八神係長の手を借りることになるかもしれません〉

「八神を？」

〈いや、なんでもありません。忘れてください〉

沢木は恥ずかしそうに詫び、改めて竹石の件を確認すると、慌ただしく電話を切った。

沢木はよほど参っているようだ。事件の解決までには時間がかかりそうなことにも。憂慮すべき事態だった。警察の執行力を甘く見られ、事件に影響を受けた模倣犯が現れる可能性がある。

人員と予算は限られているが、馬淵のような被害者を再び出すわけにはいかない。どう対処すべきか。富永としても頭が痛かった。

5

比内(ひうち)香麻里(かおり)の携帯端末が震えた。液晶画面に目をやる。

香麻里宛てにSNSでメッセージが届いていた。

〈駅のロッカーは空っぽだった。ブツはどこだ〉

香麻里は液晶画面をタップしてメッセージを返した。

〈そんな目立つところに置くわけないでしょう。もう少しご足労願います。嫌なら帰ってくれて構わない〉

香麻里は、駅に隣接している巨大ショッピングモールのフードコートに来るように指示を出した。相手からすぐに返信がある。

〈ナメた真似をしたら殺す〉

香麻里の背筋がぞくりとした。

彼女がいるミニバンはエンジンを切り、すでにクーラーは効いていない。気温はみるみる上昇し、三十度を超えているだろう。にもかかわらず、腕の皮膚が粟立っていた。

極道社会にいれば、殺すだの拉致るだのといったやり取りは挨拶代わりに飛び出る。ただ、メッセージの送り主は殺しの道具を持っており、人も実際に葬っているかもしれないのだ。

香麻里は子分の凱斗に電話をかけた。

「あいつは？」

〈ひとりですね。連れは見当たりません。そっちに向かってます〉

凱斗は中学もろくに通っていない根っからの不良だ。

ガキのころから万引きや空き巣を繰り返し、特殊詐欺で年寄りからカネを騙し取ってきただけあって、カタギの恰好をさせれば右に出る者はいない。黒髪を七三に分け、クールビズの姿で千葉ニュータウン中央駅を見張らせていた。

　警戒心が人一倍強い凱斗が言うのなら間違いなく、あの男はたったひとりで千葉の郊外にやって来たことになる。

「凱斗、あいつがひとりなのを確認したら、あんたもこっちに合流して。全員で囲むから」

〈あいつが……持ってるの本物（マジモン）ですよね〉

「なに？　あんたビビってんの？」

〈ち、違いますよ〉

「だったら、グズグズ言わないで来いよ」

　子分を叱りつけて電話を切った。

　運転席にいる秀郎（ひでろう）がおそるおそる香麻里を見る。グロックを握りながら。

「姐さん、やっぱ本物（マジモン）握らせてくれませんか。エアガンじゃサマにならねえし……」

「実銃、撃ったことあった？」

「ないっす」

　香麻里は秀郎に平手打ちを見舞った。彼の頬はベトベトに濡れており、掌に汗と脂がついた。

「暴発させて味方弾（はじ）くか、そこらの女子供に当てちまうのが関の山だよ。なんのためにチンポコみたいな頭にして、刺青入れてんだ。その図体で威嚇してりゃいいんだよ」

「す、すみません」

香麻里はタバコをくわえた。

秀郎がすかさずライターで火をつける。炎がかすかに揺れていた。彼は体重百キロを超える巨漢で、頭をスキンヘッドにしている。甚平を着て、ふくらはぎの刺青をチラつかせるなど、泣く子も黙るワルの恰好をしているわりに、肝の小さいところがある。

香麻里は煙を深々と吐き出すと、後ろの座席の悪ガキふたりに声をかけた。

「相手はたった一匹だから、ビビることなんかないよ。ガタガタ言うようなら、殺さない程度に刺していいから」

「そうすか」

黒のTシャツを着たガキが答えた。コンバットナイフの柄をいじくっている。

ふたりとも顔にニキビ痕があり、子供臭さが残っているものの、最近まで少年院に入っていただけあって、飢えた犬のような危うい気配がする。凱斗の後輩にあたり、彼の地元の松戸でスカウトしてきたという。まだ二十歳そこそこだろうに、盃をもらっている現役の凱斗や秀郎よりも迫力を感じさせた。

それだけ、組員たちが今まで組織の看板に頼り切っていたということだ。千波組の代紋の力は大きかった。同じ印旛会系はもちろん、代紋違いの組からも一目置かれていた。シノギでトラブルになっても、〝千波〟の名前を出せば、大抵は相手がすごすごと引き下がった。

それを自分の力だと勘違いしていたため、いざ組織が崩れそうになると、組員ひとりひとりの貫禄のなさが明らかになってしまう。香麻里の旦那の比内幸司もそうだった。

幸司は都内の城東エリアではそれなりに知られていた。四次団体の小さな組の親分だというのに、随分と羽振りがよかった。風俗や高利貸し、インチキ美容外科の経営など幅広くシノギを手がけていた。香麻里も姐として経理を担当し、組織の運営を陰で支えた。

おかしくなったのは四ヶ月前だ。千波組内で激しい内部抗争が起き、幸司の親分だった甲斐が殺害されてしまった。若頭だった数佐は身内殺しで逮捕され、ヤクザ社会から絶縁された。

屋台骨を支えるふたりの幹部が消えると、千波組の威光は瞬く間に消滅してしまった。警察組織からも目をつけられ、幸司が営んでいたメンズマッサージやデリヘルが潰され、もっとも太いシノギだった美容外科も、診療報酬不正請求で院長が逮捕されてしまった。

関東ヤクザの顔役と言われた有嶋が落ち目になると、同業者だけでなく、カタギからもいいようにナメられるようになった。

ここが正念場だというのに、逆境に陥ると幸司は弱かった。組織が健全だったときこそ、幸司は一千万円を超えるジャガーのクーペを転がし、やたらと羽振りもよかった。

香麻里は彼に賭けた。一緒についていけばカネに困らず、セレブのような暮らしもでき、香麻里を貧乏人とさんざんコケにした地元のバカたちの鼻を明かせると思っていた。

幸司が尊敬していた甲斐が凶刃に斃れると、幸司は親分の遺志を継ぐ気概を見せるどころか、酒を浴びるように飲み出し、不安や屈辱をアルコールでまぎらわすようになった。けっきょく、借金の返済を滞らせたスナック経営者を監禁し、殴打したのがバレて逮捕された。最低でも四年は塀の中だ。

変わってしまったのは旦那だけではない。千波組自体がすっかりおかしくなった。組織のなかにも掟というものがあり、ヤクザである以上は非合法なシノギを扱うが、覚せい剤や特殊詐欺は外道として、固く禁じられていたのだ。

それが今では正反対の指示が飛んでくる。カタギをシャブ漬けにしてでも、弱った年寄りの金蔵を狙ってでも、とにかくカネを稼げと発破をかけられる。月の上納金だけでなく、しょっちゅう臨時徴収まで行い、子分からカネを吸い上げることしか頭にない。

今の千波組を運営しているのは、本当に大俠客と言われた有嶋なのか。組員はみんな唖然としている。それが今の状況だ。

幸司の組織である比内興業を、今のところ仕切っているのは姐である香麻里だ。留守の夫に代わって組織を切り盛りするなどと、『極道の妻たち』をやるつもりは毛頭ない。近いうちに離婚届を幸司がいる拘置所に送る気でいる。

ヤクザはゴネるのが習性だ。幸司がおとなしく離婚届に判をつくとは思えない。チンピラみたいな犯罪で逮捕されたくせに、一丁前に娘の紗良を可愛がってもいた。幸司と別れるのにには弁護士を雇うだけのカネがいる。母娘ふたりでこれから生きていくためにも。

状況はひどくなる一方だった。ほとんどのシノギは警察に潰され、同業者に食い荒らされた。

金融業も回収率が極端に悪くなった。貸した相手も高利貸しなのをわかって借りているスジの悪い連中ばかりだ。カネを返すように迫り、千波組の名前を出しても、鼻で笑われてしまう。

——幸司さんもいねえし、ヤクザだなんだって怖い顔して迫られてもさ、姐さんじゃ色気たっぷりで、ちんぽが大きくなるばっかだ。もう少し待ってよ。

今までは千波組の威光にすがるために、幸司にペコペコしていた連中が、借金を踏み倒すばかりか、あからさまにナメた態度を取るようになった。ギャンブル狂いのバーテンが、返済日に店へやって来た香麻里にふざけた口を叩いた。許すわけにはいかなかった。

このバーテンは幸司と同年代で、小学生の息子がいた。学校から帰るさいに、ひとりになったところで、香麻里は息子の顔に犬の糞を塗りたくり、体操着を入れた巾着袋に腐ったネズミの死体をいくつも放り込んだ。

バーテンはすぐに連絡をよこして詫びを入れ、きっちり返済するから家族には手を出さないでくれと懇願した。たかだか数十万円を回収するのに、割に合わない労力が求められた。いちいち、こんな無茶なやり方をしていたら、今度は香麻里までが御用となり、紗良はひとりぼっちとなってしまう。

香麻里には頼るべき実家などない。九州にはまだ母が生きているが、娘の自分を犯そうとした変態の義父も、まだくたばってはいないだろう。

四日前には、幸司の兄貴分の清谷が逮捕された。当局は千波組をマークしているうえ、組織を潰すために血眼（ちまなこ）になっているという。

比内興業と上部団体の斐心組は、どちらも上野にある。上野署管内には点数を上げるためなら、法律も平気で踏みにじってヤクザを潰す危ない女刑事がいる。グズグズしてはいられない。

香麻里は夫の所有物を手っ取り早く売り払う方法を選んだ。幸司自慢のジャガー、それに高級ブランドのバッグや貴金属をすべて売り、当面の生活費を作った。

いくらかのカネを凱斗たちに渡し、手足となって動いてもらっているが、この子分たちもバカではない。この泥船からの脱出を企むのは時間の問題だ。

携帯端末に新たなメッセージが送られてきた。やつからだった。

〈着いたぞ。どこにいるんだ〉

やつは斉藤と名乗った。当然、偽名だろう。

斉藤を紹介したのは例のギャンブル狂いのバーテンだった。新橋の違法カジノで知り合い、斉藤が拳銃を欲しがっているのを知ったという。

幸司が好んだのは高級車やブランド品だけではない。熱心な銃器のコレクターでもあった。景気のいいときは知り合いの釣り船屋に漁船を出してもらい、タニマチの社長とともに射的大会を催していたほどだ。

女性にも扱いやすい二十二口径のワルサーから、『ダーティハリー』のスミス&ウェッソンM29、その他にも三十八口径のリボルバー、グロックやシグザウエルといった自動拳銃も集めていた。その銃器類も幸司に内緒で手放すことにし、先月は斉藤に高値で実銃と弾を売りつけた。

斉藤が買ったのはシグザウエルP220だ。日本の自衛隊でも採用されている軍用拳銃で、幸司がもっとも大切にしていた名銃だ。拳銃に二百五十万円、使用弾薬の9ミリパラベラム弾には一発五万円と吹っかけたが、斉藤は値切りもせずに承諾し、十発分の弾薬も購入した。

とはいえ、斉藤との取引には随分と苦労をさせられた。当局が千波組潰しに動いている最中だ。仲介者のバーテンは斉藤を、違法カジノに出入りしているガンマニアと紹介したが、とても鵜呑みにはできなかった。

取引は北千住（きたせんじゅ）のダーツバーで行われた。バーテンが経営する店だ。姿を見せた斉藤を見て、香麻里はさらに警戒を強めざるを得なかった。

斉藤は四十代半ばくらいの中年のようで、百万円の札束が三つ入る封筒を無造作に掴んで取引現場に現れた。

彼は外資系保険会社の外交員と言った。あからさまな嘘としか思えなかった。剣呑な雰囲気をまとっており、身体をとことんいじめ抜いているのか、服の上からでも鋼鉄のような肉体をしているのがわかった。髪は短くカットしていた。取引を進めるにはあまりに危険すぎた。

――てめえ、どう見ても警官（ポリ）だろうが。ナメやがって。

香麻里たちは斉藤を取り囲み、店の包丁やアイスピックを突きつけた。

斉藤はまるで臆する様子を見せなかった。ヤクザだってタマが縮む状況だというのに。それどころか、着ていたポロシャツやスラックスを脱ぎ、パンツまで下ろして全裸になった。隠しマイクやＧＰＳ発信機の類はなかった。

――警官だと……ビビるのも大概にしてくれ。それに、あんな連中と一緒にするな。現金以外になにも持っていない。好きなだけ調べろ。

刃物を持った香麻里たちを前に、裸の斉藤はうなり、警察への嫌悪を露にした。

彼の肉体は想像以上だった。腹筋は六つに割れ、肩や二の腕は瘤のように隆起していた。日々のトレーニングはもちろん、食事にも気をつけていることがうかがえた。

斉藤は精悍な顔つきの二枚目でもあった。ヒゲをきれいに剃り、身だしなみもきっちり整え、子分たちよりもまっとうな大人に見えた。ただし目だけはひどく暗く、瞳には危うい輝きがある。治安を守るほうではなく、壊すほうの人間に見えた。

香麻里は斉藤の肩に包丁の刃をあてた。

――警官じゃなさそうだけど、ガンマニアにも極道にも見えやしない。立派なモンぶら下げてるけど真珠も入れてないし、彫り物もない。保険屋だって？　もっとマシな嘘をつけよ。あんた、何者だ。

――保険会社のサラリーマンだ。それ以上、話す気はない。おれはあんたらに興味を持たない。だから、あんたらも詮索するな。カネとブツとを黙って交換すればいいんだ。

――この野郎……偉そうな口叩きやがって。気が変わったよ。取引は中止だ。

――ダメだ。

斉藤の腕が動いた。包丁を持った手を掴まれた。

——てめえ！

包丁を奪い取られると思った。だが、斉藤は香麻里の手を握ると、包丁の刃を引かせた。彼の肩に一筋の線ができ、ピンク色の肉が見えた。血が滴りだす。刃物を突きつけた秀郎たちも息を呑む。香麻里は目を見張った。

——あんた、頭おかしいんじゃねえのか。

斉藤の胸やヘソまで赤く染まった。彼は表情を変えずに言った。

——頭のおかしな保険屋。それでいいんだろう。とにかく、おれは警官なんかじゃない。警官だったこともない。

斉藤の迫力に圧倒され、けっきょく取引をした。

バーにあった救急用具で止血し、おしぼりで上半身の血を拭わせて、コインロッカーのキーを渡した。北千住駅西口の商業ビルに設置されているものだった。

彼は三百万円を置いて、衣服を身につけると、さっさと店を出て行った。コインロッカーにあった自動拳銃と弾薬を入手して姿をくらましている。

斉藤は警察官でも極道でもない。もっとやばい何者かだと思った。

香麻里の予想は的中した。取引から約一週間後、品川で神奈川県警の元刑事が射殺される事件が起きた。撃たれたのは、八年前にリンチ殺人事件をみすみす見逃し、職務怠慢として県警から追い出された男だった。

男は頭と心臓を的確に撃ち抜かれていた。週刊誌の記事を読んで、すぐに斉藤の顔が浮かんだ。

斉藤は取引している最中、ほとんど感情を露にしなかった。自分の肩を包丁で切ったときですら。唯一、警官と疑われたときだけ、心底嫌そうに顔をしかめた。未だに正体不明ではあるが、重度の警察嫌いであることはわかった。

斉藤が元刑事を殺ったに違いない。事件が起きてから約三週間。斉藤の身元を割りだすため、あらゆる手を試みた。企業舎弟の探偵に斉藤の調査をさせ、つながりのある刑事にカネを渡して事件の情報を集めた。

どちらもろくに使えず、斉藤の正体に迫れるほどの話は聞こえてこなかった。経費がかかりすぎ、斉藤から得たカネが飛んでいくばかりだった。

品川署の特捜本部も捜査に苦慮しているらしく、容疑者の絞り込みもろくにできていないという。被害者に恨みを抱いている人物をリストアップし、シラミ潰しで調べているが、該当する容疑者はまだ見つかっていない。

斉藤の正体に迫れないまま、品川の事件から約一ヶ月が経った。諦めかけていたころ、彼のほうから再びコンタクトを取ってきたのだ――追加で弾薬を売ってくれと。

携帯端末が震えた。斉藤からメッセージが来た。

〈フードコートにいる。どこだ〉

〈傍のトイレの横にコインロッカーがあるでしょ。危ないブツはそこに預けて。こっちはしっかり見張ってる〉

〈おれは丸腰だ。さっさと済ませたい〉

〈ポロシャツの裾をめくって〉

香麻里は斉藤に返信した。見張り役の凱斗に電話をかける。

「あいつは?」

〈コインロッカーの前に……ポロシャツの裾をめくってます〉

「持ってそう?」

〈腰のあたりはなにも。ポロシャツにもズボンにも、変な膨らみとかは見られないっす〉

「気づかれてもいいから、もっと近づいて」

〈わ、わかりました。やってみます〉

凱斗がしぶしぶ答えた。

今日の斉藤は、以前と同じくポロシャツ一枚にスラックスと軽装だった。ショルダーホルスターを着用できる服装ではなく、彼が手に入れた自動拳銃は足首のアンクルホルスターに隠せるサイズでもない。きっと持ってはいないのだろう。わかっていながらも、確かめずにはいられなかった。

頭のおかしなテロリストかもしれないし、国家転覆でも考えているカルト宗教の信者かもしれない。いずれにしろ、長期にわたっておつきあいできる相手ではなかった。

警察もバカではない。ただの人殺しではなく、拳銃まで絡んでいるとなれば、威信をかけて犯人を挙げようとするだろう。斉藤がいつマークされてもおかしくはない。警察よりも先に喰らいつく必要がある。

凱斗が報告した。

〈やっぱり、持ってはいないです。おれに向かって腹見せてるくらいで〉

「わかった。あんたはこっちに来て」

香麻里は凱斗との通話を切ると、斉藤にメッセージを送った。自分たちがいる立体駐車場まで来るようにと。キャッシュをよこせば、すみやかに弾薬を渡すとつけ加えた。

ただし、一発五万円で弾薬を渡す気はない。数十倍の値段を吹っかける気でいた。品川での殺しを密告されて、残りの人生を刑務所で過ごしたくなければ、もっとじゃんじゃんカネを出せと迫るつもりだ。

斉藤は追加で弾薬を欲しがっている。まだまだ犯行を重ねる気だろう。それをネタに全財産を搾り取ってやる。そもそも、あの男の態度が気に入らない。カタギが極道相手に対等な取引ができると思ったら大間違いだと、思い知らせてやらなければならない。

香麻里は後部座席のふたりに訊いた。

「もうすぐ来るけど、あんたら、ヤキ入れられる？」

黒いTシャツのガキはおかしそうに噴き出した。

「リンチ上等っすよ。おれらが入ってた特別少年院じゃ、あまり調子こいたやつがいたら、ずっと眠らせないで心折ったり、チンポコすり切れるくらい何時間もオナらせたり、普通にやってましたから」

隣の金髪も笑顔を見せた。彼は粘着テープを手にしている。ふたりとも左手の薬指に、指輪風の黒い刺青を入れていた。年少リングというやつだ。

「死なないように痛めつけるの、わりと得意っす」

ガキ特有の粋がった言い草が鼻についた。

今はこれくらい鼻息の荒い輩のほうが使い勝手がいい。だいぶ荒っぽい仕事になるだろうが、手っ取り早くやらなければ、千波組という泥船とともに沈んでしまう。

香麻里は傍らのトートバッグに手を入れ、コルト・パイソンを取り出した。銃身が六インチのリボルバーで、幸司のコレクションのなかでも大きなサイズの拳銃だ。香麻里の手では扱いきれないが、見栄えのする銃器を突きつけて、抵抗する気をなくさせる必要がある。なにせ相手は、極道から包丁やアイスピックを突きつけられても、顔色をまったく変えないような男なのだ。

香麻里の携帯端末が震えた。凱斗からかと思い、液晶画面に目をやる。

「え！」

彼女は思わず声を上げた。かけてきたのは凱斗や比内興業の関係者ではない。上部団体の斐心組の者でもない。さらに上に君臨する千波組組長の有嶋章吾だった。

「なんでだよ……」

香麻里は目を見張った。

大仕事の前だ。本来なら通話を拒むが、相手は腐っても大親分だ。無視はできない。

香麻里はエンジンをかけ、カーステレオの音量を上げた。ダンスミュージックが流れた。

それから電話に出る。

「もしもし。比内です」

〈おう、姐さん。久しぶりだな〉

相手はやはり有嶋だった。張りのある声が耳に届いた。

〈ん？　賑やかなところにいるな。取り込み中だったか？〉

「ここ最近、友人のレストランを手伝っているところで」

〈そうかい。旦那が逮捕（パク）られて、お前さんもなにかと苦労してるんじゃないかと思ってな〉

ふいに頭が熱くなった。てめえのせいだろうが。喉元まで文句がこみ上げる。

突然、なんの用なのか。幸司や香麻里にとって、有嶋は雲の上の存在だった。幸司が出資しているクラブや雀荘に、半年に一度くらい顔を出す程度だ。いわば天皇陛下の巡幸みたいなもので、幸司はそのたびに失礼がないようにと、何人ものきれいどころを香麻里に用意させた。

有嶋と口が利ける場といえば、義理場の二次会や三次会のときぐらいだ。それも挨拶ができる程度であり、直接電話でやり取りできる間柄でもない。電話帳に番号を登録はしていたものの、有嶋から電話をもらうのは初めてだ。

「温かいお言葉ありがとうございます。確かに苦労はしてますが、なんとかやっております。夫の留守をしっかり守るのも、極道の妻の役割ですから」

〈さすが斐心組の女だぜ。いい女房を持って、幸司は幸せ者（もん）だ〉

有嶋の声は不気味なくらいに朗らかだった。

ヤキの回ったくたばり損ない。優れた子分をみすみす死なせた老いぼれ。未だ引退もせずに、浅ましく子分からカネを搾り取る亡霊——無数の悪評が立っているというのに。実際、四ヶ月前の内紛劇をきっかけに、狂ったのではないかという噂まであった。

長いこと名親分と称えられていただけに、身内の人間はもちろん、他団体の極道や、彼に惚れていたカタギや記者たちも、その豹変ぶりに驚かされている。

隣の秀郎がそわそわと焦りをにじませながら、香麻里のほうを見つめてくる。長話をしている場合ではない。今は斉藤と向き合わなければならない。

「あの、それで──」

〈おっと、手伝いの邪魔しちゃまずかったな。いきなり電話したのは他でもない。幸司のコレクションだ〉

「コレクション……拳銃のことですか」

〈ミリタリーオタクってえのか。知り合いに拳銃が三度のメシより好きな社長さんがいてな。モデルガンをいじった改造銃じゃ満足できねえらしい。幸司の持ってるブツを、一度社長に見てもらおうと思うんだ。もちろん立派なブランド品には、相応の値段を提示するつもりだ。姐さんにとっても悪い話にはならねえと思うんだが。どうだ〉

目がひどくしみた。大量の汗が目に入って視界が悪くなる。

どうだもクソもなかった。冗談ではない。

かつての有嶋であれば、二つ返事で承諾したかもしれない。堅いルートを通じて捌いてくれただろう。今はまったく話にならない。

そもそも、幸司がつまらない事件を起こして懲役に行ったのも、千波組の威光が地に落ちたうえ、有嶋がしょっちゅう臨時徴収と称して子分たちからカネを吸い上げていたからだ。相応の値段などというが、幸司が刑務所に行っている間に、数千万円もかけて集めたコレクションを体よく奪取しようという意図が透けて見える。

香麻里は洟をすすってみせた。

「有嶋親分ほどの方が、私らみたいな末端の者まで気にかけてくださるなんて、ありがたい話です。ですが、あれは比内が苦心して集めたもので……勝手に処分するわけには」

〈心配無用だ。おれからあいつに言っといてやるよ〉

見えない縄で縛られているような気がした。この爺は、なにがなんでも、自分たちの財産に手を突っこもうとしている。怒鳴りつけてやりたかった。

だが、有嶋の申し出を無下に拒めば、どんな制裁が待っているかわからない。

かつて千波組に戸塚譲治というキレ者の幹部がいた。有嶋の愛娘が殺されたのに目をつけ、彼を欺こうとして逮捕され、極道社会からも追放された。

三ヶ月前、その戸塚が熊本刑務所の雑居房の便所で首を吊ったという。熊本県警は自殺として片づけたが、戸塚を知る人間は、何者かに殺されたと口を揃える。

幸司も香麻里も、自殺とは思っていない。戸塚は執念深い野心家だった。かりに船が沈んだとしたら、真っ先に救命ボートを独り占めにし、助かりたければ乗船料を出せと迫るような、抜け目ない冷血漢だ。他殺と考えるのが自然だろう。

絶縁された元ヤクザを消すため、リスクを背負ってまでヒットマンを飛ばす。そんな人間がいるとすれば、今の有嶋しか思いつかない。

有嶋は朗らかに語り続ける。答え方を間違えれば、戸塚のような末路を迎えるだろう。

「もう、野郎が来ますよ」

秀郎が小声で知らせた。

「有嶋親分……じつはうちの人にもまだ言ってないことがありまして」

〈なんだ。言ってみろ〉

「情けない話ですが、うちの組では若い衆が次々に飛んじまってます。ただ逃げるだけじゃなく、金目になりそうなものを持ち去る不届き者まで出る始末で。比内のコレクションも……」

〈ほう、持っていかれたってのか〉

有嶋の声が急に低くなった。胃袋がキリキリと痛む。

香麻里は唾を呑みこんだ。もう後戻りはできなかった。嘘をついたからには、つき通さなければならない。

「ヨーロッパ製のやつをいくつか。コルトのオートマティックやスミス＆ウェッソンは手元に残りましたが、あとは〝銀ダラ〟と〝マルコス〟くらいしか」

〝銀ダラ〟とは、中国製トカレフのなかでも、傷や錆(さび)をごまかすために銀メッキでコーティングされた粗悪品だ。〝マルコス〟はフィリピン製のコピー品のリボルバーを意味した。デカい抗争事件でも起きないかぎり、とくに商品価値が上がるわけでもない安物だ。

価値の高い名銃は買い手がすでに決まっている。世界のピストル市場を席巻している東欧製のグロック、多くの映画やアニメに登場するワルサーP38やベレッタ92だ。

六本木の高級ラウンジで働いていたときのコネをフルに使い、欲しがる客を自力で見つけた。ガンマニアの売れっ子マンガ家や、アクション映画好きの投資ファンドの社長らだ。

〈……近いうちに、一度コレクションを見せてくれるか。クズみてえな粗悪品でも実銃だったらなんでも欲しがるマニアもいる〉

「わかりました」

〈悪いようにはしねえ。これ以上、持ち出されねえように、しっかり管理しておくんだ〉

有嶋が電話を切った。

香麻里は大きく息を吐き、カップホルダーのペットボトルを手にした。ぬるくなった水をがぶ飲みし、掌で顔の汗を拭う。

「ふざけんなよ！」

ダッシュボードを拳で叩いた。

人殺しの財布を巻き上げようとしている最中に、子分の財産を奪い取ろうと企む疫病神のような親分が現れる。まるで笑えない話だ。

嘆いている暇はなかった。冷静になるよう自分に言い聞かせる。

「姐さん」

秀郎が店内出入口を指さした。

ポロシャツ姿の斉藤が現れた。背筋をピンと伸ばして歩く姿は、保険外交員というより、警察官や軍人にしかやはり見えない。品川の事件に関与しているはずだが、拳銃で人を殺しているわりに、初めて取引したときと変わった様子はない。

アスリート顔負けの筋肉を維持し、頭髪をきっちり刈り込み、ヒゲもきれいに剃っている。白のポロシャツもシミひとつなく、スラックスもアイロンでしっかり折り目をつけている。怠惰や享楽を悪と考えていそうな危ういストイックさが漂ってくる。

斉藤と目が合った。彼が香麻里らが乗るミニバンへと足早に近づいてくる。三十度を超す猛暑だというのに、汗もさほど掻いていないようだ。斉藤の後ろには、クールビズの恰好をした凱斗がいた。炎天下のなかで、人殺しの見張りをしていたせいか、水をかぶったかのようにびっしょりと濡れている。

黒いTシャツのガキが訊いてきた。

「もう襲ってもいいんすか？」

「合図があるまでじっとしてて」

香麻里はミニバンを降りた。

コルト・パイソンの入ったトートバッグを抱えて斉藤を迎えた。秀郎が腹にエアガンをしまって後に続く。

斉藤は無表情のまま、ヒップポケットに手を突っこむと、茶封筒を取り出した。

「カネはこの通りだ。ブツをよこせ」

斉藤はぶっきらぼうに言い、茶封筒を突きつけてきた。外見こそまっとうなカタギだが、やはり目だけは異様に暗い。

香麻里は茶封筒をひったくると中身を検めた。一万円札の束が入っており、指ですばやく勘定した。

きっちり五十万円あるのを確かめると、茶封筒を斉藤に返した。彼は眉をひそめた。

「どういうことだ？」

香麻里はミニバンを指さした。

「少しドライブにつきあえよ。ブツは少し離れたところにある」

秀郎がスライドドアを開け、乗るように促す。

斉藤は香麻里をじっと見据えた。射るような視線だった。彼は軽く息を吐く。

「前とは雰囲気が違う。お前ら、渡す気があるのか？」

「ごちゃごちゃうるせえんだよ。てめえ、人殺しだろ」

香麻里はトートバッグからコルト・パイソンを抜いた。秀郎も甚平の裾をめくってエアガンを構え、ふたりのガキもミニバンから降り立つ。

香麻里はコルト・パイソンを斉藤に突きつけた。大型拳銃を奪い取られないように、二メートルほど後ろへ下がる。

「言う通りに乗れ。それとも、死にたいか」

斉藤の胸に銃口を向けた。

コルト・パイソンがいくら手に余るサイズとはいえ、外しようのない距離だ。

秀郎もグロックを斉藤に向けた。よく見れば銃口の小さなエアガンだが、薄暗い駐車場のなかで刺青をちらつかせた不良が持てば、わりとサマになる。

黒いTシャツのガキが腰からコンバットナイフを抜き、金髪のほうも右手にごついモンキーレンチを握った。どちらも本職より思慮が浅く、今にも殴りかかりそうな危うさを秘めていた。斉藤の逃げ道を塞ぐように、凱斗もアウトドアナイフの刃を開く。

香麻里はあたりに視線をやった。カンカン照りの猛暑の平日とあって、ショッピングモールにやって来る客は少なく、立体駐車場は空いていた。

香麻里がいるエリアは店内出入口からもっとも離れているため、彼女のミニバンしか停まっていなかった。とはいえ、グズグズしてはいられない。

「こんな郊外まで呼び出したかと思えば。お前ら、素直に弾を渡す気がないな？」

斉藤は深々と息を吐き、うんざりしたように香麻里たちを見やった。

彼は怖がる様子を見せず、自分の思い通りに行かないことに、ひどく立腹しているようだ。ビビって逃げる素振りは見せないが、かといって香麻里の命令に従おうともしない。

香麻里はコルト・パイソンの撃鉄を起こした。ガチリと硬い金属音を立てる。

「自分のケツに火がついてるってのに、まだそんな眠たいこと言ってるのかよ。あんた、こっちが売ったブツでとんでもないことしでかしただろう。品川の件を知ってんだ。拳銃で人を殺ったとなりゃ残りの人生をずっと塀の中で過ごすことになるかもよ。そうなりたくなかったら、おとなしく乗れっつってんだよ」

「お前らの知ったことじゃない。弾をよこせ」

斉藤はきっぱりと言い放った。

「この野郎……」

斉藤が食えない男なのはすでにわかっていた。肝が据わっているというよりも、恐怖という感情が欠落しているように見える。

斉藤は茶封筒を振ってみせた。

「警察に密告するというのならすればいい。おれが逮捕されたら、拳銃を売ったあんたらのことを話すだけだ。あんたらは果たして何年喰らうんだろうな」

「ふざけんな。だったら、今ここで死ねや！」

秀郎がトリガーに指をかけながら斉藤に迫った。斉藤は暗い目をグロックに向ける。

「おもちゃでどうやって殺す」

秀郎の顔が凍りつく。

香麻里はガキどもに目で命じた。あいつを半殺しにして車に攫(さら)えと。

ガキどもは勢いよく斉藤に向かった。暴力を振るえるのがたまらなくうれしいのか、鎖を解かれた猛犬のように襲いかかる。

金髪のガキが斉藤の顔めがけてモンキーレンチを振った。大振りだが、勢いがある。

斉藤は半歩下がってモンキーレンチをかわした。金髪のガキの身体が泳ぐ。

隙を見逃さず、斉藤は金髪のガキの腹にパンチを放った。ボクシングの類とは違い、親指を上にした縦拳だ。体重が乗ったパンチに、金髪のガキは身体を丸めてコンクリートの床を転がる。

香麻里は目を見張った。彼女自身に格闘技経験はない。ただし、興行師とのつきあいで、しょっちゅう総合格闘技やボクシングの試合を見ている。

九州の荒っぽい土地で育ち、男たちの殴り合いを毎日のように目撃し、喧嘩を見る目は肥えていた。斉藤は明らかになんらかの武術を習得している。すばやい足捌きや正確なフォームで、想像以上の実力者だとわかる。

香麻里は手を振って指示した。

「全員で囲め！」

秀郎も凱斗も、相手が素手喧嘩（ステゴロ）の強者だと気づいたようだ。

ふたりは臨戦態勢に入った。おもちゃと見抜かれた秀郎は、エアガンの銃身を握り、トンカチのように鈍器へと切り替える。

黒いTシャツのガキがコンバットナイフを右手で握り、斉藤へと突っこんでいった。年少リングをちらつかせて大口を叩くだけあって、相手を刺殺しかねない一撃だ。

黒いTシャツのガキと斉藤がぶつかりあった。刃が深々と突き刺さったと思われたが、苦痛に顔を歪めたのはガキのほうだ。ボクシングのクリンチの状態で、斉藤と絡み合ったかと思うと、竹がへし折れたときのような嫌な音がする。

「あっ！」

黒いTシャツのガキが短い悲鳴を上げた。

コンバットナイフの刃は斉藤の脇腹を掠めただけで、ガキの右腕は、斉藤の腕によって閂(かんぬき)を極(き)められ、肘関節を壊されていた。腕が奇妙な方向に折れ曲がっている。

「ふざけんな！」

秀郎と凱斗が襲いかかった。

斉藤はコンバットナイフをガキの手から奪い取っていた。秀郎たちを牽制するかのように、それを振り回す。

「てめえ……やんちゃするのも大概にしろ。マジで殺すよ。こっちはおもちゃじゃない」

香麻里は斉藤の顔面にコルト・パイソンを突きつけた。

斉藤の表情は張りつめていた。汗で顔を濡らしながら歯を剝き、手負いの獣のごとく敵意を露にしている。

彼は右腕をへし折られたガキの背後に回り込むと、左手で頭髪を摑んで、コンバットナイフを首筋に押し当てた。ガキの首の皮膚が破れて血が伝う。

ついさっきまで、ガキどもはワルを自慢していたが、金髪のほうはパンチを斉藤から喰らい、腹を抱えたまま地面に這いつくばっていた。

黒いTシャツのほうは肘をポッキリやられ、すっかり戦意を失っている。激痛と恐怖でベソを掻いていた。

香麻里は舌打ちした。顔面は汗と血と鼻水でぐしょ濡れだ。大口叩くクソガキどもめ。だが、ガキどもがとりわけ無能だったのではない。斉藤が異様な腕達者なのだ。

斉藤はガキを盾にしつつ、コンバットナイフの刃をさらに食い込ませた。斉藤の手までが赤く染まる。

香麻里はトリガーに指をかけた。距離は三メートル未満だ。斉藤の頭を確実に吹き飛ばせるだろう。かりにガキに当たったとしてもとくに良心は痛まない。

「そいつを放せ、バカ野郎」

「だったら、おとなしく弾をよこせ。さっさとよこすんだ」

斉藤の気迫は凄まじかった。ずっとすました態度を取っていたが、この執着こそがこの男の本性だとわかる。

香麻里らに事件を起こす気などない。それこそ、こんな場所で発砲沙汰ともなれば、旦那の幸司よりも長い懲役生活を送る羽目になる。

しばらく睨み合いが続いた。斉藤は鬼のような険しい顔つきになり、ガキの首に刃を当てつつ、へし折れた右腕をねじりあげる。ガキが絶叫した。

香麻里は周囲を見やった。

「バカ、黙れ」

秀郎たちの顔が青ざめた。斉藤に襲いかかるどころか、半身になってずらかろうとする。これ以上騒ぎ続ければ、誰かに気づかれる。隣のエリアには、車内で昼寝をしている営業マンと思しき姿があった。車をアイドリングさせながら冷房を効かせていた。

「わかった。弾はやる。やるから」

香麻里はコルト・パイソンを下に向けた。

撃鉄を親指で押さえながら、ゆっくりとトリガーを引き、撃鉄を元の位置に戻す。

有り金をふんだくるプランは中止にせざるを得ない。リスクがあまりに大きい。

斉藤を蜜のつまった蜂の巣と考えていた。熊のように叩き落とし、蜜や蜂の子すべてを奪い取る予定だった。

斉藤はただの蜂ではない。強力な毒針と攻撃性で知られるオオスズメバチだ。

隣のエリアで、車のドアが閉まる音がした。営業車のプロボックスから、ネクタイ姿のサラリーマン風の中年男が降り、おそるおそる近づいてくる。

「あの……どうかしたんですか？」

香麻里はコルト・パイソンをトートバッグに突っこんだ。秀郎たちも武器をしまう。

斉藤も一時休戦とばかりに、コンバットナイフを持った手を後ろに回した。黒いTシャツのガキが床にへたりこむ。

「騒がせちゃってすみません。なんでもないんです」

香麻里は猫なで声を出して手を振った。

「だけど……首から血が出てますよ」

中年男は不安げな声になり、床に倒れた黒いTシャツのガキを覗きこんだ。

香麻里たちが必死に取り繕っているというのに、ガキは折られた右腕を抱えて苦しげにうめく。

斉藤からひとまず弾の代金だけでも受け取り、この場を無事に切り抜けなければならない。もたもたしていたら、警備員までやって来てしまう。斉藤はといえば、ずらかればいいものを、じっと立ち尽くして香麻里を見つめている。この期に及んでも弾薬を諦めてはいない。

中年男は黒いTシャツのガキに声をかけた。

「君、腕が折れてるんじゃないの？　救急車呼ぶ？」

秀郎がじれたように前に出た。

「なんでもねえって言ってん――」

香麻里は腕を伸ばして秀郎を制した。

「じつはこれ、動画の撮影なんです。私たちユーチューバーで……お店の許可を取らずにゲリラ撮影をしてたんです。本当に騒がせてすみません」

香麻里はガキを見下ろす。根性見せろと目で訴える。ガキが唇を震わせながら答えた。

「そ、そう。なにも起きてねえ。大したことねえ」

「撮影?」

中年男は訝(いぶか)しげに呟いた。

彼は立体駐車場に差しこむ陽光を背にしており、表情が陰に隠れてうかがいしれなかった。ワイシャツはシワだらけで、ネクタイは曲がっており、冴えない印象だ。ただし身長は大きく、体格もやけにいい。ひどいビール腹だが、肩幅はがっしりとしていて、二の腕も太い。

香麻里は息を呑んだ。中年男には見覚えがある。彼がいつの間にか右手にメリケンサックを嵌(は)めているのに気づく。

中年男が右フックを斉藤に放った。前触れもない狡猾(こうかつ)な一撃だった。さすがの斉藤もパンチを頬に浴び、口から血を吐き出しながら床を転がる。

中年男がうれしそうに笑った。香麻里はおそるおそる尋ねた。

「か、片浦さん？」

片浦隆介は、倒れた斉藤にもう一撃加えようと、腕を振り上げた。

斉藤はぐったりしたまま、防御の姿勢すら取ろうとしない。

片浦はパンチを途中で止め、メリケンサックを外した。斉藤の頭を指で突く。彼は明らかに失神していた。

「ど、どうして、こんなところに」

香麻里は問いかけたが、片浦は答えずに秀郎たちを手招きした。

「この野郎を攫うんだろうが。突っ立ってねえで、とっとと運べ」

「は、はい」

秀郎と凱斗が斉藤の身体を抱えた。斉藤からパンチを喰らった金髪のガキが、ミニバンのバックドアを開ける。

三人とも片浦を知らないようで、納得のいかない顔つきをしていたが、斉藤をミニバンの荷物室に乗せた。暴れられないように、斉藤の手足をワイヤーで縛る。

「いつまで寝てやがんだ」

片浦は黒いTシャツのガキの尻を蹴った。煩わしそうにネクタイを外す。

片浦は千波組系数佐組の幹部だった。いわば幸司とは親戚関係にあたる人物だ。規律の厳しい数佐組にあって、仲間内の縄張りを荒らすなど、横紙破りの男として知られていた。

極道社会には近づいてはならない疫病神が何人かいる。片浦もそのひとりだ。両手の小指はついているように見えるが、どちらも義指のはずだ。

印旛会系の組織が開いた賭場で、現金を持たずに口張りで賭け続け、負けたカネを踏み倒そうとして左の小指を、数佐組の当時の本部長が懲役に行っている間、その情婦を寝取ったのがバレて右の小指を詰める羽目になった。

数佐組では覚せい剤の密売と特殊詐欺を厳しく禁じていた。片浦は組の掟に従わずに半グレとつるんで金融犯罪に手を染めた。都内にオフィスを構えて金融業者を装うと、首都圏の高齢者から預貯金通帳やキャッシュカードを騙し取り、別の特殊詐欺グループに転売していたのだ。

彼は数佐組を破門させられた。警視庁捜査二課に逮捕され、裁判で懲役五年の実刑判決が下される。極道社会ですら持て余すヤクザ者が、塀の中にぶちこまれたと知り、千波組の組員の多くが祝杯を挙げた。

幸司も例外ではなかった。シャンパンを一ダース買ってきて、香麻里や子分たちと逮捕を喜び合った。幸司がチンピラだったころは片浦にタダ働きを強いられ、金融業を始めるとカネを随分とタカられた。断ろうものなら、面倒を見ている店の店員や子分がメリケンサックで叩きのめされた。

面倒な厄ネタヤクザがついに消え、ようやく枕を高くして寝られると、組織の誰もが安堵したものだ。あれから五年以上の月日が経ち、片浦の存在など頭から消え去っていた。

秀郎がミニバンのバックドアを閉めると、片浦はさも当然というように運転席に乗りこんだ。

「さあ、行くか」

秀郎やガキたちが、香麻里に目で尋ねてきた——この人、なんなんですか。

ふいに目まいを覚えた。一体なんなのだ。斉藤という面倒な男に手を焼かされるうえ、銭ゲバと化した老親分の有嶋に目をつけられ、片浦などという亡霊のような男にまとわりつかれる。地面にへたりこみたい。

「片浦さん、ご助力は感謝します。ですが、ここからは私らが改めてやりますので。今じゃカタギのあなたを、こんな揉め事につきあわせるわけにはいきませんから」

香麻里はカタギのところを強調して告げた。トートバッグに手を突っこみ、コルト・パイソンのグリップを握る。

斉藤を攫えたのは片浦のおかげではあった。こうした荒事をやらせれば、千波組でも随一の技術を持っていた。それでも、これ以上関わらせてしまえば、この男にすべて奪われるだけだ。そもそも、どうやって香麻里のシノギを嗅ぎつけたのか。

　片浦は笑みを湛えたまま彼女のトートバッグを指さす。

「コルト・パイソンの六インチ。マグナム弾もぶっ放せるいい拳銃だ。銃身もでかくてハッタリも利く。いいモノ握ってるな」

　破門になったヨゴレのおっさんが、いつまでも極道ヅラしてチョロチョロするな。香麻里は睨みつけてメッセージを無言で伝える。

　片浦は首を傾げた。

「だけどお前、チャイナやフィリピンの安物しかねえって言ってなかったか？」

「なんでそれを――」

　香麻里は絶句した。

　彼の後ろには有嶋がいるのだ。片浦は満足そうにうなずいている。

「わかったんなら乗れよ。有嶋の親分に申し開きの台詞でも考えておけ」

　まごつく秀郎たちに、ミニバンへと乗るよう指示した。香麻里も助手席に乗りこんだ。車のドアがやたらと重たく感じられ、開けるのに手間取った。

　有嶋は最初から見抜いていたのだ。香麻里が幸司の銃を売り捌いているのも、取引相手のカネを脅し取ろうとしている企みも。知ったうえで片浦を見張りに立て、探りの電話もかけてきた。

片浦がふいに左腕を伸ばしてきた。香麻里の胸を鷲掴み（わしづかみ）にした。

「いやっ」

「ガキを産んでから一段と大きくなったじゃねえか。Ｆカップはあるな」

香麻里は毛むくじゃらの手を振り払った。片浦が野卑な笑みを浮かべた。

香麻里はトートバッグからコルト・パイソンを抜いた。片浦の横っ面に銃口を向ける。

「破門はもう解かれて、おれは有嶋親分から直（じか）に盃をもらった。幸司のやつ、今は刑務所（ダイガク）に行ってるんだろう。旦那に代わって、おれが喜ばせてやるよ」

「またその汚え手で触れたら、あんたの脳みそをぶちまけてやる」

「ケチケチすんな。おれの機嫌を取っておいたほうが身のためだ。これから親分のご裁断を仰ぐことになる。あれだけの大親分をペテンにかけた罪はでけえぞ」

片浦はこれ見よがしに舌なめずりをした。香麻里の腕が粟立つ。

彼はコルト・パイソンをまるで気にしていないようだ。シフトレバーをドライブに入れ、ミニバンを勢いよく走らせた。立体駐車場のスロープを下り、カンカン照りの太陽に皮膚が焼かれる。

「いい天気だ。ドライブ日和（びより）だな」

ミニバンは一般道に出た。

鼻歌交じりに運転する片浦とは正反対に、香麻里の心は重く沈んでいく。有嶋と片浦というふたりの疫病神によって、処刑台へ連れていかれる囚人のような気分だ。

6

瑛子は脚に違和感を覚えながら上野駅の浅草口を出た。

たまにスカートを穿くと脚がむやみに涼しく、なにやら心許なく感じられる。

夫の雅也が生きていたころは、デートなどで着る機会がときおりあった。彼が亡くなってからは、パンツスーツか警察の制服で過ごすようになった。非番はもっぱら鍛錬に費やしており、スポーツウェアで過ごしているときが多い。使う化粧品の数が減り、代わりにBCAAやプロテイン、クレアチンといった筋肉を作るためのサプリメントが増えた。

今はノースリーブのカットソーにフレアスカートという、女性的なファッションに身を固め、真夏らしくラフィア素材のバスケットバッグを脇に抱えていた。午前中に美容院に行ってカットを済ませ、メイクにも時間をかけた。

ヒールサンダルが前滑りして、足の指先がきつかった。ずっと靴棚で眠っていたもので、まだなじんでいなかった。

ヒールの高さが九センチもあり、なにか事件が起きたときにすばやく対応できない。瑛子には警察組織内外に敵が少なからずいる。不意打ちや拉致にも警戒しなければならず、バスケットバッグには護身用のタクティカルペンや催涙スプレーを入れてはいるものの、若干の不安がついて回った。

上野駅から東上野を歩いていると、職場から近いこともあり、ときおりパトロール中の同僚と出くわした。自転車に乗っていた若手の巡査が脇見運転をして、先を走る先輩警官に危うく衝突しそうになっていた。

半休を取得したとはいえ、どこか特別な場所に赴くわけではない。昭和通り沿いにある古い雑居ビルに入った。首都高の陰に隠れた小さな建築物で、劉英麗（リウインリー）の語学教室があり、エレベーターで三階に向かった。

教室は常に盛況で、アジア系の女性たちでごった返している。今日も女性事務員が忙しく働いていた。愛想の欠片（かけら）もない中年女だったが、瑛子の姿を見ると、同僚警官と同じく目を丸くして驚いていた。

「あんた、ついにおまわりを辞めたの？」

女性事務員から珍しく声をかけられた。中国訛（なま）りの日本語だ。

「まだよ。ボスは？」

瑛子は校長室を顎で指した。女性事務員は首を横に振る。

「『ＳＡＹＵＲＩ』のほうだよ」

「ありがとう」

瑛子は語学教室を後にして雑居ビルを出た。『ＳＡＹＵＲＩ』とは、英麗が最近手がけた若者向けの居酒屋だった。

味はそれほど良いわけではないが、おでんやラーメンといった日本の大衆料理から、生春巻きにトムヤンクン、インドネシア風焼き鳥のサテといったアジア料理まで無節操に扱っている。

たくさんのランタンやプロジェクションマッピングを使った視覚的な仕掛けが受け、インスタ映えがすることもあって、わりと繁盛しているという。東上野コリアンタウンの近くで、語学教室からもそう離れていない位置にある。

英麗は語学教室や複数の飲食店の他、もろもろの事業を手がける実業家であり、首都圏の中国人社会に睨みを利かせる福建マフィアの大幹部だった。

瑛子の長年の情報提供者でもあり、しょっちゅう彼女のオフィスを訪れていたが、最近はパンツスーツで訪れると露骨に不機嫌な態度を取るようになった。

徹夜明けのやつれたツラで顔を出そうものなら、ろくに口すら利いてくれない。瑛子を警察社会から引っ張り出し、自分のナイトクラブで働かせたいという野望をしつこく持ち、メイクや恰好に気遣わなければ情報をやらないと宣言した。

多忙な刑事には無理な注文だが、裏社会でも指折りの情報通である英麗とのコネは、組織犯罪という巨悪を叩くのに欠かせなかった。

『ＳＡＹＵＲＩ』のある雑居ビルまで歩いた。店舗は地下一階にある。そこへ続く出入口のうえには、木目調の格子看板が掲げられ、周りには台湾風の色とりどりのランタンが飾られている。英麗がプロデュースしただけあり、店はまだ準備中だというのに、やたらと派手で存在感がある。

出入口の前に、長い髪をゴム紐で束ねている小男がいた。涼しげなリネンシャツに黒のスキニーという無難なファッションで、甘そうなかき氷の容器を手にしているものの、目には独特の鋭さがあった。

小男は英麗の裏の事業を支えている。彼がここで見張りをしているということは、物騒な仕事が行われていると見るべきだった。

瑛子が雑居ビルの出入口に近づくと、小男は顎をなでながら中国語で語りかけた。

「警察官(ジンチャ)を辞めたのか。ボスの宿願がようやく叶ったわけだ」

「まだ辞めてないし、辞めるつもりもない。いるんでしょ？」

瑛子はため息をつきながら中国語で答えた。そろそろ驚かれるのにも、勘違いされるのにも飽き始めていた。

小男の横を通り抜ける。

「入っても構わないが、せっかくのおべべが汚れちまうぞ」

「そっちこそ、もっと手を念入りに洗いなさい。血の臭いが取れてない」

瑛子は手を振ってみせた。

『ＳＡＹＵＲＩ』のドアを開けると、広大な空間が広がっていた。天井には色とりどりのランタンが飾られ、小上がりの和室も設けられてある。カウンターのバックバーには大量の焼酎やリキュール、洋酒のボトルが並び、壁には中国や日本、東南アジア産のビールの看板やポスターが貼られ、多国籍な雰囲気に包まれていた。営業が始まればランタンに灯がともされ、幻想的な光景を目にしながら飲食ができる。

不快な臭いがした。血と嘔吐物が混ざり合ったような悪臭がする。

店内には何人もいて、いくつもの視線が瑛子に集まった。テーブルと椅子は隅に積まれ、店の中央には大きなスペースができていた。

フローリングの床にはブルーシートが敷かれており、上半身にドラゴンの刺青が入った中年男と、筋骨隆々の若い男がその上に全裸で横たわっていた。筋肉や刺青こそ威圧的な迫力があるものの、後ろに回された両腕はワイヤーで縛られている。若い男のほうは初めて見るが、中年男には見覚えがあった。秋葉原や浅草橋界隈で、いくつかの性感マッサージ店を経営している。

ふたりとも血と嘔吐物にまみれ、肉体にはアザや傷をこさえ、顔はフルラウンドを戦い終えた総合格闘家のように腫れ上がっている。腹が不自然に膨らんでおり、息も絶え絶えといった様子だ。英麗からきつい制裁を受けたらしい。

英麗は作業服のうえからゴム製のエプロンをかけ、食品工場で着けるような衛生帽子をかぶっている。顔にはマスク、手にはゴム手袋。子分たちもおおむね同じ恰好で、手には血や体液に濡れた木製バットやトンファーがある。

瑛子は鼻をつまんでみせた。

「あと二時間もすれば営業開始でしょう。こんなことしてて大丈夫なの？」

「まだたっぷり二時間もある。ここの換気扇は高性能だし、毛髪一本だって残したりはしない。店を開ければ、客はなんの違和感も抱くことなく、うちの名物の〝パクチーたっぷり餃子〟を頬張ってるはず」

英麗は刺青の中年男を軽く蹴り、中国語で語りかけた。

「そういえば、うちの餃子と肉まん、やたらと評判がいいのよ。どうしてだかわかる？　餡（あん）に使ってる挽肉がポイントでね。『こんなお肉食べたことない』って客はみんな驚いてる。喜ぶことね。ここに来る客は可愛い女の子が多いから」

　隣の若い男が大量の胃液を吐き出した。英麗に水責めを喰らったのだろう。ふたりとも腹を大きく膨らませていたのは、大量の水を飲まされたからだ。

「老板（ボス）……どうか、どうか、お許しください」

「許してるでしょう。魚のエサになるくらいなら、若い娘の胃袋に収まったほうがいいって、寛大な判断を下してるじゃない」

　英麗は子分たちに命じた。

「じゃあ、そろそろ処理場に連れてって」

「死にたくない！」

　若い男が悲鳴を上げたが、すぐに猿ぐつわを嚙まされた。

　子分たちがすみやかに動き、店内には車輪のついた音響機材用の大型ハードケースが二台運びこまれた。それに全裸の男をひとりずつ押しこむと、大量の嘔吐物で汚れたブルーシートに凝固剤を撒いた。

「こっちに」

英麗がスタッフルームに向かった。瑛子について来るようにと顎を動かす。血や嘔吐物を踏まないように慎重に歩んだ。

子分たちがハードケースを店外へと運び出す。瑛子は黙って見送った。

全裸のふたりはおそらく餃子や肉まんの餡に使われたりはしない。殺されもしないだろう。適当なところで解放される。

英麗は慈悲深い女ではない。本気で始末するのならば、バットで小突いたり、脅し文句を吐いたりはしない。問答無用で首を刃物で裂くか、頭を拳銃で弾くかしていたはずだ。

英麗に続いてスタッフルームに入った。隅には流し台があり、彼女はゴム手袋や前掛けなどを外すと、液体石鹸を使って手をじっくり洗う。

瑛子はフレアスカートの裾をつまむ。

「なにか言ってくれないの？」

英麗は一瞥すると、ペーパータオルで手を拭いた。消毒用アルコールのスプレーを掌に吹きかける。

「そうね……色や組み合わせは上品にまとめてるけど、全体的に衣服も靴も平凡で安っぽい。安月給で働いている三十女って印象ね。唇がひび割れてるのも気に入らない。夏だからって手入れを怠ってるでしょう。ちゃんとビタミンB_2を摂って、リップバームでケアしなさい」

「まったく。いっそ普段着で来ればよかった。ご機嫌斜めね」

「斜めにもなるってものよ。頭のネジが外れたヤクザが、むやみに薬局を開いちゃ、夏のバーゲンセールを開催するんだもの。おまけに売るだけじゃ飽き足らず、加盟店の募集までして」

「なるほど」

全裸の男たちがお灸を据えられた理由に察しがついた。覚せい剤を手当たり次第に売り捌く現在の千波組とつるみ、自分たちも一枚噛もうとでも思ったのだろう。

英麗は冷蔵庫を開けた。アルミパックの漢方美容ドリンクをふたつ取り出し、瑛子に向かって放り投げる。

漢方美容ドリンクは、ツバメの巣だの冬虫夏草だのが入っているらしく、べらぼうに値が張る代物だが、食欲が消え失せるくらいにまずい。

英麗はアルミパックの封を切ると、慣れた様子で勢いよく飲み干した。

「名門の千波組もホントに終わりね。普通は逆でしょう。刹那的に暴れ回る中国マフィア（チャイマ）に、地元に根を張る俠客が身体張って秩序を守るってのがスジでしょう。今やこっちが秩序の維持に心を砕いて、降りかかる火の粉を払わなきゃならないんだから。アベコベもいいところよ」

彼女はアルミパックをゴミ箱に叩きこむ。

英麗の組織は覚せい剤や麻薬を扱うのを固く禁じている。彼女はカネになるものならなんでも扱い、カネと権力をこよなく愛する凶暴な福建マフィアの大幹部だ。そんな彼女がクスリを禁じているのは、もちろん道徳や法の観点からではなく、己の組織を揺るがしかねないからだった。

ドラッグはカネのなる樹だ。中国人クラブやマッサージ店で働く女や、日々の重労働に疲れ切った出稼ぎ労働者に売りつければ、莫大な儲けを手にできる。

ただし、長期的に見れば損をするだけというのが、彼女の考えだ。クスリでよれた人間がまともに働けるはずもなく、結局はビジネスに支障をきたし、当局に目をつけられる羽目になる。

一攫（いっかく）千金を夢見るのはアウトローの習性だ。厳しい掟があるにもかかわらず、暴力団や外国人マフィアとつるんでは、ドラッグの密売に乗りだそうと目論む子分がたびたび現れ、英麗から厳しいお仕置きをされてきた。

「『台北菜館』の件、ありがとう」

「あの薬局、仕切っていたのは斐心組の清谷ですってね」

「ええ」

瑛子も漢方美容ドリンクを口にした。

漢方の強烈な臭いと野草のきつい苦みに口内を支配される。胃に収めるのに毎度苦労させられるが、この女ボスの厚意は素直に受け、関係を保たなければならない。『台北菜館』が覚せい剤の密売拠点なのを知らせてくれたのも英麗だった。

英麗は椅子に荒っぽく腰かけた。瑛子も対面に座る。

「鬱陶しいことこのうえないけど、ここは我慢のしどころ。あれだけ派手にやれば自滅するのも早い」

「価格をダンピングして売っていれば、他の極道だって黙ってないでしょうね」

「時間の問題よ。すでに千波組亡き後の話が出てるくらいだもの。組員と縄張りの奪い合いがすでに始まってる。ここら一帯の土地を治めたくて、印旛会の親分たちが何人も私に挨拶しに来てるくらいだし。印旛会だけじゃなくて関西ヤクザもね。晩節を汚す年寄りを今まで数え切れないほど目にしてきたけど、大親分と言われた有嶋も老いに勝てず、ヤキが回ったってことね。クスリをじゃんじゃん売り捌かせて、古墳みたいな墓でもおっ建てる気かも」

「ヤキが回ったのは確かかもしれないけど、どうやら古墳を建てるわけじゃないみたい」

「じゃあ、どっかの寺にでも寄進するの？　わりと多いのよ。死期が迫ると、急に宗教の道に走っちゃうヤクザって」

瑛子は首を横に振った。

「印旛会でふたりの幹部が消えたでしょう」

「はあ？」

英麗が目を見張った。瑛子に顔を近づけて小声で答える。

「寺地は事故死でしょう。殿納屋だって関西と揉めただの、なにかやらかして故郷の沖縄に身柄（ガラ）をかわしただのって噂しか耳に入っていない」

英麗は都内屈指の情報通だ。裏社会の動向ともなれば、警視庁よりも優れたアンテナを有している。

その彼女ですら、印旛会の異変の裏に有嶋がいるとは気づいていない。有嶋が暴走している事実は変わらないが、一方で巧みに情報操作をしていると見てよかった。かつては寝業師と呼ばれただけあって、半死半生の老極道というイメージ作りに成功していた。

――これからもっとたくさんの血が流れる。甲斐（オヤジ）はそんなのを望んじゃいない。

清谷は取調室で告白していた。

それでも有嶋の犯行を裏づける具体的な証言はしていない。瑛子と同じく推測の域を出ていなかった。

英麗は首をひねった。

「あなたの考えすぎじゃない。有嶋は策士とか言われてたけど、あれでも筋目を重んじてた古風なヤクザよ。骨董品に入るようなタイプの。今さら本家に弓引いたりするとは考えにくい」

「筋目を重んじる古風なヤクザは、覚せい剤（シャブ）の乱売なんてしない」

「そりゃそうね……」

英麗は考えこむようにうなった。

彼女はテーブルをしばらく指でコツコツと突くと、作業服のポケットから携帯端末を取り出した。液晶画面に触れて電話をかける。

「曹（ツアオ）、ちょっと来て」

曹は店の出入口で見張っていた小男だ。

すぐにドアをノックしてスタッフルームに入ってきた。

「お呼びですか」

「訊きたいことがあるの。先々月だったか、池袋のラブホテルで豪遊してたってヤクザがいたでしょう。値の張るホテトル嬢と４Ｐしたとかなんとか」

「少々お待ちください」

曹は携帯端末を取り出した。液晶画面を操作しながら答える。

「いましたね。池袋の『デンパサール』ってラブホテルです。ホテトル嬢を三人呼んじゃ、シャンパンやら高級ワイン飲んで、派手に乱痴気騒ぎしていたようです。清掃係のネパール人がぼやいてました。酒とゲロまみれだったうえに、血のついた注射器まで転がっていて最悪だったと」

英麗の情報網の広さをまた垣間見た気がした。

彼女は多くの外国人労働者を情報提供者にしていた。現代日本ではどの分野も外国人の働き手によって支えられている。ホテルやコンビニ、建築現場や農園にいたるまで、あらゆる場所からの情報が彼女の耳に届くということだ。

曹は続けた。

「ヤクザは山王一家の田口って野郎です。最近まで岐阜刑務所に入っていた」

「田口康作？」

瑛子が口を挟んだ。

曹は英麗に目で尋ねた。彼女がうなずくと、曹は瑛子に答えた。

「そうだ」

印旛会の直系組長はもちろん、三次団体の親分や幹部たちの顔と経歴も頭に叩きこんでいる。

山王一家は印旛会内で主流派と目される大組織だった。構成員は八百五十人を誇り、暴走族OBといった半グレなども準構成員として抱えている。

そんな大組織でも羽振りのいい極道はごく一部でしかない。直系組長ですら子分のいない〝ひとり組長〟だったり、家族を養いきれない貧困ヤクザもいる。

田口もそのひとりだ。かつては二十人ほどの子分を抱えた組長で、闇金や管理売春などをシノギにしていたが、子分の相次ぐ逮捕や逃亡で先細りとなった。

新しい収入源を確保するため、彼は千葉の悪徳ペット業者と組み、タイから小型のサルやリクガメを密輸入して捕まっている。二年六ヶ月の懲役刑が下され、岐阜刑務所に下獄していた。

逮捕されたのが三年以上も前だ。務めを終えてシャバに出ていてもおかしくない時期ではある。

英麗はひっそりと笑った。

「どんな情報(ネタ)でもマメに仕入れておくものね。最初に耳にしたときは、そんな食い詰めヤクザがなにをしてようが知ったこっちゃなかったんだけど、なんだか気になるじゃない」

瑛子としても聞き逃せない話だ。

失踪した殿納屋と田口は兄弟分にあたる。組織のホープと呼ばれた極道が忽然と姿を消す一方で、ムショ帰りでシノギもない同門のヤクザが豪遊していたのだ。

瑛子は言った。

「組のために身体を張ってダンプ特攻したわけでも、誰か敵の親分を弾いたわけでもない。シノギでミスをやらかしたくすぼりヤクザを手厚く労(ねぎら)ってやるほど、昨今のヤクザ社会は情だって厚くない」

椅子から立ち上がって英麗に頼んだ。

「その情報(ネタ)、よそには売らないで」

「いいけど、捜査の進展はちゃんと教えてね。こっちのビジネスにも影響が出そうだから」

「めかしこんで来た甲斐があった」

瑛子は手を振ってスタッフルームを出た。

店内は英麗の言う通り、私刑の痕跡は消え失せていた。悪臭はせず、ブルーシートもない。掃き清められたフローリングの床には、テーブルと椅子がきっちりと並べられていた。鈍器を手にしていた男たちもいない。

墓場で吠えた有嶋をふいに思い出す。

――やらせんぞ。婦警(メスポリ)ごときが！

それは瑛子への宣戦布告だった。

彼は瑛子を警戒しているだろう。刑務所で戸塚を自殺に追いやったように、瑛子にも攻撃を仕掛けてくるかもしれない。ここで制裁を受けた男たちのように、自分が凄惨なリンチに遭ってもおかしくはなかった。

背筋が寒くなった。捨て身の有嶋と対決するのは恐ろしくもある。階段を上りながら次の一手を考えた。

7

香麻里は額の汗を拭った。

ハンカチはぐっしょりと濡れており、絞れば汗が滴り落ちそうだ。冷房の風を直接浴びているというのに、発汗機能がおかしくなったのか、汗が止めどなく流れ落ちた。髪の毛が頬に貼りつき、Tシャツも身体にまとわりつく。

香麻里らを乗せたミニバンは、ショッピングモールを出て北に走っていた。小ぎれいな一軒家が並ぶ千葉ニュータウンを離れ、風景は鬱蒼と茂った林や広大な畑に取って代わった。県道の傍には農家らしい日本家屋やトタン外壁の古びた工場が点在している。

のどかな風景とは対照的に、車内は重苦しい空気に支配されていた。

腕をへし折られた黒いTシャツのガキは、犬みたいに浅い呼吸を繰り返し、苦痛のうめき声を上げていた。香麻里と同じで、恐怖と緊張で発汗しているらしく、男たちのきつい臭いが充満していた。

後部座席の秀郎や凱斗の視線をひしひしと感じた。このままじっとしていたらまずいと、焦りと暴力の気配が伝わってくる。

ハンドルを握る片浦は、それを知ってか知らずか、楽しげに運転を続けていた。ただのハッタリかどうかは見極められない。

秀郎らの訴えは理解できた。おとなしく裁きの場に顔を出す必要はないのだ。香麻里は拳銃を握っており、血の気の多い子分たちも同乗している。

片浦の言葉など信用ならない。有嶋が豹変したとはいえ、千波組は名門として知られていたのだ。身内を食い物にしてきたこの厄ネタを拾い上げ、有嶋が直に盃を与えたりするだろうか。

そもそも、有嶋に拳銃密売を知られたのが、なんだというのか。千波組はもはや死に体だ。沈みかけた船であり、組員がこぞって逃げだしている。甲斐や数佐のような忠臣を失い、今ではこんな鼻つまみ者しか動かせないのだ。

「おっと、ここだ」

片浦はウインカーを出して、ミニバンのスピードを落とした。金属製のフェンスに囲まれた工場へと入る。

そこはスクラップ工場だった。入口には巨大な看板が立っており、『鉄・非鉄・スクラップ高価買い取り』と書かれている。敷地内には大型クレーンとトタン外壁の建物がある。敷地の大半は鉄屑の山に埋め尽くされていた。自分たちの運命を見ているような気がした。

片浦は大型クレーンの脇を通り過ぎて、ミニバンを建物内へと走らせた。

建物内にも鉄屑の山がいくつもあった。ギロチンと呼ばれるスクラップシャーが不気味な存在感を放っている。鉄鋼などの金属廃材を切断する機械で、油圧プレスで圧縮する機能も備えているタイプだ。ヤクザにとってはなじみ深いもので、厄介なものを処分してもらうのによく使う。

かつて幸司から教わった。

――数百トンの力で押し潰すんだ。人間なんかひとたまりもねえ。鉄屑と一緒にのしイカだ。

工場は平日の昼間にもかかわらず、稼働していないようだった。作業員の姿すら見かけず、ひっそりと静まりかえっている。

スクラップシャーの横で、老人がひとり椅子に腰かけていた。有嶋だ。

有嶋は麻の着物に雪駄という和装だった。杖を手にしながら古ぼけたオフィスチェアに座っている。

シワひとつない着物を着こなし、背筋を伸ばした姿は、大親分らしい威厳を感じさせたが、供の人間は見当たらなかった。大病からの奇跡的な回復を見せたとはいえ、身体がひと回り小さく映った。トレードマークの鬣（たてがみ）みたいな白ヒゲも、今はきれいに剃り落としているために迫力が失せたようにも見える。たったひとりで鉄屑の山に囲まれている姿は、今の有嶋の立場を示しているのか。

片浦がミニバンをスクラップシャーの前で停めた。

「さあお前ら、親分にはつまびらかに説明しろ。心の広いお方だ。しっかり詫びを入れりゃ、悪いようにはならねえだろうよ」

香麻里は後ろを見やった。

秀郎らと目が合う。ふたりは小さくうなずき、やっちまいましょうと目で伝えてくる。彼女も同意見だった。

香麻里はコルト・パイソンの銃口を片浦に向けた。

「悔い改めんのはてめえらのほうだろ。手を上げな」

「なんだあ？　ヤケを起こすのは感心しねえな」

「うるせえ！」

秀郎が片浦の首を後ろから摑み、凱斗がアウトドアナイフの刃先を頬に突きつける。

片浦は不承不承といった顔つきで両手を上げた。

「痛て、おれは四十肩なんだ。腕が上がらねえ」

「降りろ」

「お前ら、武器を引っこめろよ。恩を仇で返しちゃいけねえ。そもそもおれがいなかったら、あのカタギのおっさんにやられっぱなしだったじゃねえか」

片浦はへらず口を叩いた。香麻里がトリガーに指をかけると、面倒臭そうにドアを開けて降りる。

「気を抜くんじゃないよ」

香麻里は子分たちに呼びかけた。

片浦はへらへら喋っているが、あの斉藤を不意打ちで倒したのだ。それがこの男の本性であり、油断すればたちまち反撃される。

香麻里は片浦に続いて運転席側から降りた。トリガーに指をかけたままだ。コルト・パイソンを奪われないように、一定の距離を取って注意を払う。

子分たちもスライドドアを開けて降り、片浦の背後にぴったりとつく。秀郎が片浦のスラックスのポケットに手を突っこみ、携帯端末とメリケンサックを奪い取る。

「あんたは外を調べて」

他に人がひそんでいないかの確認を、金髪のガキに命じた。黒いTシャツのほうは、痛みで動けないのか、ミニバンのシートに横たわったままだ。

片浦が両手を上げて、有嶋のもとへと近づいた。

「親分、すみません。見ての通りです」

「構わん。案内してくれりゃそれでいい」

有嶋は微動だにせず、香麻里たちを見つめた。眼光はやけに鋭く、ギラついた輝きがある。ただし、彼の身体は著しく痩せ細り、骨と皮だけのように見えた。ヘルパーがいなければ、日常生活もろくに送れないのではないかと思えるほど、急速に老いが進んでいる。

こんな死にかけの老いぼれのために、組員たちは必死になって上納金をかき集め、危険な橋を渡って覚せい剤の密売に励んでいるのか。怖れよりも怒りのほうが強くなってくる。

有嶋は香麻里に掌を向けた。

「なにやら誤解が生まれてるみてえじゃねえか。そいつの破門はもう解かれて、おれが子分の盃をやった。いわば幸司の叔父貴分だな」

「誤解なんかしてない」

香麻里は有嶋に歩み寄った。

二メートルまで距離を縮め、有嶋にコルト・パイソンを向ける。

「おお、コルト・パイソンか。いいのを持ってる。姐さんは奥ゆかしい性格だからな。立派なコレクションがあっても、謙遜して本当のことを言わねえんじゃねえかと思ってた。どうやら、当たってたみてえだな」

有嶋は満足げにうなずくだけだった。

実銃を至近距離で突きつけられても、臆する様子を少しも見せない。片浦といい、有嶋といい、人を喰ったような態度が腹立たしかった。

「東京の顔役と言われた親分が、三下の茶碗なんかにまで、あさましく手を伸ばすなと言ってるんです。有能な子分を死なせたかと思えば、御法度だった覚せい剤（シャブ）捌かせたり、あれこれと理由をつけてカネ吸い上げたり。親分の名前に傷がつくだけですよ」

香麻里は啖呵を切ってみせた。声はどうしても震えてしまう。

もう後戻りはできない。大親分を気取って好き放題やってても、お前は今じゃ破門ヤクザとしかつるめない裸の王様だ。銃器を使って迫ってみせる。

「おい、なんて口利きやがる」

片浦が声を張り上げた。香麻里は秀郎に目で合図する。

「うるせえんだよ。なにが叔父貴分だ、この野郎！」

秀郎が後ろから片浦の背中を殴りつけた。片浦が片膝をつく。

「痛え。こりゃ血の小便が出るぜ」

香麻里は金髪のガキのほうに目を走らせた。

彼は建物の外に出て、人の有無を確認している。今のところ、工場の敷地内には誰も見当たらない様子だった。

金髪のガキに敷地の出入口を塞ぐように指示した。

「そこらへんのスクラップでもなんでも使って、誰も入って来られないようにするんだよ」

「はい！」

金髪のガキが歯切れのいい返事をした。斉藤がやって来る前のときのような、世の中をナメきった様子は見られない。トラ模様のバリケードを発見し、敷地の出入口まで担ごうとする。

香麻里は有嶋に告げた。

「親分、あんたは現実が見えてない。自分がひと声かけりゃ、子分はなんでも差し出すはずだと思ってる。残念だけどそうはならない。あんたは道端に放り捨てられた神輿だよ。ろくに担ぎ手もいなくて、担ぎ棒も飾りも壊れた粗大ゴミでしかない」

香麻里の口調が熱を帯びた。もはや引き返せないとわかれば、止めどなく罵りが飛び出す。

有嶋はただ悲しげに首を振った。

「なにやら行き違いがあったらしいな。幸司が刑務所(ベッソウ)に行ってる今、せっかくの名銃が二束三文で買い叩かれるんじゃないかと心配して、お前さんに声をかけたんだが」

「あんなゴロツキにこそこそ見張らせておいて。寝言も大概にしろ」

「おれがいなけりゃ、姐さんだけであのコレクションを売り捌けたかい？　現にそのゴロツキとやらの助けがなければ、修羅場になるところだったと聞いてるぜ」

「余計なお世話だよ」

凱斗にワイヤーを持ってくるよう命じた。有嶋と片浦を縛って、逃げなければならない。善後策を講じるのは後だ。

凱斗がワイヤーを手にしながら有嶋に近づいた。有嶋は香麻里に掌を向ける。

「まだ話は終わっちゃいねえよ」

凱斗が怒鳴った。

「るせえ、ジジイ！」

「やれやれ」

有嶋が着物の袖に手を突っこんだ。香麻里はコルト・パイソンを軽く振る。

「勝手に動くな。手を出すんだよ」

「こんなふうにか？」

有嶋が袖から左手を抜いた。掌には灰色の丸い物体がある。テニスボールほどの大きさだ。

香麻里は目を見張った。凱斗たちは物体の正体がわからないらしく、怪訝な顔つきになる。

有嶋が握っているのは手榴弾だった。かつてカンボジアの射撃場で見た。米軍のM67破片手榴弾だ。

「みんな離れて！」

有嶋はためらうことなく、手榴弾の安全ピンを抜いた。

「嘘だろ――」

凱斗が足を滑らせて地面に尻餅をついた。秀郎は頭を抱えて地面に伏せる。

「ちくしょう」

香麻里は有嶋に背を向けた。有嶋が声を張り上げる。

「貴様らこそ動くな！」

建物内に響き渡るほどの大音量だ。香麻里は振り返った。

「親分……あんた、どうかしてるよ」

「こいつのことかね」

有嶋は左手の手榴弾を掲げてみせた。

彼は安全レバーごと握っていた。その状態を保っていれば爆発はしない。

ただし、なんらかのきっかけで手から離れようものなら、信管に点火されて大惨事が待っている。有嶋はもちろん、凱斗や香麻里も即死は免れない。十五メートル範囲に殺傷能力のある破片が飛び散るため、片浦や秀郎も身体を穴だらけにされるだろう。

有嶋は安全ピンをクルクルと回してみせた。

「どうかしてるのは、姐さんたちだろう。このおれが無防備に出迎えると思ったのかい？　千波の有嶋をナメてもらっちゃ困るな」

有嶋は両手を着物の袖に入れて諸肌を脱いだ。裸の上半身が露になる。

香麻里たちは一斉に息を呑んだ。有嶋の胸と両腕には雷神と風神の刺青が彫られてある。急に痩せたためか皮膚にたるみが生じ、雷神、風神ともに波打っている。真夏にもかかわらず、肌は不気味なほど白く、脂肪や筋肉は失われていた。

問題は腹部だ。腹にサラシをきつく巻いており、ボール紙の筒を何本も差していた。ダイナマイトと思しき爆薬だ。

「この建物ごと吹き飛ぶ量だ」

「イカれてる……」

香麻里は呟いた。

「そいつは違うな。イカれたんじゃない。正気に戻ったのさ」

有嶋は両腕をだらりと下げ、遠い目で天井を見上げた。骨が浮き出た小さな手から、手榴弾が今にも落っこちるのではないかと気が気でない。

「若え(わけ)ころは、揉めた相手のアジトにこうして乗りこんでったもんさ。腹にマイト巻いたり、ガソリンぶちまけたりな。関西のイケイケな連中でも、命を捨てて臨めば話し合いのテーブルについてくれた。長いこと神輿として担がれているうちに、いつの間にか身体を張ることを忘れて、悪知恵にばかり頼るようになった」

有嶋は笑いかけながら歩み寄ってくる。

歩幅は狭く、脚力の衰えが見て取れた。誰かが軽く押しただけで倒れるのはもちろん、今にもつまずいて転びそうだ。

「う、うわ。近づくな」

凱斗が地面にへたりこんだまま立ち上がれずにいた。地面を這いずりながら後ろへ下がろうとする。

「なんだ、若えの。爺の手をふん縛るんじゃなかったのか？　その刃物(ヤッパ)はただのおもちゃか。おれの爆弾だっておもちゃかもしれないぜ。この皺腹(しわばら)をブスッとやって男になってみな」

有嶋は腹を右手で叩くと、香麻里のほうを向いた。

「姐さん、あんたもだ。そのでっかい拳銃（チャカ）は本物だろうが。とっとと、おれを撃って白黒つけたらどうなんだい。年寄りの握力は強くねえ。いつまでも、しっかり握ってはいられねえぞ」

有嶋は左腕をブラブラと振ってみせた。凱斗たちが短く悲鳴を上げ、香麻里は全身の毛が逆立つのを感じた。

有嶋の言う通り、手榴弾やダイナマイトは偽物かもしれない。

ヤクザと役者は一字違い。そんな言葉があるほどで、大げさなハッタリ芝居を恥ずかしげもなく打ってみせる。

爆発物の真偽はわからない。それでも有嶋の瞳に宿った狂気の煌めきは本物で、目を合わせることすらできない。

香麻里はコルト・パイソンを地面に置き、有嶋の足元へと蹴飛ばした。

老い先短く、なにもかもを失った有嶋と違い、香麻里は死ぬ気などさらさらなかった。ハッタリかどうかを見破る覚悟もない。膝を地面につき、降伏の意を示す。

「いい選択だ」

有嶋は安全ピンを手榴弾に再び差しこんだ。

秀郎がうめき声を上げる。片浦が彼の腹にパンチを叩きこんでいた。秀郎が身体を丸めたところで、大笑いしながら顔面に膝蹴りを叩きこむ。

「さすが〝印旛会に有嶋あり〟と言われるだけありますなあ！　痺れましたわ」

片浦が秀郎からメリケンサックを取り返した。急に駆け出し、腰を抜かしている凱斗の側頭部を、サッカーボールのように蹴飛ばす。メリケンサックを右手に嵌め、香麻里に猛然と迫ってくる。

「バカ女が。くたばれ」

片浦がメリケンサックを嵌めた拳でアッパーを放ってきた。香麻里は思わず目をつむる。

「止（や）めんか！」

有嶋が吠えた。

香麻里は拳による風圧を感じた。頭髪がはね上がったものの、パンチは当たらなかった。おそるおそる目を開けると、巨大な拳が顔面すれすれで止まっていた。

「勝手な真似は許さん」

片浦が有嶋に頭を深々と下げた。香麻里の腕をつま先で突く。

「怒られちまったじゃねえか。チンピラの女（メス）がはねっ返りやがってよ」

香麻里の背中を冷たい汗が伝う。片浦の拳はサザエのようにゴツゴツと硬そうで、さらにメリケンサックが鈍く輝いていた。

生まれたときから殴られるのには慣れている。旦那の幸司もキレたときは手加減なく香麻里を殴打した。

片浦の拳はひときわ凶暴に見えた。有嶋が止めていなかったら、元には戻らないほど顔をグシャグシャに叩き潰されていたかもしれない。

有嶋はゆっくりとした動作で着物を着直した。左腕の袖のなかに手榴弾をしまい、代わりにコルト・パイソンを拾い上げ、再び椅子に腰かけた。

「ふう、くたびれた。多少の意見の行き違いがあったが、幸司のコレクションについては、おれに預けるってことでいいな。これで姐さんだって、素人相手に揉めなくて済むってわけだ」

有嶋は一転して優しげに言った。

香麻里は銃器を手放したのを早くも後悔していた。みすみす生殺与奪（せいさつよだつ）の権利を与えてしまったのだ。手榴弾を握る有嶋を見ているうち、まるで魔術にでもかかったかのように、爆風と破片で肉体がバラバラに砕け散る想像が膨らんでいった。そのイメージを最後まで振り払えなかった。

ミニバンがガタガタと音を立てた。有嶋がおどけたように額を叩く。

「いかん。本題に入るのを忘れていた。出してやりなさい。丁重に扱うんだ」

有嶋が片浦に命じた。

片浦がバックドアを開けた。ミニバンが激しく揺れ、荷台のあたりで音が鳴る。斉藤が目を覚ましていたようだ。

「おうおう。獲れたての魚みてえだな。おい、こら。金髪（パツキン）のあんちゃん、バックレようとしねえで、おとなしくこっち手伝え。さもねえと、お前の母ちゃん犯（や）っちまうぞ」

建物の出入口をうろうろしていた金髪のガキを呼び寄せ、片浦が二人がかりで斉藤をミニバンから引きずりだした。斉藤が手足をワイヤーで縛られた姿で地面を転がる。

「うえ、ばっちいな」

片浦の手は血に濡れていた。金髪の少年のTシャツに手をこすりつける。

斉藤は血まみれだった。片浦の拳によって口内を派手に切ったらしく、血が唇と顎にべっとりとついている。

顔よりもひどいのは両手首だ。金属製のワイヤーを力任せに解こうと足掻（あが）いたようで、ワイヤーが両手首の皮膚を突き破って肉にまで食いこんでいた。静脈や骨まで傷つきかねないほど深い傷だ。足首も同じくワイヤーによって流血している。

有嶋もイカれているが、この男もやはりどうかしていた。放っておいたら、自分の手首を切り落として脱出を図ったかもしれない。

「ヤクザどもが。ぶち殺してやる！」

斉藤が吠えた。

彼は手負いの獣みたいに怒気を露にしていた。香麻里と対峙していたときの冷静さはない。失神に追いこまれ、身体を束縛されても、怯えや恐怖とは無縁のまま牙を剝き続けている。この男だったら、手榴弾を握った有嶋相手でも、爆発覚悟で襲いかかっただろう。

斉藤はさらに己を傷つけながら、身体をくねらせて片浦の足に噛みつこうとする。歯と歯がぶつかる硬い音がした。

「おわ、まるで毒ヘビだな。危ねえじゃねえか。おイタが過ぎると殺しちゃうぞ」

片浦が右足を上げ、斉藤の頭を踏み潰そうとした。有嶋が掌を向けて制す。

「よさんか。その人は大事なお客さんだ」

有嶋が香麻里に尋ねた。

「この御仁の名は？」

「さ、斉藤と名乗ってます」

有嶋はコルト・パイソンを懐にしまい、斉藤に深々と頭を下げた。

「おれの名は有嶋章吾だ。東京の上野界隈で、千波組というチンケな組織の頭目をしている。子分たちがあんたをカタに嵌めようとあくどい策を練ってたらしい。親として謝罪しよう。すまなかった」

斉藤は有嶋を値踏みするように睨んだ。

有嶋は凱斗を見下ろす。

「若えの。いつまでも寝てねえで、この客人のために椅子を持ってきなさい」

「は……はい」

凱斗は片浦の蹴りを喰らい、頭を抱えて寝転がっていた。痛みを堪えて立ち上がり、パイプ椅子のある建物内の隅に向かった。香麻里を含めた全員が、有嶋の行動に度肝を抜かれ、逆らう気力を完全に喪失していた。

秀郎と凱斗は臆病でも弱虫でもない。人を躊躇せずに刺せるガッツがあり、無法者として生きる覚悟も持っている。それでも上には上がいるのだと、ショックを受けているようだった。

ワイヤーこそ解かなかったものの、凱斗は片浦とともに斉藤の両腕を抱えてパイプ椅子に座らせた。

斉藤は血に濡れた両腕を掲げた。

「ヤクザの親玉がなんの用だ。すみやかにこいつを解いて、9ミリパラベラム弾を用意しろ」

有嶋は手を振った。

「シグP220か。あれはもう使わんほうがいい。拳銃(チャカ)ってのは一回こっきりの使い捨てだ。たとえマニア垂涎(すいぜん)の名銃だろうと、照準がイカれた安物コピー品だろうと、一度使ったら足がつく。ましてや元刑事なんかを弾いたんだ。海にでも捨ててるんだな」

香麻里は唾を呑みこんだ。秀郎たちが不安げに彼女のほうを見つめてくる。

有嶋が摑んでいたのは、香麻里の銃器密売だけではなかった。自分と同じく、斉藤の犯行まで知っていたのだ。

有嶋はさらに斉藤に向かって語りかけた。

「おれたちの世界じゃリボルバー(レンコン)のほうが好まれるんだ。構造がシンプルで頑丈だ。弾詰まりが起きにくく、空薬莢だのを拾う必要もない。ただ、あんたのような殺人鬼には自動拳銃(オートマチック)のほうがお似合いかもしれんな。ちゃんとした減音器(サプレッサー)を装着すれば、品川の住宅街だろうと、鶯谷(うぐいすだに)の路地裏だろうと好きにぶっ放せる。そうだろう?」

斉藤の顔が張りつめる。香麻里は思わず呟いた。

「鶯谷……」

有嶋がうなずいてみせた。斉藤を指さす。

「姐さんも知っておくといい。この方は現代の志士だよ。万死に値するクソ警官(ポリ)どもに誅罰を加える生きた阿修羅だ」

有嶋によれば、斉藤は品川の事件だけでなく、鶯谷でも発砲していたという。

その撃った相手はやはり元警察官で名を大橋といった。警視庁の元巡査部長で、渋谷署などで生活安全課の刑事を務めた四十代の男だ。三年前に警視庁を去り、今は葛飾区の自動車学校の教官をしている。

大橋は依願退職という形で警視庁を去ったが、事実上はクビ扱いで職場から追い出されていた。通勤途中の埼京線の電車内で、女子高校生の尻を触ったのがバレて逮捕されたのだ。彼は魔が差したとして犯行を認めた。

痴漢事件は新聞やテレビでも扱われ、警視庁警務部は「警察官にあるまじき行為であり、厳正に処分する」と述べた。しかし、大橋の名前を公表せず、減給という処分に留め、大橋を警察社会から追放して事態の幕引きが図られた。

二ヶ月後、大橋に多くの余罪が隠されていたのではと疑惑の目が向けられた。週刊誌により、大橋が痴漢や盗撮の常習犯だったと報じられたからだ。彼が所有していた携帯端末や自室のパソコンには、女子高校生のスカートのなかを撮った動画ファイルが大量に保存されていたという。

大橋の自宅がある浦和周辺では過去四十件にもわたり、女子中高生や女児を狙った露出魔が現れており、背恰好や人相が大橋に酷似していたことも併せて伝えられた。

警視庁は週刊誌の報道をすべて否定。大橋と露出魔との関連性は不明だとシラを切った。報道は衝撃的ではあったものの、後追い報道はなく、大橋が罪に問われたのは「魔が差した」とされる痴漢一件のみだ。

大橋は被害者と示談をして不起訴となった。妻子には三行半（みくだりはん）を突きつけられはしたが、父親の伝手を頼って再就職を果たしている。

有嶋は指で拳銃の形を作った。

「けっきょく、大橋はクロだったということだ。なにしろ、女子中学生と鶯谷のラブホテルにしけ込もうとしたんだからな。根っからの変態さ。罪を覆い隠した警察（サツ）に成り代わって、このお人がきついお灸を据えてやったのさ」

「鶯谷のほうは初めて知りました」

「だろうよ。品川と違って、鶯谷のほうは表に出てねえからな。警察（サツ）も把握してねえ。ケツに二発の弾丸を喰らった変態は、おれが因果を含めて闇医者のところに連れてったのさ」

香麻里は斉藤を見やる。

彼はもう暴れようとしなかった。有嶋の真意を摑もうとするかのように、じっと注意深く見つめている。有嶋の話を否定しようとしない。その様子から、香麻里は品川とは別に鶯谷でも発砲したというのも事実だと悟った。なぜ有嶋が香麻里よりも斉藤のことを知っているのかも。

鷲谷は千波組の縄張りであり、傘下である二代目斐心組がそこで新しいビジネスに手を染めている。援デリや闇デリと言われる管理売春だ。

公安委員会に届出を出す本番NGのデリヘルと違い、闇デリは法律違反の裏風俗だ。出会い系サイトなどを利用して、女をホテルなどに送って売春をさせる。

今の斐心組は家出少女やカネに飢えている女子中高生を巧みに取りこみ、ロリコン相手に安くないカネで取引している。商品である少女たちに気持ちよく労働に励んでもらうため、覚せい剤を与えているという。初代組長の甲斐が生きていれば、絶対に許されなかった類の商売だ。

おそらく、斐心組関係者が大橋に少女をあてがおうとしているとき、斉藤に襲撃されたのだろう。有嶋は大橋を根っからの変態と呼んではいたが、そんなやつの欲望を満たすために商売をする有嶋も外道と呼ぶ他ない。自分たちの悪行を棚上げして、斉藤を現代の志士などと恥ずかしげもなく褒めそやしたのだ。

斉藤の表情に変化が見られた。有嶋を注意深く見つめながらも、その視線には嫌悪や侮蔑が込められている。不快そうに眉をひそめてもいた。

それを知ってか知らずか、有嶋は愉快そうに笑った。

「あの鶯谷じゃ涙ぐましい工夫が裏目に出たな。滅音器（サプレッサー）の代わりに、銃口にペットボトルをテープで巻きつけてたそうじゃねえか。銃声を多少はごまかせただろうが、弾道だって変わっちまって狙いがズレちまう。隣にいた女の子に当てちまうかもしれなかった。そんなみみっちい真似しねえで、本物の滅音器（サプレッサー）を使え。それもこっちで用意しよう」

「……おれになにをさせる気なんだ？」

斉藤が口を開いた。

「おれはあんたを気に入ったんだよ。これからも腐ったおまわりをどんどんマトにかけりゃいい。あんたがどこの誰なのかは知らんし、こっちも知る気はない。警察（サツ）に対して激怒しているって事実さえわかっていればいいんだ。あんたが起こした事件を警察（サツ）に密告（チンコロ）するどころか、武器（どうぐ）も弾薬（マメ）も好きなだけ提供したいのさ」

「ヤクザが……あんたらは街のダニだろう」

斉藤が血の混じった唾を吐く。

「おい、なに調子に乗ってんだ」

片浦が拳を固めて腕を振り上げた。有嶋がすかさず掌で制した。

「あんたのような義士からすれば、そう見えても仕方があるまい」

「なにが目的だ。あんたらヤクザなんてのは、お上のお目こぼしをもらいながら生きる寄生虫じゃないか。宿主に刃を向ければ、あっという間に潰されるのがオチだ」

　片浦が鼻を鳴らした。

「元警察官（サツカン）をふたりも弾いたテロリストが理屈こくんじゃねえよ」

　有嶋は着物の懐に手を入れると、サラシに巻いていたダイナマイトを抜き取り、無造作に斉藤の足元へと放った。

「そいつも後で箱ごと進呈しよう。いっぺんに爆破させりゃ、警察署の鉄筋ビルごと吹き飛ばせる」

　さすがの斉藤も目を丸くした。

　秀郎や凱斗が息を詰まらせ、香麻里の胃袋がキリキリと痛み出した。有嶋は再び手榴弾を手にし、お手玉のようにポンポンと弄（もてあそ）ぶ。

「つまるところ、極道でいるのに飽きちまったのさ。残された寿命もせいぜい一、二年ってところだ。くたばる前にでっかい花火を打ち上げたくなった。そもそも、おれが渡世にゲソつけたのだってそれが理由だったのにな」

「あんたはイカれてる」

「お互い様だろう。でっかい花火打ち上げようと思ってたときに、これまた危ねえ火遊びをしている男が現れた。運命ってものを感じたわけだ」

有嶋が自分の椅子の下を指さした。箱を包んだ風呂敷がある。片浦が風呂敷を斉藤の足元まで運んで包みを解いた。

斉藤は視線を落とした。

「また武器のプレゼントか？」

「そいつは武器よりも重要さ。情報だよ。腐った警官（ヒネ）を狩るのを応援するが、大橋みたいな変態の小物じゃ、あんたの飢えは満たされやしないだろう。品川の件も同様だ。どうせ殺（や）るのなら、とびきりのワルを狙うべきだ。現役のな」

有嶋が答えると、片浦が箱を開けた。

中身は確かに武器の類ではない。ファイルや書類が目いっぱいに詰めこまれてある。片浦がそのなかから印画紙を取り出した。手が血に濡れた斉藤に渡す。印画紙はＡ４サイズほどの大きさで、離れた位置にいる香麻里からも見えた。

「八神……」

香麻里は唇を嚙んだ。

上野署でマル暴刑事をしている八神瑛子の顔写真だ。ワイシャツ姿で上野署から出てくるところを捉えたものだった。盗み撮りされたものに違いないが、それでもツラは忌々しいほどきれいに写っていた。

八神の黒髪はやけに艶やかで、高い鼻梁と薄い唇が特徴的だった。三十代後半の警察官のわりには、顔にシミもシワもなく、顎も首もほっそりとしている。

斉藤は失望したように頬を歪めた。

「くだらん。こんな大がかりなハッタリまでかましておきながら、あんたの目的は女ひとりを罠に嵌めることだったのか。愛人にでもしようとして、手ひどく振られたんだろう」

有嶋は芝居がかった仕草で天を仰いでみせた。

「あんたこそ見た目で相手をナメるようなチンケな男だったとはな。そいつは所轄の一係長に過ぎんが、職場の上野署じゃ署長よりも偉い。『八神金融』といってな、本庁の偉いさんから新人にまでカネを貸しつけては大儲けしている真正のワルさ。上司や同僚のキンタマ握るだけじゃ飽き足らず、不良外国人やヤクザとも平気でつるんじゃ、警察（サツ）と裏社会の両方を牛耳ってる。顔に似合わずえぐい手口で権勢をほしいままにしてきた。暴行に拉致、脅迫や拷問。警察（サツ）の代紋をふりかざしちゃ、好き放題にやってる希代の悪徳警官だ」

斉藤は疑わしげな目を写真に向けた。縛（いまし）められた両手をボール箱へと伸ばし、一冊のファイルを手にしてパラパラとめくった。容易には信じられないようだ。

八神を知らない人間は、大抵そんな反応を見せる。不審に思う程度ならまだいい。なかには腹を抱えて笑う者もいれば、同僚や不良を骨抜きにするほどアレがうまいんだろうと、下卑たジョークを口にする者もいる。

そして本人が目の前に現れたとき、素直にアドバイスに耳を傾けなかったのを大いに後悔する羽目となる。そんなワルを数え切れないほど目にした。

「親分の言ってることは本当だよ」

香麻里は言った。口を挟まずにはいられない。

八神はヤクザ社会でも疫病神と忌み嫌われている。裏社会に情報ネットワークを築き、組織犯罪に容赦なく喰らいつく。有嶋が言った通り、ヤクザ顔負けの非道な手段も平気で使う。

幸司の親分だった斐心組の甲斐は、そんな八神と情報をやり取りする関係にあった。友情に近い絆(きずな)があったと言うやつもいる。甲斐の情報があったからこそ、行儀の悪いヤクザや半グレを叩けたのだ。

そのくせ、あの女は肝心なところで役立たずだった。甲斐は東京ヤクザの至宝であり、八神も重用していた。

にもかかわらず、四ヶ月前に食い詰めた元ヤクザと外国人の混成強盗団に事務所を襲われ、刃物で刺されてあっけなくこの世を去った。八神もおっとり刀で事件現場に駆けつけたが、そのとき甲斐はすでに絶命しかけていた。日頃は上野界隈の組織犯罪を、徹底して潰して回るくせに、盟友の命を守りきれなかったのだ。斐心組の組員たちは己を呪い、そして八神を恨んだものだ。

その八神は甲斐が死亡した途端に掌を返し、斐心組を冷酷に締め上げている。旦那の幸司も八神を怖がり、それが要因のひとつとなって酒に溺れるようになった。

香麻里は続けた。

「外国人マフィアやヤクザとつるんでばかりいるから、監察からも睨まれてる。東京で一番悪いポリ公だよ」

斉藤は香麻里を無視し、ただじっとファイルに目を落としていた。

その斉藤がふいに顔をしかめた。

「殺人……だと？」

有嶋はうなずいた。

「一昨年の冬だな。あの女はおれの依頼を受けて、私兵を率いて殺しまでやった。殺（や）った相手ってのは、関西が放った名うての殺し屋だが、殺しは殺しに違いない。ヤクザの頼みを聞いて、殺人までやってのける。さっきも言った通り、そこいらの幹部よりも力がある。大橋なんぞとは比べものにならんパンドラの箱だ。警察（サツ）を追い出されるときが来たとしても、たっぷり退職金をくれてやって依願退職となるのがオチだろう」

「殺し……」

斉藤は静かに呟いた。

彼の目の色が急に変わる。手にしているプラスチック製のファイルがメキメキと音を立てた。有嶋と片浦が一瞬、目配せする。

「あんたのほうでも調べてみるといい。自前の情報網を持ってるんだろう。その女は有名人だ。すぐにウラは取れる」

斉藤は睨みつけるように有嶋を見上げた。

「あんたの思い通りに動くとは限らないぞ」

「構わんよ」

有嶋は余裕の笑みを浮かべた。

香麻里には予想できる。斉藤は有嶋の話にまんまと乗るだろう。八神が殺人にまで手を染めていると聞き、彼は尋常ではない殺気を迸(ほとばし)らせた。警察に対して深い恨みを抱いていることもわかった。

有嶋が香麻里に告げた。

「姐さん、あんたはこの客人を手伝ってやれ。ともに天誅を加えてやるのさ。おれに拳銃(チャカ)向けた落とし前はつけてもらう」

嫌だとは言えない。有嶋は笑顔を向けていたが、再び手榴弾の安全ピンを抜きかねない危険な気配を漂わせていた。

8

瑛子はドアの前に立った。

安っぽい合板の扉で、塗装のところどころが剝げ落ちている。アパート自体がかなり年季の入った建物で、壁は茶色く変色しており、すべての窓は傷みの激しい木枠だ。

物件を管理する不動産屋に訊いてみたが、築六十七年の年代モノで、家賃は都内でありながら三万五千円だという。住んでいるのは年金暮らしの独居老人や、出稼ぎに来た外国人らしい。

格安物件だが、エアコンはついている。近年の殺人的な猛暑続きで店子に孤独死されて事故物件と化してはたまらないと、オーナーがしぶしぶ全部屋に設置したのだという。

用のある部屋のエアコンは動いていなかった。室内の灯りもすべて消えていた。部屋の主はここ数日不在にしているらしく、錆ついた郵便受けにはチラシが目いっぱいに詰めこまれてある。

瑛子がいるのは南大塚の住宅街だった。車一台通り抜けるのがやっとの狭い路地で、低層の集合住宅と一軒家がびっしりと隙間なく建っていた。

午後十時過ぎ、多くの家の灯りがまだついており、浴室で気持ちよさそうに歌う男の声や、テレビの音声が耳に届く。

路地を歩く者はほとんどいない。黒のトレーニングウェアで闇にまぎれているため、彼女に注意を払う者は今のところ見当たらない。

瑛子はドアノブを回し、鍵がかかっているのを確かめてから、ショルダーバッグに手を突っこんだ。小さなプラスチックケースと懐中電灯を取り出す。ケースには二本の小さな針金が入っている。

ライトをつけた懐中電灯を口にくわえると、両手に針金を一本ずつ握って、ドアの前にしゃがみこんだ。ライトに照らされた鍵穴に、二本の針金を挿入した。ガチャガチャと金属同士が触れる音がする。

エアコンがつけられても、セキュリティは昭和のころから進化してはいない。旧式のシリンダー錠で、開けるのに三分もかからなかった。ロックが外れる音がした。

瑛子はドアを開け、室内に身体を滑りこませた。むっとするような熱気に包まれ、ひどい臭気が襲ってくる。バッグからゴム製の手袋を取り出し、両手に嵌めた。内側からドアの鍵をかける。

窓から外の灯りが入り、暗闇に目も慣れているため、懐中電灯の小さな光でも、視界はある程度確保できた。

山王一家の田口の部屋はゴミだらけだった。懲役暮らしを経た前科者には、刑務所内での厳しい教育が身体に染みつき、整理整頓がきっちり身につく者もいる。田口はそうならなかったようだ。

流し台には汚れた食器やコンビニ弁当のカラが山積みになっていた。三角コーナーには、かつては食物だったと思しきカビだらけの黒い物体があり、甘ったるい腐敗臭を放っている。

三畳分の台所の大半はミネラルウォーターの段ボールで埋まっていた。二リットルサイズの水が入っていて、ペットボトルには水玉模様のラベルが巻かれてある。どこにでもありそうなデザインだが、印旛会系の暴力団を追いかけていれば、必ず見かける代物だ。

現在の印旛会は、直系組長にミネラルウォーターや石鹸といった日用品をほぼ強制的に買わせている。刑務所に入っている組員の家族を助けるため、昔から互助会のような形で行われていたというが、暴対法などで当局の締め上げがきつくなると、親分の懐を肥え太らすためのシノギに成り果てた。

とくに籠島大志が印旛会の七代目を襲名し、組織の実権を握ると、この手の強制購入的な押しつけ販売は一層激しくなった。〝厳冬の時代〟と言われる状況にありながら、籠島はカネに対する執着心が強く、組員にはさらに米や洗剤なども買わせるようになった。

直系組長は上納金を親分に納めるだけでなく、これらの水や日用品の購入のため、月に約五十万円の支出を強いられる。枝の組織や企業舎弟に買わせるか、捌ききれずに知人に配っている有様だ。

死んだ甲斐も、水や日用品の処分には苦慮していた。彼の息がかかったキャバクラや風俗店、芸能プロダクションの冷蔵庫には、このミネラルウォーターがぎっしり詰まっていた。

台所の戸棚を開けた。やはり印旛会が扱っているインスタントコーヒーの瓶と、レトルトご飯の袋がいくつも入っている。田口が未だに山王一家の一員であるのを示していた。

台所の奥は四畳半の和室だ。毛羽立ちの目立つ畳のうえに、敷きっぱなしの煎餅布団があり、ちゃぶ台には飲みかけの酒瓶と空き缶、吸い殻でいっぱいになった灰皿があった。

典型的な落ちぶれヤクザの部屋だった。それでも注意深く見てみれば、そこかしこから羽振りのよさがわかる。ちゃぶ台の酒瓶は、品薄で値段が高騰しているジャパニーズウイスキーだ。冷蔵庫を開けてみると、ミネラルウォーターに交じり、ビールの缶が大量に冷やされていた。安さだけが取り柄の発泡酒やチューハイではない。部屋の主が怠惰なだけであって、生活にゆとりがなければあり得ない品物がいくつかある。

畳には車のパンフレットが落ちていた。ベンツのSクラスで、見積書が挟まれてある。埼玉県川口市の中古車ディーラーが一週間前に作成したもので、走行距離が七万キロに達した型落ちとはいえ、価格は四百万円以上もした。高級車まで購入する気でいるとは。田口がカネを持っているのは本当かもしれない。

田口に関する情報を英麗から得て、四日が経った。ウラを取るため、本庁組対四課や赤坂署の組対課の捜査員に連絡した。どちらも子だくさんで、毎月の小遣いに汲々としていて、瑛子に頭が上がらぬほどの借金がある父親だ。

利子を棒引きすると持ちかけ、ふたりの口をしぶしぶ開かせた。どちらも田口にはまったくと言っていいほど注意を払っていなかった。刑務所帰りのくすぼりヤクザの情報なんかなぜ欲しがるのか、聞き返されたほどだ。

山王一家の事務所が管内にある赤坂署組対課も、本庁の組対四課広域暴力団対策係も、印旛会の動向を注視していた。なにしろ四ヶ月前には、千波組が中国マフィア絡みの内輪揉めによって、大勢の死傷者を出している。

千波組の内紛だけに留まらず、二ヶ月前には印旛会の主流派の山王一家周辺で異変が起きた。鴨川市の海岸で事故死した寺地満州雄は、籠島を会長に強く推した籠島派の長老格だ。

その一週間後、山王一家を仕切っていた総長代行の殿納屋良尚も忽然と失踪した。

警視庁も山王一家の異変を察知し、情報収集を進めているが、ひとり組長で老いぼれヤクザの田口に注意を払う者などいなかった。

それは田口がうまく鳴りをひそめていたともいえる。ヤクザ社会は嫉妬や猜疑心が絶え間なく渦巻いている。とくに貧富の差が格段に広がった現在では、シノギがうまく行って出世する者と、そうでない者との間にある溝は深い。

田口もそのあたりを心得ているらしい。遊び場はもっぱら池袋や大塚で、山王一家の縄張りである赤坂や六本木ではない。

田口はキャバクラや高級クラブといった人目につく店は避け、ホテルに女を呼んではこっそり遊ぶという、いささか変わった遊び方をしていた。今夜も大塚駅前のラブホテルにしけ込み、デリヘル嬢をふたり呼んで酒色に耽（ふけ）っている。

今も昔もヤクザは見栄を張ってナンボの商売だ。住処（すみか）は雨漏りのしそうな安アパートでも、ごついベンツを乗り回し、偽物でもロレックスの時計を巻き、借金をしてでも遊び回ってみせる。とくに田口のようなバブル期の味を知る老ヤクザは、概してそんな哲学を持っている。

赤坂署の署員によれば、田口はやはりそうしたタイプで、ひとり組長になっても赤坂界隈で頻繁に豪遊を繰り返していたという。手下にカネをタカるだけでなく、妻の親族にまで無心した挙句、子分と家族の両方から見捨てられた。

そんな見栄っ張りが、地元の赤坂ではなく、人目を避けるように池袋や大塚のラブホテルにこもり、こそこそ遊んでいるのだ。羽振りのよさを隠そうとする意図が感じられる。

部屋には古びた和ダンスがあった。引き出しを下から開けていくと、田口の性的嗜好が嫌でもわかった。乱雑に詰めこまれた衣類やデリヘル嬢の名刺などに交じり、中身がパンパンに詰まったポリ袋がいくつかある。

なかには手枷や足枷、猿ぐつわのボールギャグなどが入っていた。別の袋にはバイブレーターや浣腸器、アナルビーズなどがあり、きっちりと洗浄していないようで、うっすらと排泄物の臭いがする。

テレビの周りにAVのDVDのケースが散乱していた。AV女優が手枷やボールギャグで拘束されたものや、逆にボンデージ姿でバラ鞭を持ち、女王様スタイルで仁王立ちしているものもある。田口はかなりのSM好きらしい。

タンスの最上段の中身を確かめた。瑛子は目を凝らし、懐中電灯で棚のなかを念入りに照らす。

ピンポン玉ほどの大きさの丸い物体に三つ叉の電源タップ、それに医者が使う聴診器に似た器具だ。オイルライターほどの大きさの四角い塊も三つある。これらはSMに用いる道具などではない。瑛子もちょくちょく利用するアイテムだ。

丸い物体にはレンズがついている。小型の隠しカメラだった。三つ叉の電源タップは盗聴器だ。内部に集音マイクとアンプが内蔵されており、コンセントに差せば半永久的に盗聴が行える。

聴診器に似た器具はコンクリートマイクだ。本来は建築物や水道管の異音を聞き取って検査するための道具だが、壁を隔てた部屋の音や話し声も摑める。

四角い塊はＧＰＳ発信機だった。本来なら、公安刑事や探偵あたりが使うもので、ヤクザが持つ道具ではない。

ポケットの携帯端末が震え、瑛子は電話に出た。

「どうしたの？」

〈やばいぞ。田口がラブホから出てきやがった〉

電話の相手は保険調査員の西義信（にしよしのぶ）だ。慌てた声で伝えてきた。

西は上野署生活安全課にいた元刑事で、署管内では名の知られた悪徳警官でもあった。

「今夜の乱交パーティは中止ってこと？」

〈デリヘル嬢たちが怒った様子で出てきやがった。ＮＧプレイでも強要しまくったんだろうが、ケツ持ちを呼ばれる前にフケようとしてる〉

「ＮＧプレイね」

瑛子は畳に落ちているＡＶのケースに目をやった。

亀甲縛りで自由を奪われたＡＶ女優の横に、『緊縛スカトロ妻　家畜マゾ奴隷』なるタイトルが大きく記されてあった。トラブルが起きた理由が察せられた。

〈落ち着いてる場合か。タクシー呼んでやがるぞ。五分としないうちに、そっちへ行くかもしれねえ〉

「心配してくれるんだ」

〈あんたはスポンサーでボスだ。心配すんのは当然だろうが〉

西はもともと富永が放った刺客だ。

瑛子の周りをつきまとい、このタンスにあるようなスパイグッズを駆使し、弱みを握ろうとした経緯がある。西の目論見を見破った瑛子は、彼を徹底的に痛めつけ、プライドも踏みにじったうえで支配下に置いた。

西は署管内の違法風俗店に出入りし、営業を黙認する代わりに性的サービスや賄賂を受け、同僚の女性警官にセクハラを繰り返した。その悪事がバレて警察社会から追い出されてからも、人の弱みを握るのを三度のメシより好むヘビだ。人格は最低ではあるものの、調査の腕は確かだから、何度か仕事をさせている。

英麗から情報を得ると、西の事情やスケジュールを一顧だにせず、田口に関する情報収集と監視を強く命じた。

――本業で手いっぱいなんだが、やってやらなくもねえよ。

西はガムをくちゃくちゃ嚙み、いつもは文句や不平をひとくさり言ってみせるのに、今回はおとなしく依頼を引き受けている。

瑛子は探りを入れた。

「なんか最近、妙に聞き分けがいいじゃない。捲土重来の機会でも狙ってるの？」

〈バ、バカなこと言ってんじゃねえよ。田口がタクシーに乗ったぞ。方向もそっちだ〉

「いつもならもっとゴネたでしょうに。なにかとゴタついてる山王一家絡みなんて危なくて嫌だとか、火の粉が飛んできたらどうするんだとか喰ってかかったはずでしょ」

〈まったくよ……こんなこと言わせんなよな〉

西はあからさまにため息をついた。

〈おれもゴキブリだのセクハラ野郎だのと忌み嫌われてきたが、あんたも大概意地が悪い。自分の立場ってもんを自覚してねえ〉

「聞かせてもらおうじゃないの。立場ってなに？」

〈おれが怖えのはサクラの代紋さ。その効力が絶大なのは、さんざんバッジを使って悪さしてきたおれが知ってる。その一員のあんたは署長よりも遥かに偉い。本庁のお偉方だって、あんたには好き勝手に手を出せねえ〉

「そりゃ、あのクラスの人間にもカネ貸してるやつがいるから、おいそれと手は出せないかもね」

〈そういうレベルの話じゃねえんだよ。今年の春だって、あんたは首席監察官の警視正殿まで返り討ちにしたって聞いたぜ。今じゃすっかり警視庁の影の支配者ってことだ〉

「なにそれ。政界の黒幕じゃあるまいし」

瑛子は鼻で笑った。

〈あんたは自分を一介の警部補（ブケホ）と思っているかもしれねえが、周りはもうそんなふうに見ちゃいねえってことだ。あんたを監察係が力入れて調査したのも、キャリアたちの暗闘があったからだろう。首席監察官のケツを蹴り上げて、警察庁（サッチョウ）の長官官房長に恩をたっぷり売ったってな。警察社会のナンバー3をケツ持ちにしたってことだ〉

「噂には尾ひれがつくってもんだけど」

瑛子は思わず口を歪めた。

飛び回る小バエを手で払う。警視庁の影の支配者のわりには、汚い安アパートでコソ泥のようにヤクザのケツを追いかけている。

西の言い分は的外れでもない。警察は激烈な縦社会だ。イジメやセクハラが後を絶たないものの、瑛子を面と向かって叱る人間などほぼいない。所轄の幹部はもとより、方面本部や警視庁本部にまで、『八神金融』の力は浸透していた。態度をまったく変えずに説教を口にするのは、もはや署長の富永だけだった。

〈今じゃ、あんたこそが東京の顔役だって自覚ぐらいは持ったほうがいい。当の本人がいくらデタラメだと言っても、周りが噂を信じりゃ真実になっていくんだ。今のあんたはどこぞの親分様なんかよりもずっと力がある。都内でバッジと名前を出せば、いろんな店でフリーパスで遊べるだろうよ〉

「アホくさ。あんたじゃあるまいし」

〈とにかく、捲土重来どころか、勝ち馬のあんたに仕えてりゃ、こちらもうまい思いができると踏んでるんだ。あんたはもう巨象だよ。それに比べたら暴力（マルB）団員の身辺調査なんて、絶滅危惧種の昆虫の生態を調べてるようなもんだ〉

西はやけに真面目くさった口調だ。

夫の死の真相を知るために力を欲した。カネをかき集め、悪党たちとも手を組んで、独自の情報ネットワークを形成していった。時には西のような邪魔者が現れたが、冷徹に排除するか、屈服させてきた。

仇敵を地獄に送ってからも、変わらずに力を維持し続けた。夫の仇を討ち、自分が強大な権力に酔うのを怖れ、富永に辞表を出したこともある。

――悪党を叩き続けろ。

今は甲斐の遺言に従い、悪党を潰すために力を保持している。一方で、自分の存在が、富永や上層部の連中の立場に影響を与えているのも自覚していた。

署長である富永は、数ヶ月での異動も珍しくない渡り鳥のキャリア組だ。最長でも二年で出て行くのが通例だった。しかし、彼は上野署に赴任して三年目を迎えていた。おそらく、瑛子の所属長でさえなかったら、とっくに異動していただろう。昨年の春には、大阪府警警備部に栄転するはずだという噂もあったほどだ。

警察組織のナンバー３の地位にある能代英康（のしろひでやす）も、二年前までは刑事部長として警視庁に出向していた。当時から将来の警視総監候補と目されてはいたが、この二年間で警察庁刑事局長を経て、長官官房長へと出世の階段をトントン拍子で上っていった。

能代とは大して面識があるわけではない。ただし、能代のスピード出世を可能にしたのは、瑛子のおかげだという話を、警視庁内にいる複数の情報提供者から耳にした。

瑛子は仇敵との戦いを制し、その背後にいる公安出身の大物ＯＢの暗部を暴いた。大物ＯＢの威光を笠に着ていた公安畑の強力なライバルらが失脚し、刑事畑を歩んだ能代がまんまと官房長の椅子を手に入れたという。

四ヶ月前、瑛子は警務部監察係から極秘の調査を受けた。違法捜査も辞さない手法を取っている以上、監察から厳しい目で見られるのを覚悟していたが、その調査も警察内部の政治が深く絡んでいると後に知った。

表のほうで車のエンジン音が聞こえてきた。ヘッドライトの灯りが窓から入ってくる。西の言う通り、田口がタクシーで帰ってきたようだ。

瑛子は玄関に近づきながら西に言った。

「あなたの話には一理ある」

〈だろ？　あんた自身が望もうと望むまいと、首領への道を歩んでいる。つまり、見知らぬ野郎が勝手にひれ伏す場合もあれば、いきなりドスや拳銃で問答無用に襲われる場合もあるってことだ。気をつけたほうがいいぜ〉

「あんたこそ、私の名前を勝手に使って、変なビジネスなんかしないでね。耳に入ったら、ナニを切り取りに行くから」

〈わ、わかったよ〉

西との通話を終え、瑛子はバッグのなかからバラクラバを取り出した。ナイロンとポリエステルでできた夏用の目出し帽だ。

バラクラバで顔を覆い、続いて特殊警棒を抜き出すと、玄関の上がり框に腰かける。

田口らしき男の声とタクシー運転手のやり取りが聞こえた。田口が一万円札で払い、釣りはいらねえとでも言ったらしく、かえってタクシー運転手が困惑しているようだ。

くすぼりとはいえ、人生の四十年以上をヤクザ稼業に費やし、かつては一家もそれなりに構えていただけに、見栄を張るのが癖となっているようだ。

田口の声に耳を傾けながら、西の言葉を思い返していた。悪党をこの手で締め上げるため、あの手この手で警察内部や裏社会にも影響力を持つにいたった。それでいながら、一介の捜査官のままでいたいと願うのは都合のいい話だった。

今後も警察組織の上層部の暗闘にいつの間にか巻き込まれ、見知らぬ悪党から不意打ちを喰らう可能性はますます高まるだろう。〝顔役〟にふさわしい備えが必要だと、前々から考えてはいた。

「いいから、いいから。釣りはチップだ。取っておいてくれよ。こいつもなにかの縁ってやつさ。運ちゃんもおれと同じくらいの年だろう？　孫になにかおもちゃでも買ってやんな」

田口の声はよく通り、歯切れがよかった。若いころはテキ屋で啖呵売をしていたという。デリヘル嬢に逃げられて機嫌が悪いと思いきや、意外にも声には余裕が感じられた。運転手が根負けして釣りを受け取ったらしく、恐縮したように礼を述べた。

「ありがとうよ」

スーツケースの車輪がガラガラと音を立てる。田口は荷物を引っ張っているようだ。やがて玄関のシリンダー錠のロックが外れる。

ドアが開いて、田口が姿を現した。アルコールのきつい臭いがする。暗闇に目が慣れていないようで、上がり框に腰かけている瑛子に気づいていない。

田口は黒のロングTシャツで、和彫りを巧みに隠していた。あからさまな高級腕時計に銀のブレスレットや指輪をゴテゴテと身につけている。噂通り羽振りがよさそうだ。

田口がスーツケースを部屋に入れてドアを閉めた。瑛子が声をかける。

「お帰りなさい」

「ああ？」

瑛子は立ち上がり、田口の胸に狙いを定めた。右手に握りこんでいた特殊警棒で、彼の鳩尾（みぞおち）を加減なしに突く。

田口がうめき声を上げた。土間に両膝をついた。瑛子は後ろに下がる。

田口が盛大に反吐をぶちまけた。嘔吐物には未消化の米粒と刺身が混じっていた。豪勢に寿司パーティでも開いていたらしい。危うく飛沫を浴びるところだった。

瑛子は田口のベルトを摑むと、台所に積んであったミネラルウォーターの段ボールへと放り投げた。瑛子よりも遥かに体格で上回る大男だが、アルコールも入っており、段ボールの山に頭から突っこんだ。なかのペットボトルが散乱する。田口は床を転がる。

「な、なんだ、てめえは」

　田口の声を無視し、瑛子はスーツケースのファスナーを開いた。スーツケースの中身を床にぶちまける。

　コンドームや男性勃起不全治療薬の箱に交じり、SM用の巨大な注射器と全長二十センチはありそうなディルドが転がり出た。悪趣味な形をしており、勃起した男性器とそっくりで、大きな陰嚢までついている。タンスのなかと同様に、ローションや鎖と革でできた拘束具の類もある。

　瑛子は冷ややかに告げた。

「いくらカネ回りのいい親分さんでも、こんなブツ持った変態が客じゃ、嬢だって逃げ出したくなるでしょうね」

　田口は身を起こした。顔を恥ずかしそうに赤らめる。

「こいつ……どこの者だか知らねえが、ちょうどよかった。パーティの続きはてめえでやってやる」

　名の知れた暴力団の幹部だけに、身体はかなり頑丈なようだ。特殊警棒で急所を突かれ、段ボールに頭から突っこんだわりには足腰はしっかりしている。

　田口が四つ足の獣のごとく、床を這いながらタックルを仕掛けてきた。過去に傷害罪で何度も逮捕されているだけあり、喧嘩の実力もけっこうありそうだ。

田口が瑛子の脚を抱えようとしたとき、特殊警棒のグリップを頭頂部に振り下ろした。前腕が痺れるほどの衝撃が伝わり、田口は倒れこんだ。床でのたうち回る。

瑛子は拘束具を手に取った。マジックテープで簡単に着脱可能な初心者向けとは違い、鎖と革でできた本格的なものだ。

田口の両手を後ろに回して手枷を嵌め、両足首も足枷で束縛する。

田口の目の焦点は定まっていない。瑛子に頭を殴打され、平衡感覚が怪しくなっていた。

「くそ、放しやがれ！　なんなんだよ、てめえは」

「口まで塞がれたくなかったら、静かにすることね」

瑛子はボールギャグを左手でつまんだ。

田口が息を大きく吸いこんだ。瑛子の忠告を無視し、大声を上げようとする。

瑛子が先に口を開いて制した。

「代行を消した裏切り者はあんたでしょ。悪足掻きに励む気なら、赤坂の事務所に電話するだけ」

田口が目を見開くと激しく咳き込んだ。瑛子に殴打されたときよりもダメージが大きそうだ。

〝代行〟とは山王一家の総長代行の殿納屋だ。彼の失踪に田口が関与したという情報はまだない。ただカマをかけただけだが、田口は顔を凍りつかせる。

「な、なにをデタラメこきやがる。証拠があって言ってんのか」

田口がうなる。依然として強がってはいるものの、声が格段に小さくなった。

「ヤクザに証拠なんていらないでしょう。しらばっくれるのならそれでも構わない。小突かれた程度で済んでいたのを後悔しながら、残り少ない人生を過ごすことね。山王一家はトップを消されて、血眼になって犯人捜しに励んでる」

瑛子はボールギャグを投げつけた。田口の額に当たって転がる。ポケットから携帯端末を取り出した。

「あんたの末路が見える。ガスバーナーで手足を焼き切られて、人間バーベキューにされるところが。てめえごときがなんで毎夜豪遊できたんだって、激しく問いつめられる姿も」

山王一家の本部事務所の電話番号を口にしながら、左手で携帯端末を操作した。

「おい、待て。止めろ」

「先に言うことがあるでしょう」

「お、おれは嵌められただけなんだ。ヘタ打った親分の名誉を少しでも回復させたいって言うから……同じ代紋の親戚同士だ。まさか、そんな大それたことやらかすなんて」

田口は身をよじらせた。拘束具の鎖がガチャガチャと鳴る。

ヘタ打った親分とは有嶋のことだろう。有能な若頭と若頭補佐をいっぺんに失い、印旛会の要職からも外された。

「誰のことを言ってるの？」

瑛子は携帯端末の液晶画面を突きつけた。電話番号の入力をし終え、あとは通話ボタンを押すのみだ。

「せ、千波組系数佐組にいた片浦って男だ。片浦隆介。破門を解かれて、有嶋親分から直々に盃をもらったと言ってた」

「片浦……」

瑛子は記憶を漁った。

片浦は数佐組の幹部だった男だ。瑛子自身は見たことはない。彼女が上野署に赴任する前に、片浦は特殊詐欺で逮捕され、岐阜刑務所に入った。

噂はたびたび耳にしていた。千波組系のヤクザはもちろん、組と関わりのあるカタギも、ぼろかすに言っていたものだ。あの甲斐にしても、相当悩まされた覚えがあるらしく、片浦が極道社会から追い出され、長い懲役を喰らってホッとしたとすら語った。賭場荒らしや兄貴分の情婦を寝取る〝豆泥〟をやるなど、極道社会のタブーを平気で犯す厄ネタとして忌み嫌われていた。

瑛子は田口の肩を足で突いた。田口が続ける。

「ら、来月頭に籠島会長の誕生日パーティがある。有嶋親分をもう一度男にするためにも、会長に気合いの入ったプレゼントを贈りたいと言って近づいてきた。おれはその意気にほだされて、やつにアドバイスしてやっただけなんだ」

田口は片浦に山王一家の内情を教えてやったという。

籠島には三十代の愛人と四歳になる息子がいた。孫ほども年の離れた愛人の子を溺愛し、名門小学校に入れられるルートを模索している。籠島の懐刀である殿納屋は鳩レースに大金を注ぎ込んでおり、血統のいいレース鳩を日頃から探していた。

「ヤクザの隠し子でも名門の学校に入り込めるコネとか、ヨーロッパの貴族も目を剝くような最高級の鳩とかがいいと教えてやった」

田口はそれ以外にも、籠島たちが国会議員とのつながりや、巧みにマネーロンダリングをやってのける業者を欲しがっていると知らせたという。有嶋を想う片浦の男気にほだされたのだと、弁解を交えながら打ち明ける。

瑛子は眉をひそめてみせた。

「この期に及んでガセネタを混ぜられると、せっかくの告白が台無しになる」

「嘘なんかついてねえ。全部本当の話だ」

「なにが『男気』よ。片浦の駄ボラを本気で信じたわけじゃないでしょう。派手にＳＭパーティが開けるほどのカネが欲しくて、組の内情をペラペラ自白（うた）っただけじゃない」

田口が瑛子の顔を睨みつけてきた。

「わかったぞ……覆面なんかしやがって。上野（ノガミ）の刑事じゃねえか。令状（フダ）もなしに人ん家（ち）に潜りこみやがって！」

「さすが業界の生き字引。その調子で片浦にあれこれとペラ回したのね」

硬い金属音がした。田口が手枷の鎖を引きちぎっていた。

アダルトグッズにはいい加減な造りのものが少なくない。彼を縛めた手枷も強度不足のようだ。

田口は床を這いながら、自由になった両腕で瑛子の脚にしがみつこうとした。

瑛子は右足を振り上げ、サッカーボールのように田口の顔面を蹴飛ばした。突進してくる田口の歯が砕けるのが、スニーカーを通じて足先に伝わってくる。

田口は口を両手で押さえたまま床を転がると、顔面を血と涙で濡らしながら身体を丸めた。一度の蹴りで戦意を喪失したらしい。台所の床のあちこちに歯の欠片が散らばっていた。

「いくら受け取ったの？」

瑛子が訊いた。

田口はしばらく動けずにいた。瑛子が再び足を振り上げると、彼は血に濡れた右手で制した。おそるおそるといった様子で、人差し指を一本立てる。一千万という意味だ。

「なるほど。ベンツまで欲しがるわけね」

田口が受け取った金額は、瑛子の予想を超えていた。

それだけのカネなら、田口は籠島と組織の情報を知っているだけ提供しただろう。ひとり組長でうだつが上がらないとはいえ、極道歴四十年を超える古株だ。籠島の運転手を務めていた経験もある。山王一家の内情にもっとも明るい人間のひとりといえた。片浦は、当代の印旛会会長と山王一家の内情を摑んだことになる。

瑛子は床に置いていたバッグを拾うと、特殊警棒と携帯端末をバッグにしまい、代わりに財布を抜いた。

なかには一万円札を十枚束ねたズクを百万円分入れていた。〝金融〟をやっているため、いつでもカネを貸せるように多額の現金を持ち歩いている。

「チップよ。これもなにかの縁ってやつ」

ズクのひとつを田口に放ると、瑛子は部屋を後にした。

目が汗でひどくしみた。大量の汗で下着が身体に貼りつき、頭髪は水をかぶったように濡れそぼっている。

汗を掻いたのは、暑苦しい部屋に忍びこんだからでも、腕ずくで田口の口を割らせたからでもない。

有嶋が寺地と殿納屋をこの世から消した。その疑いがさらに濃くなったばかりか、もっと多くの流血を望んでいる——。

今夜もうだるような熱帯夜だ。にもかかわらず、瑛子の汗はひどく冷たかった。

9

富永はサンドウィッチの封を開けた。近くのコンビニで買ったたまごサンドだ。

「いかん」

胃に収めてから呟いた。

上野署に赴任してからというもの、ただでさえ早食いだったうえに、歯茎の腫れも加わって柔らかいものばかり食べるようになった。噛む力が衰えるのはもちろん、生活習慣病のリスクも高めると歯医者に注意を受けたばかりだ。

資料を読みふけっているうちに、警告をすっかり忘れていた。時計に目をやった。夜の十二時を過ぎている。たまごサンドを慎重に噛んだ。

富永の机の横には、段ボールがふたつ積み上がっていた。警察庁長官官房長の能代に頼みこんで取り寄せた書類が入っている。

——水臭え（くせ）な。お前とおれの仲じゃねえか。話があるんなら、おれのケータイに直接かけて構わないんだぜ。

能代には警察庁長官官房の総務課を通じて連絡を取った。

——そうは行きません。あまりに畏（おそ）れ多い。

——奇妙な男だべ。厚かましいんだか、奥ゆかしいんだか、未だにわからねえ。

飛ぶ鳥を落とす勢いの能代とのホットライン——。

出世欲の強いキャリア組の人間であれば、誰もが羨ましがるだろう。富永自身は能代と一定の距離を保たなければならないと己に言って聞かせていた。

能代に近づけば、思わぬ大出世を遂げるかもしれないが、それは毒饅頭を喰らうようなものだ。国民に奉仕する警察官としての役目を忘れ、彼の顔色をうかがうことが仕事になるだろう。

能代は容易に気を許してはならない相手だ。東北弁を駆使しながらあけすけに隙を見せ、気を許した相手をカタに嵌める。

知能犯を相手にする捜査二課長時代は、そうして不正経理に手を貸した大企業の役員や、煮ても焼いても食えない大物詐欺師を落としてきたのだ。

——それでなんの用だ。お前のほうから連絡よこすなんて珍しいじゃねえか。

——折り入ってお願いしたいことがあります。

——ほう、お願い。

能代が富永の口調を真似てからかってきた。

——私はあなたの派閥の者でもなければ、加わりたいとも思っていません。そう啖呵切った野郎が、今度は一転してお願いしたいってのか。ただの所轄の署長が、大官房の長たるこのおれに。

——そうです。

不興を買うのを覚悟で、富永はきっぱりと答えた。能代はおかしそうに笑った。

——なんとも厚かましい野郎だべ。そんなふざけた言い分通らねえよと叱り飛ばしたいところだが、お前や八神係長にはそれ相応の借りがある。お願いとやらを言ってみろや。いい加減、上野から出して、もっといい役職に就かせろってか？

——そうではありません。ここ十年の警視庁及び関東管区内で発生した警察官の非違事案を調べています。つきましては、それらの検証報告書を閲読させていただきたいのです。

――ああ、なんだそりゃ？

能代はしばらく沈黙すると、考えこむようになってから口を開いた。

――そうか。品川の殺しか。

――なぜ、おわかりに？

指を鳴らす音が耳に届いた。

――ナメてもらっちゃ困る。警視庁の刑事部長をやってたんだ。それぐらい見当がつく。上野で交番襲った犯人は、ネット動画や品川の事件に触発されたそうじゃねえか。品川の捜査を今のところ仕切っているのは沢木だ。友達の少ないお前とは、なにかとウマが合うと耳にしていた。

背筋がヒヤリとする。お前のことはすべて摑んでいると宣言されたような気がした。

――犯人と被害者（ガイシャ）の関係が見えてこないと、沢木がひどく苦労しているんだってな。やっこさんも今度の捜査本部（チョウバ）には公安（ハム）の連中が動員されてるんで、チームをまとめるのに苦労しているらしい。このまま結果が出なけりゃ、公安（ハム）のほうに主導権を奪い取られかねない。おれも気にかけていたところなんだ。

能代はおもに刑事畑を歩み、警視庁刑事部には彼のシンパが多くいるという。

その反対に公安出身の大物ＯＢを追い落とし、公安出身の幹部連中からひどく憎まれてもいる。四ヶ月前、警視庁監察係が八神を執拗に追いかけていたのも、公安出身で反能代派の首席監察官が能代派にダメージを与えるためだったという。

能代は言った。

――いいだろう。品川の一件もとっとと犯人を捕まえて、三尺高いところにさらさねえと、調子づくバカが次から次へと現れるからな。

――ありがとうございます。

品川の一件では、一部のメディアやネット界隈では犯人を英雄視する向きもあった。警察史に残る最悪の怠慢警察官にしかるべき天誅が下されたと、射殺事件に快哉を叫ぶ書き込みを、富永自身もSNS上で目撃していた。炎上目的でスマホを携えては、パトロール中の警察官に因縁をつける動画配信者も後を絶たない。

一昨日は福岡県で、警察官の実名をブログでさらしたうえ、悪徳警官と中傷し、品川の事件のように一発お見舞いしてやると宣言して、すぐにお縄になったお調子者も出た。四十代の無職の男で、運転中に一時停止違反で切符を切られたのを恨みに思っての宣言だったという。

――ただし、お前のやろうとしていることは、砂浜で芥子粒を見つけるようなもんだ。捜査はそんなに甘くねえとだけは言っておくぞ。

能代は富永に釘を刺しながらも、警視庁と関東管区内の県警で発生した非違事案の検証報告書と捜査資料をデータで送ってくれた。十年分ともなると、そのデータ量は膨大なものとなった。ごく一部をプリントアウトしただけでも段ボールふたつ分になったのだ。

　品川の射殺事件の犯人が、警察官に深い恨みを持つ者と断定はできない。おまけに逮捕されたお調子者と同じく、過去に切符を切られたり、逮捕勾留されたのを恨む前科者の可能性もある。砂浜に芥子粒すら落ちているかどうかも疑わしい。

　品川の射殺犯の特定は少しずつ進んではいた。犯行現場付近の防犯カメラの映像データをシラミ潰しで集め、捜査支援分析センター（SSBC）の画像分析により、四十代くらいの男が犯人として浮上していた。ベースボールキャップを目深にかぶり、マスクで顔を隠しているため、顔立ちこそはっきりしないものの、首回りや上腕の筋肉を異様に発達させた鋼の肉体の持ち主であると判明。それらの情報を念頭に置き、寝る間を惜しんで、能代から与えられた資料を読み続けた。

　十年間で発生した警察組織の不祥事で、大半を占めているのは盗撮やセクハラだ。それに電車での痴漢、酒酔い運転や万引きなどだ。

　警察官としてあるまじき行為であり、組織から追い出されるのは当然だった。その被害者には不祥事によって人生を大いに狂わされた者もいるだろうが、鳥居殺害に到る動機としては乏しい事案がほとんどだった。

この十年間に、鳥居も関わっていた神奈川リンチ殺人事件と同じく、史上最悪と言われるレベルの不祥事がいくつかあった。六年前には、埼玉県警の警察官が川口市内で強盗殺人事件を起こしている。被疑者が現役とあって、当の県警はもちろん全国の警察組織に激震が走ったのを覚えている。

資産家の老人が絞殺され、耐火金庫に入っていたはずの百万円が消えたのだ。川口署に捜査本部が設置され、被害者宅のインターフォンの画像を調べたところ、大宮東署地域課に勤務する三十代の巡査部長と酷似した人物が映っていた。

巡査部長は事件当日に休暇を取っていたためにアリバイもなく、彼の犯行を指し示すDNAも採取されたので逮捕された。巡査部長は不倫などの女性問題と金銭問題の両方を抱えており、過去に川口署に勤務してもいた。そのころに被害者の父親が自宅で死亡し、巡査部長は検視のために現場を訪れ、耐火金庫の存在を知ったという。

当時の県警の動揺ぶりは相当なものだったらしく、県警本部長が逮捕後の記者会見に姿を現さず、記者たちから激しく突き上げを喰らう羽目となった。翌日になって憔悴しきった本部長が姿を現し、しどろもどろな口調で遺族に詫びを述べ、ごく短い時間で記者会見を済ませたため、さらにメディアから叩かれてしまった。

警視庁も大きな不祥事を起こしている。昨年の春、八神の仇敵である悪徳刑事の五條隆文（ごじょうたかふみ）

と警察庁ＯＢの悪事が発覚し、威信は大きく揺らぎ、当時の警視総監は国会で苦しい答弁に追われ、与野党の国会議員から袋叩きに遭った末、辞職に追いこまれた。

非違事案をいくつ確かめたのかわからなくなるほど、感覚が麻痺してくる。窓から見える空が白み始めたころ、ひとつの事件に出会った。

警視庁管内で起きた八年前の事件だ。やはり、現役警察官が殺人に手を染めた最悪の不祥事だった。被害者遺族に特徴的な人物がいた。

事件の容疑者は昭島署地域課の三十代の巡査長だ。プライベートで国分寺のガールズバーを訪れたさいに、店で働いていたアルバイトの二十代の女子大生に一目惚れをした。

巡査長は一方的に好意を寄せた挙句、警察官であるのを利用し、店側に女子大生の住所や電話番号を教えるように強要。店舗側が風俗営業法1号営業の許可を得ないまま、スタッフが客とカラオケやゲームを一緒にやっているのをダシに、所轄の生活安全課に報告すると迫った。女子大生の個人情報をひそかに入手すると、ショートメッセージでデートに誘うなど、徐々に手のつけられないストーカーと化していった。職務中に無断で女性宅を訪れてもいる。これだけでも停職などに値する違法行為だ。

どこからか個人情報を知られた女子大生は、恐怖を感じて最寄りの武蔵野署にストーカー被害の相談をした。しかし、武蔵野署は女子大生に切迫した様子がとくに見られず、巡査長が送ったショートメッセージも乱暴な言葉を放っていないと判断。巡査長には電話を通じて口頭注意をしたものの、本庁のストーカー・DV総合対策本部には報告しなかった。

昭島署の同僚のなかには、巡査長が女子大生にのめり込んでいたのを知る者もおり、行きすぎた行動を控えるよう忠告もしていた。

昭島署も武蔵野署も、巡査長がガールズバーから恐喝じみた手口で、女子大生の個人情報を得ていたことまでは把握していない。口頭注意を受けたころ、すでに巡査長の行動は常軌を逸していたのだが、どちらの警察署も彼が発する危険なシグナルに気づけなかった。

女子大生は悲惨な末路をたどった。ガールズバーでの仕事を終え、吉祥寺の自宅アパートに戻ったその日、巡査長から「会いたい」といったショートメッセージが六通も送られていたが、彼女が読んだ形跡はなかった。

女子大生が玄関のドアを開けると、アパートの物陰に隠れていた巡査長に駆け寄られ、室内へと突き飛ばされた。

床に尻餅をついた彼女は、巡査長が取り出した官給品のリボルバーを向けられ、三発の銃弾を浴びた。後の司法解剖や鑑識の結果、女子大生は腹部を二発撃たれ、仰向けに倒れたところで胸部を貫かれた。室内には争った形跡はなく、女子大生は恐怖のために抵抗できなかったものと思われた。

巡査長は女子大生を射殺した後、彼女のベッドに腰かけると、リボルバーを口にくわえてトリガーを引いた。即死だったという。

警察官がストーカーと化し、勤務中に部屋へと押し入ったばかりか、拳銃を使って市民を無慈悲に射殺した。

当然ながら警視庁は激しく糾弾された。当時の都知事は厳しい言葉で警視庁を批難し、国家公安委員会は警視総監に減給の懲戒を下した。巡査長が属していた昭島署の署長は引責辞任し、同署の幹部八名が懲戒処分を受けている。

富永の目に留まったのは第一発見者である被害者の父親だ。父親はふだん群馬県藤岡市で暮らしており、地元の建材卸業に勤務していた。娘からストーカー被害に悩んでいると打ち明けられ、週に何度か吉祥寺のドミトリーやネットカフェで寝泊まりし、アパート周辺の警戒に当たっていたという。

父親は事件当日も二時間かけて電車で都内に向かっていた。職場で検品作業といった残業があり、吉祥寺に着いたころには夜も更け、ストーカーの巡査長が娘に襲いかかった後だった。

通報により、警察官と救急隊員が駆けつけたとき、父親は動揺しつつも、コンビニ袋で両手を覆い、娘の胸と腹にタオルを押し当てるなど、直接圧迫止血法を試みていた。

父親は適切な止血方法を行ってはいたが、女子大生は鎖骨下動脈を銃弾によって切断され、腹腔に達した二発の銃弾は臓器に深い損傷を与えていた。救急隊員が現場に到着したころには呼吸が停止し、心臓も動いてはいなかったという。死因は出血性ショックだった。

女子大生と父親の関係は良好だったらしい。女子大生は司法書士の資格を得るため、勉学に集中する環境を求めて、大学近くのアパートを借りた。

実家は裕福とは言えず、授業料の一部と生活費を稼ぐために時給の高いガールズバーで働いていた。

女子大生は酒が飲めないが、人気はあったらしい。客と一緒にインスタント写真を撮るチェキや、ボトルキープなどで時給以外にもインセンティブを得て、アパートの家賃を工面していた。巡査長は彼女目当てで店に通いつめ、相当な枚数のチェキを女子大生と撮り、シャンパンを入れていたようだ。かなりの上客だった時期もあったという。

女子大生の父親は娘が水商売で働くのを反対しなかった。できなかったというべきか。自分の給料だけでは娘の学費の面倒を見ることができず、貯金は妻の治療費でほとんど消えていた。妻は原因不明の特発性慢性膵炎に悩まされていたのだ。

——せいぜい自分にできるのは、身体を張って守ってやるぐらいだと思ったんです。思い上がりもいいところです。

父親は事件後の事情聴取で答えている。彼は高校を卒業してからの六年間、陸上自衛隊の米子にある第八普通科連隊に所属していた。

高校のボクシング部で培った体力と技量を買われ、徒手格闘訓練隊に選ばれた。日本拳法と肉体訓練の毎日を送り、中部方面自衛隊拳法選手権大会に団体戦のメンバーとして参加。チームを優勝に導いた経験を持つ格闘技のエキスパートだった。

父親は自衛隊を退職し、今の建材卸業に勤務してからも、群馬県内の道場で日本拳法を教え続けるなど、ずっと鍛錬を欠かさなかったようだ。捜査資料には彼の写真も添付されていた。

事件当時は四十二歳だったにもかかわらず、贅肉ひとつついていない鋼のような肉体をしていた。頭髪をクルーカットに刈り、精悍な顔つきをした男で、実年齢よりもずっと若く見えた。

女子大生も父親の腕っぷしを信頼していたらしい。頻繁に連絡を取る巡査長にメールで返信している。

〈家に来るのはホントNGです。お店出禁になるし、父に見つかったら大変なことになるよ。あなたを思って言ってるんです〉

巡査長が拳銃で凶行に及んだのは、この父親と出くわすのを警戒していたからかもしれなかった。

――あの男も助からんのですか。本当に死亡したんですか？

父親は事情聴取のさい、武蔵野署の刑事に何度も訊いている。巡査長の心のうちを知りたかったのですか。刑事が尋ね返したところ、父親は首を横に振った。

――やつの動機などどうでもいい。ただ生きてさえいれば、この手で殺すことができた。それさえも叶わないとは。

父親は淡々とした口調で答えながらも、無念と怒りをにじませていたという。事件には武蔵野署も絡んでいたため、父親が暴れるのも考慮し、事情聴取の補助には柔道の猛者で知られる巨漢の若い巡査がついた。

遺族が犯人を殺害したいと吐露するのは珍しくない。富永にも息子がいる。すでに親権を失っているとはいえ、やはりこのような理不尽な目に遭ったとしたら、犯人を八つ裂きにしたいと思うだろう。父親も素直に事情聴取に応じており、警視庁を所管する都を訴えることもなかった。ただし――。

富永は固定電話の受話器を手にした。しばし、ためらってから沢木の携帯電話にかけた。

〈沢木です。お疲れ様です〉

沢木が慇懃（いんぎん）な口調で電話に出た。喉を痛めているのか、声がひどく掠れている。

「知らせておきたい情報があります」

余計な挨拶は省いて本題に入った。

〈わかりました。少々お待ちいただけますか。メモの準備をします〉

沢木は富永の意図を察したのか、緊張した様子で答えた。

スピーカー越しに物音がした。パイプ椅子がぶつかり、ドアを閉める音などが耳に届く。

沢木はメモを用意するだけでなく、部屋も移動したようだった。

〈お待たせしました。大丈夫です。お聞かせ願えますか〉

「ありがとうございます」

富永は咳払いした。

急に臆病風に吹かれそうになる。自分では大発見のように感じられたが、いざ事件と向き合う殺人捜査の専門家を相手にすると、視野狭窄(きょうさく)に陥った男の戯言(ざれごと)に思えてきた。

とはいえ、後には退けない。富永は切り出した。

「八年前の吉祥寺で起きた殺人事件を覚えてらっしゃいますか」

〈八年前……吉祥寺〉

沢木は嚙みしめるように呟き、すぐに認めた。

〈もちろんです。武蔵野女子大生射殺事件ですね。昭島署員が起こした最悪の非違事案です。いくらうちが巨大なカイシャだとしても、こんな異常なやつがいるのかと言葉を失いましたし、なぜ防げなかったのかと、怒りに駆られたものです〉

「ここ数日、公務の合間を見ては、警視庁と関東管区内の非違事案について調べていました」

富永は射殺事件に注目した経緯を短く伝えた。女子大生の父親が元陸上自衛官だったことを知らせると、沢木は興味深そうに答えた。

〈元自衛官ですか〉

富永は電話のハンズフリー機能を作動させ、パソコンから父親の写真を沢木のメールアドレスに送った。

射殺事件の実況見分調書に添付されていたものだ。事件現場となった娘の部屋で、青い顔をしながら床やベッドを指さす父親の姿だった。彼の名前は門倉崇博といった。

「門倉の写真を送りました。確認してみてください」

沢木もパソコンを手元に用意していたらしく、カチカチとマウスをクリックする音が耳に届く。沢木はしばらく沈黙したままだった。

富永はハンカチで汗を拭った。エアコンが効いているとはいえ、設定温度は二十八度と決められている。この季節は建物内もじっとりとした暑さに包まれる。緊張からか、顔が火照ってもいた。

沢木がゆっくりと口を開いた。

〈予断は禁物ですが……これは掘り当てた可能性があります〉

「なにか心当たりでも？」

〈話が長くなりますが構いませんか？〉

「も、もちろんです」

望むところだった。ひとりよがりな情報をよこされて困惑するのではと危惧していたが、少なくとも赤っ恥を掻かずに済んだと安堵する。捜査のために貢献できているのかと思うと心も弾む。

沢木が言った。

〈犯人は品川以外でも、元警察官を撃っていたようです〉

「本当ですか……」

沢木は現段階の捜査状況を知らせてくれた。

品川の捜査本部は、葛飾区で発生したとある車の追突事故に着目した。事故を起こしたのは、葛飾区内の自動車学校で教官をしている警視庁の元警察官だった。一週間前、教習生の送り迎えのため、送迎車のバンで金町駅に向かう途中、四トントラックの後部に追突していた。

トラックの運転手や同乗していた教習生にケガはなかったが、運転をしていた教官はなぜか臀部からおびただしい量の血を流していた。運転席に血だまりができるほどで、教官は激しい痛みに襲われていた。

教官は葛飾区内の病院に運ばれ、当直医が診たところ、臀部に交通事故とは別に深い傷を負っていたことがわかった。縫合といった処置がなされていたが、再び傷口が開いたために出血し、激痛に耐えきれなくなった教官はブレーキを踏むのを忘れ、前方のトラックに突っこんでしまったという。

自動車学校は学生の夏休み期間を迎えて繁忙期を迎えており、長時間にわたって送迎や技能教習を行っているうち、治りかけていた傷が悪化したらしかった。

教官は医者や警察官から傷について問われると、スナックでチンピラと揉め、アイスピックで刺されたと答えている。しかし、当直医はアイスピックなどではなく銃創であると見抜き、亀有署に通報した。亀有署から事情を訊かれた教官は、あくまでチンピラに刺されただけと言い張った。

富永は教官を知っていた。なぜ警視庁を退職したのかも。彼もまた非違事案で警察社会から追放された人物だった。能代から送られた資料に名前があった。

教官は通勤途中の電車内で、女子高校生の尻を触り、東京都迷惑防止条例違反容疑で逮捕され、懲戒処分を受けている。教官が問われたのはその一件だけだったが、痴漢や盗撮の常習犯であった可能性が高いうえ、浦和の自宅付近では過去四十件にわたり、女子中高生や女児に恐怖を与えていた露出魔だった疑いも濃かったという。

〈銃創と聞いて、亀有署に飛びました。時間はかかりましたが、教官から供述を引き出してます〉

「よく口を割らせましたね」

〈私の取り柄といったら、それぐらいですから。おまけに教官を落とすのは難しくありません。あれほど脛（すね）に傷を持っていたんです。令状（フダ）を取って、過去はもちろん、家からケータイまで徹底して調べるぞと警告したら、だいぶ協力的になってくれましたよ〉

沢木は謙遜しているが、警視庁でも指折りの取り調べの名人でもある。銃器絡みの事件と知り、気合いを入れて亀有署に向かったのだろう。

教官は銃器で撃たれたのを認めた。鶯谷のラブホテル街で背後から臀部を二発。にもかかわらず通報しなかったのは、闇デリの利用がバレるのを怖れたからだという。

出会い系サイトを通じて知り合った十代の少女とラブホテルにしけ込もうとしたさい、ベースボールキャップをかぶった男から突然襲われた。

沢木は教官に男の正体を問いただした。教官は後ろから撃たれ、痛みと動揺で、ろくに覚えていないと告白した。見覚えのない人物であるうえ、キャップとマスクで顔を隠していたという。ただし、格闘家のような体格で、自動拳銃の銃口にペットボトルをくくりつけていたと打ち明けた。

〈ペットボトルは減音器(サプレッサー)代わりに取りつけたのでしょう。銃声を小さくする効果は大してありませんが、音を低く変える効果はあるようです〉

教官の供述に基づき、捜査本部は教官が撃たれた鶯谷の路上で鑑識作業を行った。教官のものと思しき血痕と、焦げたペットボトルの欠片を発見した。

「肝心の銃弾や空薬莢は」

富永が尋ねると、沢木は深々とため息をついた。

〈弾は教官の尻に食いこんでいたのですが、闇デリのドライバーに助けられ、倉庫のような場所に連行された末、闇医者に弾丸の摘出手術を受けたそうです。ですから、弾は残っていません〉

裏風俗であるのを考えると、ドライバーは暴力団関係者と思われた。ドライバーは治療を終えた教官をコンビニに連行し、ＡＴＭから治療費と迷惑料として八十万円を引き出させると、それを持って姿をくらませたという。

沢木は出会い系サイトの線から闇デリを捜査員に追わせた。しかし、登録されていた個人情報はデタラメで、使われていたのも飛ばしケータイのＳＩＭフリー端末だった。そのため教官を撃った男が、品川の射殺事件と同一犯であるかはまだ断定できないという。

せめて空薬莢や銃弾を発見できていれば、使用した凶器の特定ができたはずだ。訳もわからず尻を撃たれた教官が知っている情報は限定的で、撃った犯人はおろか、闇デリも闇医者の正体も依然として不明のままらしい。

「とはいえ、捜査は大きく進展して、新たな局面を迎えていたのですね」

〈久しぶりに活気づいてはいます。そこに富永署長からのアドバイスです。上野署にはお世話になってばかりですよ〉

「この門倉、どう思いますか」

〈洗ってみる価値はあります。我々は犯人（ホシ）を、銃器の扱いに慣れた暴力団員（マルB）と想定していました。ところが、尻を撃たれた教官が興味深い話を披露してましてね〉

臀部を撃たれた教官は激痛を覚え、鶯谷の路上をのたうち回った。傍には闇デリの少女と車で待機していたドライバーがおり、突然の発砲に全員が慌てふためいた。

本来なら襲撃者はその隙に逃げるなり、トドメを刺そうと近づくものだ。

〈撃った犯人（ホシ）は現場から逃げたわけですが、現場を立ち去るのに若干時間がかかったらしいのです〉

「犯人（ホシ）はなにをしていたんですか？」

〈落ちた空薬莢を神経質に捜していたそうです〉

「やはり……そうでしたか」

富永は静かに答えた。自分の推理はあながち間違ってはいなかったようだ。

武蔵野女子大生射殺事件に注目したのは、現役警察官の犯人による常軌を逸した犯行だけでなく、被害者のこの父親が気になったからだ。

品川の殺人事件は拳銃が用いられ、犯人は銃器の扱いに慣れているようだという。捜査本部は暴力団関係者や、射殺された鳥居啓治の人間関係を徹底して調べている。

しかし、捜査員百名以上が一ヶ月以上を費やしても、有力な手がかりや容疑者が浮上していない。別の線を模索する必要があった。

鳥居は警察組織の堕落を象徴する男として知られていた。現在でもネットで検索すれば、八年前に神奈川で起きたおぞましいリンチ殺人事件の詳細を知ることができる。救いを求める被害者のサインを悉（ことごと）く無視し、犯行グループに殺人さえ決意させた、取り返しのつかない失敗を犯した鳥居の名前もある。

富永は推測した。品川で撃った犯人は、鳥居とまったくつながりのない人物であり、相手は警察組織の負のシンボルであれば、誰でもよかったのではないか。池之端交番の馬淵巡査を襲った犯人がそうだったように。

拳銃の入手ルートこそ不明だが、警察組織そのものに深い恨みを持つ者の犯行の可能性がある。能代に頭を下げ、警察官の非違事案に関する資料を読み漁った。

富永が注視したのは、被害者の父親が肉体をストイックに鍛え上げ、なおかつ銃器に慣れた人間である点だ。銃規制が極めて厳しい日本で、銃器を扱える人種はひどく限られる。猟や競技の目的で所有している者や、海外で射撃訓練を積んだガンマニア、自衛隊員や警察官らだ。

とりわけ富永が注目したのは、厳格な弾薬の管理が求められる公務員だ。

品川の殺害現場では、ひとつも空薬莢が見つからなかった。犯人は三発で標的を仕留め、空薬莢をそつなく拾い、証拠を極力残さずに立ち去る腕利きと見られた。富永もしばらく捜査本部と同じ犯人像を思い浮かべていた。名うてのプロの犯行ではないかと。

一方で奇妙な印象を覚えてもいた。富永は品川の事件現場にも足を運んでいる。

犯行現場は夜の住宅街とはいえ、人や車の往来が少ないわけではない。家路を急ぐサラリーマンや、彼らを乗せたタクシーなどが行き交う。標的を消したのなら、一秒でも早く立ち去る必要がある場所だ。

鑑識の調べによって、三発分の空薬莢のうちのひとつは、道路に面した一軒家の生け垣まで飛んでいったことが判明している。生け垣のイヌツゲの枝が折れていた。犯人は鳥居を撃った後、生け垣へと移動し、イヌツゲの枝に隠れた空薬莢を拾ったようだ。

一方で、生け垣からは犯人が着用していたと思しき衣服の繊維片が発見されている。別の証拠を残していったのだ。その玄人らしからぬ行動が引っかかり、犯人は本当にプロなのだろうかと疑問を抱いた。

警察組織をひどく憎み、銃器にも慣れていながら、捜査本部の捜査網にもかからない人物。そこを注意しながら、富永は能代から与えられた資料を読んでいた。

沢木は恥ずかしそうに苦笑した。

〈鶯谷での一件を知って、こちらが読みを見誤っていたのだと気づかされました。今は富永署長とほぼ同じ考えです。断定はまだできませんが、防犯カメラの映像を精査したかぎり、同じ拳銃を用いた同一犯と思われます。品川で使った拳銃を捨てるどころか、再び使用したところを見ると、暴力団員(マルB)とも思えません。品川の鳥居と鶯谷で撃たれた教官は、過去に不祥事を起こした元警察官という共通点しかない〉

捜査本部も犯人像の絞り込みを進めているという。銃器の扱いこそ知っているが、殺しに慣れたプロではないようだと。

〈思い込みは禁物だと部下や己にきつく言い聞かせてきたつもりですが、冷静かつ無慈悲な殺し屋タイプの犯人像を思い浮かべていました〉

「空薬莢の件を耳にして、陸上自衛隊に進んだ大学時代の友人の話を思い出しました。自衛隊における弾薬の厳格な管理についてです。戦闘訓練では隊員に与えられた弾薬の数と、射撃後に持ち帰った空薬莢の数をカウントするのだと。弾薬の横流しや不正な備蓄に神経を尖らせ、たとえ空薬莢であっても、数がひとつでも合わなければ、数百人規模で捜索すると聞いてます。もっとも、弾薬の管理が厳しいのは我が警察組織も同じですが」

陸上自衛隊の友人曰く、自衛隊員の戦闘訓練のさいに弊害となるのが、薬莢を全回収しなければならない規則だ。訓練を終えた後に装具点検を行い、薬莢の数を入念に確かめるのだ。それは発射音がするだけの空包でも変わらず、ライフルの排莢部には薬莢の紛失を防ぐための〝薬莢受け〟という袋を装着していた。薬莢受けをしっかり装着していても、激しい訓練の間に薬莢が落ちてしまうことがあるのだという。

さらに友人があるエピソードを語ってくれた。北海道の演習で中隊長として指揮したときだ。ひどい嵐に見舞われ、横殴りの雨のなかでそれは決行された。

戦場が常に好天に恵まれるはずもなく、最悪の天候のときこそ得られる教訓もあり、課題も浮かび上がるはずだと、友人はその天候をむしろ歓迎していた。

だが、ぐしょ濡れになって演習を終えた後に、血の気が引くような事態が待っていた。終了後の装具点検のさい、ひとりの若い隊員が空薬莢が一個足りないと青い顔で申告したのだ。

その場にいた全員が凍りつき、若い隊員にライフルの弾倉と薬莢受けを再度調べるように命じたものの、やはり空薬莢が出てこない。

中隊長の友人は演習の参加者全員に、見つかるまで捜せと命じるしかなかった。

——あのときの連中のツラといったら。今にも泣き出しかねないやつから失神しそうなやつまでいろいろいたな。命じたおれも首をくくりたくなったよ。

発砲後の空薬莢など、ただの金属の塊に過ぎない。しかも、元はただの空包だ。それでも陸上自衛隊においては重大な不祥事なのだ。

大雨のなかでの訓練で疲れきっているにもかかわらず、隊員約二百名は泥のなかを這いずりながら、広大なエリアの演習場のなかをひとつの空薬莢のために片っ端から捜索した。中隊長の友人自身も巨大な水溜まりに下半身を浸し、冷たい泥をさらって捜し回った。

三時間後に草むらから空薬莢が奇跡的に発見され、隊員たちは歓喜で沸きに沸いた。なんとか訓練を終えて安心したものの、たかだか金属の塊のためになにをやっているのだろうと、友人はひどく虚しさを覚えたという。未だにあの紛失の悪夢をよく見ると言った。

——たぶん、うちの国だけじゃねえかな。空薬莢なんぞ気にしながら戦ってるのは。有事のさいにそんなことしてたら、敵さんに頭をぶち抜かれるのがオチだろうに。なんのための演習かわからなくなったよ。

富永は友人のエピソードを沢木に伝えた。門倉も陸上自衛隊の普通科隊員だった。沢木は興味深そうに相槌を打つ。

〈翌朝にでも、門倉の家がある群馬に捜査員を派遣します。グズグズしてられそうにない〉

「お役に立てればいいのですが」

門倉が犯人かどうかは不明だ。それでも、富永は価値のありそうな情報を提供できて満足した。

沢木との電話を終えると、富永は椅子の背もたれに身体を預けた。事件解決の糸口になればと祈るしかない。

デスクに手を伸ばし、刺激の強い目薬を目に注した。清涼感で活を入れる。

鶯谷で再び発砲事件が起きていた。事件現場には裏風俗の業者もいたらしい。あの界隈は千波組の縄張りだ。

千波組潰しに奔走しているのは八神だ。彼女ならば、なんらかの情報を持っていても不思議ではない。鶯谷の一件も知っているかもしれない。

新たな疑念が頭をもたげる。のんびりと休憩を取っている場合ではなさそうだ。

10

助手席の香麻里はマンションを見上げた。

八神の帰りを夕方から待っていた。七時間が経つ。

高級な住居ではない。管理会社はきちんと掃除を行っているようで、敷地内に植えられた木々はきちんと剪定(せんてい)されていた。ただし、マンションの築年数はだいぶ経っており、外壁塗装のあちこちで剝がれやヒビが見られた。敷地内に設けられた自転車置き場は潮風で傷み、金属製の柱は錆だらけだ。

周りには豪華なタワーマンションがそびえ立っているため、眺望も大していいとは言えない。駅からも距離がある。一階のロビーには簡素なテーブルセットが置かれているのみで、管理人が常駐しているわけではない。それがあの八神瑛子の自宅マンションだった。

警視庁の陰の女帝とまで言われているわりには、拍子抜けするくらい庶民的だ。ルーフバルコニーのある最上階ではなく、見晴らしの悪い二階だ。自家用車は骨董品のようなスカイラインのみだった。

住民たちの多くは帰宅していたが、八神が戻る様子はまだない。有嶋から与えられた調査書によれば、彼女の帰宅はもっぱら夜更けか朝方になるという。

部屋の間取りは3LDKで、かつては雑誌記者の夫とふたりで暮らしていた。生まれるはずの子供とともに過ごすため、ファミリー向けの広めの部屋を購入したのか。夫と腹にいた子供の両方を失ってから、あの女はひとりで暮らしている。

空き巣などを警戒しているようだ。ベランダの大きな掃き出し窓には、頑丈そうな防犯用のシャッターが取りつけられていた。室内の様子まではうかがえない。

子分の秀郎たちは昨夜からいる。マンション近くのコインパーキングにミニバンを停め、交代で八神の住処を見張っていた。昨日の八神は夜明けに帰宅したかと思えば、三時間ほど過ごした後に出勤していた。他に人の出入りはない。

有嶋から八神の排除を命じられて四日経った。逃亡を考えもしたが、断念せざるを得なかった。妙な素振りを見せただけで、有嶋は黙っていないだろう。香麻里たちの動きは携帯端末を通じ、位置情報から常に知られていた。

――姐さん、もう血迷うことはねえだろうが、一応言っておくぜ。バカな考えは起こすな。父親が刑務所に行ってる間に、おっ母さんまでこの世から消えちまったら、紗良ちゃんがかわいそうじゃねえか。なあ？

有嶋の意図を遅まきながら悟った。

御法度だったはずの覚せい剤や特殊詐欺を子分にやらせ、ひたすらカネ集めに励んでいるのは、それらを使って片浦のような荒くれ者を抱え、印旛会を引っかき回すためなのだと。籠島会長の懐刀と後見人を次々に葬り去った。あの爺は身内殺しだけに飽き足らず、警官殺しまで企んでいた。もはや正気を失っているとしか思えない。

――でも、どうして八神なんかを。

香麻里は訊かずにはいられなかった。いくら八神にシノギを潰され、煮え湯を飲まされたとはいえ、警察官を殺せば身の破滅は確実だ。

有嶋が鼻で笑った。

——わかってねえな。あの女はもうおれたちに照準を合わせて、引き金に指をかけてる。先に撃たなきゃやばいだろう。

やばいのはお前だ——言葉が喉元まで出かけていた。

香麻里はペットボトルのミネラルウォーターを飲み干すと、運転席の秀郎に尋ねた。

「ねえ、あんたはなんでバックレないの？」

「なんすか。突然」

「あんた、ひとり者でしょ。今は女もいないじゃない。両親がいるといったって、とっくに赤の他人みたいなもんでしょう」

秀郎は中空を睨みながら答えた。

「そうっすねえ。あんなのは殺されても全然構わないです。なんなら有嶋親分に率先して差し出してもいいくらいっすよ。でも、あの毒親の臓器なんて売り物になんねえだろうしなあ」

今でこそ、秀郎は見る者を圧倒する巨漢だが、十歳までに栄養失調で二度死にかけたことがある。

父親は歪さえもらえない半端者で、母親は覚せい剤に溺れたキャバクラ嬢だった。秀郎は父親に失神するほど殴られ、まともな治療も受けられないままほったらかしにされた。タカった蠅に卵を産みつけられて、傷口にはウジが湧いていたときさえあったという。

今時ヤクザになるようなやつには、そんな戦災孤児顔負けの体験を経ている者が少なくない。秀郎はスナック菓子だの腐りかけのバナナだのを与えられ、かろうじて生き延びたというクチだ。

凱斗も同じような境遇だ。母親は風俗で稼いだカネをホストに貢ぎ、幼い凱斗を家に残してホストと温泉旅行に行っては、たびたび何日も放置した。公園の水道水とスーパーで万引きした菓子で命をつないだ。

どちらも小学生のころから窃盗や暴行で捕まり、施設に送られて初めて人間らしい生活を知った。鑑別所や少年院で人間関係を築き、ろくでなしの先輩格の幸司に目をかけられ、ヤクザの事務所に出入りするようになったのだ。

「だったら、どうして？　しがらみだってないわけじゃん」

秀郎はタオルで頭の汗を拭った。

「ここでバックレたほうが長生きできるんでしょうけどね。関西あたりのドヤに潜りこむやり方だってあるけど、んなことやったってバックレたことにはならないっていうか。この感覚、伝わります？」

「わかんない」

「どっかに逃げても、クソみたいな未来しか見えないんすよね。刑務所暮らしとあんま変わらねえっつうか。おれら中学だってろくに行ってねえし、カネもねえわけですから。手配師にピンハネされてこき使われるか、半グレの使いっ走りにされるのが目に見えてるっていうか。有嶋親分に従うほうが明らかにやばいし、逃げたほうがいいに決まってるんすけど、まだこっちのほうがドリームってもんがあるっつうか。凱斗も同じようなこと言ってましたよ」

「頭どうかしてるだろ」

「そうっすね。ボンド遊びやりすぎましたからね」

香麻里には、秀郎の気持ちは理解できた。もともと自分も、幸司のコレクションをあらかた売り捌いてトンズラする気だったのだ。目論見が潰えた今では、どこに逃げても未来や希望など見つからない。

香麻里は以前、夜の商売を転々としていた。十代のときに援助交際で稼ぎ、二十歳になるまでに美容整形を六回した。多くの男と接してきたが、幸司と出会うまで、恋人と呼べる存在は皆無だった。セックスはカネを稼ぐための手段で、タダでやらせる女の気が知れなかった。

整形に大金を注ぎこんだ甲斐もあり、面白いように稼げた時期もあった。六本木のクラブでも新宿のキャバクラでも。顔や身体に惜しみなくカネをかけたからだ。おまけに若かった。見知らぬ土地へ逃げたところで、もうあのころのように稼げはしない。瘤つきの三十を過ぎた女の稼ぎなどたかが知れている。

紗良を産んでから、幸司とのセックスの回数が減った。子育てをしながらエステに通い、ダイエットに励んで体形を引き締め、美容にも力を入れたが、夜をともに過ごす時間は少なくなった。

幸司は自分がやっているデリヘルの商品に手を出していた。ブスだが二十歳と若かった。あのバカ男は浮気相手宛てに打ったメッセージを、間違えて香麻里に送ってきたのだ。ろくに育児もやらずに遊び回るどころか、浮気までやらかすとはナメてんのか。幸司を責め立てると、逆ギレされて殴られた。

――ヤクザの女やってんのなら、そんぐらい覚悟しとけや！　てめえこそ食わせてもらってんだろうがよ。分をわきまえねえと、熟女デリヘルに売り飛ばすぞ。

幸司に暴力を振るわれるのは珍しくない。

紗良が生まれる前は、顔だけは殴らなかった。顔以外を痛めつけてから、仲直りのセックスになだれこんだものだ。それがただボコられるだけになった。

顔も容赦なくあいつに殴られ、目に青タンをこさえた己の顔を見たとき、自分がカネにならない女になったのを思い知らされた。

稼ぎ頭だった親分の甲斐が斃れると、いとも簡単に土壇場に追いやられた。有嶋に銃の密売も見透かされた。カネが作れなければ、どこへ逃げようとも未来がないのは確かだ。秀郎や凱斗が他人とは思えない。

秀郎は八神の部屋を顎で指した。

「おれら気合い入れますよ。あの女警官（メスポリ）、がっぽり貯めこんでるっていうじゃないですか」

「だと、いいんだけどね」

八神は身内相手に金貸しをやっている。夫の死亡退職金や保険金を元手に商売を始めた。有嶋の見立てでは、軽く一億以上は持っているとのことだ。八神を消すのに成功すれば、そのカネはすべて香麻里たちにくれてやると、有嶋は明言した。

今の有嶋が約束を守るとはとても思えない。あの老人の手下には鼻つまみ者の片浦までいる。八神からカネを奪い取れれば、あのハイエナ野郎は狙ってくるに違いない。

「カネをゲットできたら、あの片浦っておっさんも殺（や）っちまいましょう。絶対にガジってくるでしょうから」

「え？」

香麻里は秀郎の横顔に目をやった。引き締まったいい表情をしている。

秀郎は喧嘩も強かったが、今まではいささか頼りないところがあった。斉藤や片浦、それに有嶋と立て続けに危ない男たちと向き合って度胸がついたのかもしれない。ほんの数時間の出来事だったが、数年分の極道修業に値する修羅場だった。

「そうだね」

香麻里は目をつむった。

難題が山積みだからこそ、弱気の虫を振り払わなければならない。このままバックレれば、億のカネなど一生手に入れられずにみじめにくたばる。秀郎の言う通り、八神を叩くほうが夢がある。ひどく愚かしくて無謀だとしても。

秀郎が振り向いた。ミニバンの三列目には、金髪のガキが乗っていた。名前を直輝（なおき）という。

「直輝、おれらに遠慮しねえで、どんどんかまして構わねえからな」

「は、はい」

直輝の表情は冴えない。秀郎や凱斗とは対照的だった。

四日前までは、ガキ特有のナメきったような態度で指の年少リングを見せびらかしていたが、有嶋らに出くわしてからはめっきり静かになった。黒いTシャツの相棒は、斉藤に腕を折られて使い物にならない。

買い出しに行っていた凱斗がミニバンのスライドドアを開けた。

彼の手には膨らんだトートバッグがあり、ミネラルウォーターのボトルがぎっしりと入っていた。彼はあたりを確かめてから車内に入る。

食料の調達や偵察はカタギの姿になりきれる凱斗の役割だ。周辺のコンビニでは顔を知られてしまうため、近くの自販機まで買いに行かせていた。

「姐さん、斉藤が来ました」

「マジかよ」

香麻里はサイドミラーを見やった。そこには歩道をひとりで歩く斉藤の姿がある。

四日前、千葉のショッピングモールの駐車場で会ったときとは様子が少し違っている。着ているのは半袖のポロシャツで、恰好こそ同じだったが、顔の下半分をマスクで覆い、ベージュのベルトポーチを腰に下げている。

香麻里が乗るミニバンに近づくと、斉藤は臆する様子もなく、無言で凱斗の横に座った。

助手席の香麻里は後ろを振り向いた。

「ここまで来たってことは、八神を消すと決断したと思っていいね」

凱斗が斉藤をじろじろと見た。

「どうやってここまで来た。もう電車はねえ。まさかタクシーなんて言わねえだろうな」

「そんなバカな真似はしない。自転車を使った。駅の自転車置き場に残っていたやつだ」

斉藤の口調は相変わらずぶっきらぼうだ。目つきも暗い。

四日前に片浦からメリケンサックで頬を殴打されたため、うまく喋れないようだ。少し呂律が怪しい。マスクを着けていても、赤黒く変色した頬を隠し切れていない。

凱斗がなおも問い詰めた。

「駅ってどこのだ。その自転車はどこに捨てたんだよ」

「止めな」

香麻里は凱斗に掌を向けた。

「斉藤さん、来てくれて助かる。あんたがいれば八神を消せる確率がぐっと高まる。あんたが誰かは知らないけど、腕っぷしが強いってことは知ってる。今はそれでいい」

凱斗は不満そうに斉藤を指さした。

「そうはいかないですよ。こいつはおれたちをもう知ってるが、おれたちはこいつを知らない。姐さん、それがどんだけやばいかわかるでしょう」

「まあね」

香麻里はうなずいてみせた。

警戒心の強い凱斗らしい意見であり、主張は正しい。彼もなかなか言うようになった。秀郎と同じく貫禄が増したように見える。

斉藤がシャバを自由に動いていられる時間は残り少ない。元刑事を拳銃で射殺したのだ。事件から一ヶ月以上経ってはいるが、警視庁の捜査能力は忌々しいほど優れている。斉藤が捕まるのは時間の問題と見るべきだ。

その斉藤に香麻里は正体を知られている。彼が生きていれば、香麻里らまで逮捕される。売った拳銃が人殺しに使われたのだ。長期刑は免れない。

香麻里は斉藤の顔を直視した。

「約束する。有嶋や片浦はどうか知らないけど、私らはあんたを背中からズドンとやったりしない」

斉藤は眉間にシワを寄せた。

「信じろというのか。崖っぷちのチンピラの言うことを」

「なんだ、コラ！」

秀郎がルガーのリボルバーを腹から抜いた。彼が握っているのは、もうエアガンではない。凱斗もフォールディングナイフを握っている。

斉藤の動きはすばやかった。ベルトポーチに手を入れると、シグＰ２２０を取り出していた。動作は居合い切りの名人みたいで、秀郎らが構えるよりも速く、香麻里の顔面に狙いをピタリと定めていた。

「ここでくたばれ」「ぶっ殺してやる」

なおも吠える秀郎たちを香麻里は制した。

「止めなって言ってんだろ。武器(どうぐ)をしまいな。こんなところで騒いで通報でもされたら、私たちはチンピラ以下だよ」

鼻の皮膚がチリチリとした。

斉藤の銃口が嫌でも目に入り、心臓の鼓動が速くなる。目の前の男はすでに人を撃ち殺しているのだ。いざとなれば、平気でトリガーを引くだろう。

「てめえら、いい加減にしろ」

語気を強めると、秀郎らは不満顔で武器をしまう。香麻里は斉藤に語りかけた。

「あんたは警察(サツ)に捕まったりはしない。そうでしょ?」

斉藤は無言で見つめ返すだけだ。香麻里は微笑んでみせた。

「捕まるくらいなら、自分の頭を弾く気でいる。違う?」

「どうして、そう思う」

斉藤は目をわずかに見開いた。銃口が揺れる。やはり図星のようだった。

「正体がわからなくても、それぐらいの見当はつくよ。拳銃(チャカ)なんて一回きりの使い捨てなんだ。それを承知で鷲谷でも弾いたんでしょ。警察（サツ）の目をかわす気なんてさらさらなさそうだし、極道の女やってれば、あんたみたいなやつをちょくちょく見る。あの世に行く気マンマンなやつをね。有嶋もそのへんを見抜いてるから、あんたを鉄砲玉に使う気になったんでしょう」

香麻里は斉藤に向かって手を差し出した。斉藤は眉をひそめる。

「なんだ」

「シグをよこして。それはもう捨てなきゃ。あんたと違って、地獄に行く気はまだないし、警察（サツ）に捕まる気もない」

「逃げられると思ってるのか？」

「思ってる。八神の金庫を叩いて、私らは大金を得る。あんたは新しい拳銃（チャカ）で、好きにおまわり狩りに励めばいい。違う拳銃（チャカ）を使えば、警察の目を少しはくらませられる」

香麻里は直輝に目で命じた。最後列にはボストンバッグが置かれてあった。なかには拳銃三丁と弾薬が入っている。

斉藤は自動拳銃を下ろし、ボストンバッグを直輝から受け取った。ファスナーを開けて、油紙に包まれた拳銃を手にした。

「どれでも好きなの選びな」

斉藤は拳銃をボストンバッグにしまい直した。ファスナーを閉めて首を振る。

「お前のをよこせ」

斉藤はボストンバッグを直輝に突き返し、再び自動拳銃を香麻里に向ける。

「どんな細工をされてるかわからん。お前のを使わせろと言ってる」

秀郎たちが怒りで顔を歪ませた。

香麻里は目でふたりを制すると、グローブボックスを開ける。なかにはグロックがある。世界の軍の特殊部隊や警察組織で採用されている名銃だ。

「いいよ。ほら」

斉藤にグロックを握らせた。彼は香麻里にシグを手渡した。彼はグロックのマガジンリリースを押し、弾倉の弾薬を無言でチェックする。

香麻里側は四人。銃やナイフで武装している。斉藤などいなくとも、八神を屈服させられると思う。それでも念には念を入れたい。狂王と化した首領のイカれた命令で、警官殺しに手を染めようとしているのだ。生き延びられる確率を少しでも上げておきたい。

「来ました！」

秀郎がマンションを指さした。

マンションの玄関の前にタクシーが停まった。後部座席からひとりの女が降りる。

香麻里は赤外線双眼鏡を手にして女を見つめた。肩にかかった黒髪と鋭い眼差し、やけにほっそりとした首。八神瑛子に間違いなかった。

香麻里は赤外線双眼鏡を握りしめた。

八神をこの目で見るのは四ヶ月ぶりだ。東上野の斐心組の事務所で甲斐の葬儀が執り行われたさいに目撃している。甲斐に随分と世話になったくせして、取り澄ました顔で参列者のボディチェックや監視をしていた。

香麻里は直輝に赤外線双眼鏡を渡した。彼と斉藤は八神を写真でしか知らない。

「あれが標的。ツラをしっかり覚えときな」

直輝は身を乗り出して赤外線双眼鏡で見つめた。

「すみません。空気読めてないんすけど……いい女っすね。あれ、マジで刑事なんすか?」

「余裕で家に入り込めたら、あいつを犯っていいから」

「いいんすか?」

直輝の顔が一転して輝く。二列目の凱斗が振り返り、直輝の頭を引っ叩く。

「バカ、んな暇あるか。お前みたいに調子乗って、あのクソ刑事にタマ潰された極道が山ほどいるんだ。ヤクザも手を焼く危ねえ中国マフィアだって何人も追いこんでる」

香麻里は新参者に釘を刺した。

「そういうこと。あの見た目に騙されんじゃないよ。人の皮をかぶった鬼さ。人だって殺(や)ってる。警視庁の裏の支配者だよ」

斉藤の目が不気味に光った。

無表情を装っているが、心のなかでは怒りをたぎらせているのがわかる。彼の警察に対する憎しみを煽れば、この男をなんとか操縦できるということも。八神と対決させるのに、これ以上の適役はいないだろう。殺気を隠せずにいる。香麻里も同じ気持ちではいた。

八神は香麻里よりも年上だ。三十代後半の年齢にもかかわらず、顔や身体に大金を注ぎ込み続けた香麻里よりも若々しい。肌にも張りがある。刑事という激務をこなしながら、体形はアスリートみたいに引き締まっていた。

八神のような人間を見ると、吐き気を覚えるほど腹が立った。大卒で警察官になるくらいだ。実家もきっとまともだったのだろう。旦那と死別する不幸にこそ見舞われているが、ちゃっかりそれをも生かして金貸しなんかをやっている。上野の女王としてデカい権力まで持ち、若さや美貌も保っている。

自分はどうだ。クズどもの家で産声を上げたせいで、端から選択肢など与えられなかった。まともに学校へも通わせてもらえないなかで、自分なりに努力をしたつもりだ。旦那には刑務所に行かれ、食い扶持(ぶち)をあっけなく失い、挙句の果てには正気を失った老害親分に嵌められている。あの女に自分の絶望を分け与えてやりたかった。

八神がマンションに入った。郵便受けの手紙や大量のチラシを抱えて姿を消す。

香麻里のいるミニバンからは、八神の部屋の玄関は見えない。しばらくして、部屋にいる八神の姿が確認できた。本人が掃き出し窓とシャッターを開け、ベランダに姿を現したからだ。赤外線双眼鏡で覗くと、ワイシャツのボタンをいくつも開け、胸元を露にしながらロング缶のビールを飲んでいるのが見えた。

八神は剣道の達人であり、ためらいなく男の股間を踏みつける喧嘩の鬼だ。有嶋がくれた書類で酒豪だというのも知った。ビール一本程度で身体能力は落ちない。ただ、公務のときと違ってリラックスしているようだ。外気に当たりながら、ビールを瞬く間に飲み干す。

八神はロング缶を握り潰すと、ベランダから姿を消した。掃き出し窓を閉める。今夜もひどく蒸し暑い。じきにシャワーを浴びるはずだ。裸になったところを襲えれば、確実に仕留められるだろう。

「バッグを」

直輝からボストンバッグを受け取った。ファスナーを開けると、グロック用の黒いアタッチメントを取り出した。羊羹(ようかん)みたいな長方形の黒い物体だ。それを斉藤に渡す。

「これをグロックにつけて」

「なんだそれは？」

「オーストリア製の本物の減音器。ワンタッチで装着できる。必ずしもチクワみたいな形をしているわけじゃないの」

「問題なく撃てるんだろうな」

斉藤は怪訝な顔で減音器に目を落とした。香麻里は突き放すように告げる。

「グロックを選んだのはあんたでしょう。またペットボトルなんかくくりつけて、標的のケツに当てるようなポカはしたくないでしょう。それでも疑うんだったら、あんたはここで留守番してるんだね。私らだけで不良警官を退治してくる」

斉藤は疑り深い目を向けながらも、グロックに減音器を装着した。ネジで取りつけるのではなく、グロック専用に作られたクイック・デタッチャブル式だ。グロックと減音器がしっかり噛み合い、ガチリと硬い音が鳴った。

「これでいいんだろう」

斉藤は口をへの字に曲げた。香麻里たちへの不信感を、殺戮欲が上回ったようだ。香麻里はうなずいてみせる。

「拳銃自体は重くなるけど、あんたほどの腕力があれば使いこなせるでしょう。何発か試し撃ちしたけど、エアガン並みの音しかしなくなる。通報される可能性が低くなるから存分に戦える」

「お前らヤクザは、こんなものまで簡単に入手できるのか？」

「んなわけないでしょ」

香麻里は吐き捨てた。

ガンマニアの幸司とあらゆる銃火器を撃ったが、減音器つきの拳銃なんかに触れるのは初めてだ。

銃器密売はヤクザの典型的なシノギだ。ただし、リスクが大きいばかりで、カネになるビジネスではない。暴力団が派手に暴れ回っていた昭和と違い、簡単に抗争ができない今では需要も大してない。

一発撃ったら捨てなければならないため、ヤクザがもっぱら使いたがるのは、東南アジア製の安いリボルバーや、旧共産圏で作られた古めかしいトカレフやマカロフのコピー品だ。海外でも取り扱いの厳しい減音器など、国内で見かけるのは珍しい。

そんなレアな道具を用意したのは、言うまでもなく有嶋だ。リスクや損得勘定を度外視できるコネと狂気がなければ、こんな暗殺用の武器など取り寄せたりはしない。いくらカネを使ったのか、見当もつかない。有嶋が子分から上納金を吸い上げたからできることだろう。

香麻里はボストンバッグから自動拳銃三丁とマガジンを取り出した。斉藤に渡したのと同じ減音器も。油紙に包まれた三丁の自動拳銃もグロックだ。これも有嶋から提供された。

二丁のグロックを秀郎と凱斗に渡した。秀郎にはルガーSP101を渡していたが、リボルバーでは減音器をつけても銃声は消せない。全員が同じ拳銃を使うことで、弾薬も同じのを使えて、弾を融通し合うこともできる。

残り一丁は香麻里が握り、オーストリア製の減音器をつけた。秀郎たちも装着する。装備だけを見れば、ヤクザの鉄砲玉というより、警察の特殊部隊のようだ。香麻里たちは両手を軍手で覆い、ベルト式のツールバッグを腰につけた。ツールバッグに自動拳銃や刃物、侵入するのに必要な工具類をしまう。

「あんたはわかってるね」

直輝に語りかけた。彼は真面目くさった顔でうなずく。

直輝にだけは拳銃を持たせなかった。銃器は諸刃の剣だ。扱い方を知らない者が使えば、明後日の方向に弾が飛び、味方にケガを負わせかねない。彼には全長六十センチの山刀を渡していた。八神がちょろちょろと逃げるようなら、容赦なく切り刻めと命じてある。

香麻里は斉藤に襲撃計画の詳細を伝えた。計画を立てたのは有嶋で、八神の自宅がどこに位置し、彼女がいつ帰宅するのかも考慮されていた。考え抜かれたプランであり、斉藤も文句をつけてはこなかった。

秀郎が最後に黒のフェイスマスクを全員に配った。全員がかぶって顔を隠す。

「行くよ」

香麻里たちは一斉に車を降りた。

秀郎たちがミニバンのバックドアを開けた。荷台には伸縮式のハシゴがふたつ積まれてある。収納時は約一メートルにまで縮められ、使用する際は最大約五・四メートルにまで伸ばせる。秀郎と凱斗にそれぞれ持たせる。

周りに人気はなかった。マンションの敷地に侵入し、八神の部屋の下の位置まで歩む。ふたつのハシゴを伸ばし、音がしないように注意しながら、ベランダの外壁に立てかける。秀郎と凱斗が先に、続いて斉藤と直輝が上る。最後に香麻里が周囲に注意を払いながらハシゴに足をかけ、ベランダの外壁を乗り越えた。

部屋の掃き出し窓はロックされ、遮光性の高い厚手のカーテンで覆われている。室内の様子こそうかがえないが、灯りは煌々とついており、エアコンの室外機が稼働していた。

凱斗が長大なマイナスドライバーをツールバッグから抜いた。彼はガキのころから盗みに手を染めている。他人の家に入りこむのは得意技だ。空き巣にとってポピュラーな〝こじ破り〟で窓ガラスを破壊するのだ。窓枠とガラスの間に、マイナスドライバーをこじ入れると、いとも簡単にガラスを破れる。

有嶋は八神の部屋の窓ガラスも事前に調べていた。掃き出し窓は網入りガラスと呼ばれるタイプだった。大きな窓ガラスには菱形にワイヤーが入っている。

網入りガラスはワイヤーが入っているため、一見頑丈そうだが、あくまで台風や火事で割れたときに、破片が飛散しにくいように作られているだけだ。衝撃自体には脆く、防犯効果はないに等しい。

凱斗と秀郎が目で合図した。凱斗がマイナスドライバーを窓枠とガラスの間にこじ入れた。パンと破裂するような音がわずかに鳴ったが、エアコンの室外機の稼働音にかき消される。ガラスに大きなヒビが放射状に入った。凱斗がクレセント錠付近の隙間にマイナスドライバーを再度突き刺した。ガラスのヒビがさらに増えて、ボロボロと破片が崩れ落ちる。あっという間の出来事だ。

すかさず秀郎が割れたガラスに手を突っこんだ。内側に手を伸ばし、クレセント錠を外す。

秀郎が掃き出し窓を開け放つと、真っ先に斉藤が切りこんだ。カーテンを払いのけて室内に飛びこむ。香麻里も後に続く。

部屋は広めのリビングだった。天井もかなり高い。香麻里は思わず眉をひそめた。鉄や機械油の臭いがする。

想像していたインテリアとはだいぶ異なる。大金を投じて洒落た家具や観葉植物、高価な絵画などで室内を華やかに彩っていると思っていた。

中央にはデカいバーベルが置かれてあった。ベンチプレスセットにランニングマシーン、スタンドタイプのサンドバッグなどで占拠されている。エアコンが激しい音とともに、室内に冷風を送りこんでいるが、肝心の人の姿がない。

フローリングの床は、分厚いビニール製のマットが敷きつめられてある。壁際の収納棚には、大小様々の鉄アレイに総合格闘技用のグローブ、ボクサーが使うようなヘッドギアが並んでいた。

まるで格闘家の道場だ。リビングからはキッチンの様子もわかった。カウンターにはプロテインの袋やシェイカー、サプリメントのボトルがある。

秀郎たちも後に続いたが、彼らも部屋の異様さに息を呑んでいた。香麻里は気を取り直し、子分たちを目で叱咤した。減音器つきの実銃を持った自分たちのほうがよほど異様な存在だ。

斉藤が香麻里に手招きをした。エアコンの稼働音に混じり、キッチンの裏側にある浴室のほうで音がする。シャワーの水音だ。

香麻里が指示する前に、斉藤は動いていた。グロックを両手で握りながら、小走りで浴室に向かう。足音を立てない斉藤は、本物の特殊部隊員のようだった。彼の後を追い、キッチンの裏側に回りこむ。

浴室の手前は洗面所だった。ドラム式の洗濯機があり、そのうえには、八神のものと思われるワイシャツや下着、ストッキングなどが脱ぎ捨てられてある。浴室のドアは二枚折りのアルミ製で、面材は半透明の樹脂パネルだ。

窓が半透明なうえに湯気で曇っていた。浴室内こそ見えないが、白色の照明が煌々と照っていて、シャワーから勢いよく湯が放出されているのが音で感じ取れる。入浴剤の柑橘系の香りがする。

斉藤がドアを開け放ち、銃口を浴室に向けた。香麻里も両腕を伸ばして、グロックの狙いをつける。

「うっ」

斉藤と香麻里が同時にうなった。

浴室から湯気がもうもうと流れこみ、視界が白く濁っていった。浴室内に誰もいないのは判別できた。バスタブに目をやったが、入浴剤の色に染まった湯が張られているのみだ。

「罠だ」

斉藤がうめいて踵を返した。

同時にリビングから激しい物音がした。減音器つきの自動拳銃特有の発砲音と重たい衝突音だ。

香麻里たちが慌ててリビングに戻ると、牛みたいなサイズの人間が目に飛び込んできた。明らかに八神ではない。

黒のTシャツに短パンというラフな姿だ。手には機動隊が持つようなデカい金属製の盾を抱えている。

秀郎は収納棚にもたれて尻餅をついていた。彼の自動拳銃が白煙を上げ、収納棚の側板や棚板がめちゃくちゃに壊れている。凱斗も弾き飛ばされたようで、ランニングマシーンの上にひっくり返っている。

リビングの横の引き戸が開いていた。牛人間は隣室の仏間からいきなり出てきたようだ。秀郎に盾ごと体当たりを喰らわせたらしい。収納棚に置かれた鉄アレイやグローブが床に落ち、埃や木屑が舞い上がっている。

香麻里はグロックを構えながら訊いた。

「お前……なんだよ」

「そりゃこっちのセリフだよ。なんなんだ、てめえら。面白すぎる武器握りやがって」

「お、女……」

声こそ女だが、牛人間の肉体は異様だ。

露になった二の腕は丸太のように太く、太腿のサイズも子供の胴ほどはある。巨岩を思わせる体格をしている。頭髪を坊主にしているため、男と見間違えた。この部屋を丸一日使って監視していたが、八神以外に出入りした者はいない。それなのに――。

斉藤が右腕をまっすぐに伸ばし、大女に向けてグロックを連射した。銃声はほとんどせず、ブローバックするグロックの金属的な作動音が鳴り響く。

大女は巨体を縮め、盾に身を隠した。斉藤の銃弾は正確に大女の胸めがけて飛ぶが、彼女の盾が完全に跳ね返していた。ガンガンと硬い音を立て、火薬の臭いが充満していく。

香麻里たちのグロックはサブコンパクトと呼ばれるタイプで、マガジンには十発分の弾薬が詰まっている。斉藤は瞬く間に十発を撃ち尽くすと、新たなマガジンを装塡しようとした。

香麻里は子分たちに命じ、大女に狙いをつけた。

「一斉に撃つんだよ」

大女は正面こそ盾で防いでいる。体当たりを喰らった凱斗や秀郎が、気を取り直してグロックを構え直す。

香麻里がトリガーに指をかけた。そのときだった。背中に衝撃が走り、前につんのめる。危うく自分の足を撃つところだった。激痛が走り、ゴトリと床に鉄の塊が落ちた。

痛みに耐えて背後に銃を向けた。八神がいる。険しい顔で突進するのが見えた。長袖シャツ姿で、手に抜き身の日本刀を握っている。

11

瑛子は日本刀を八双に構えながら駆けた。

襲撃者は五人。想定内だが、持っていた武器は予想以上に凶悪だった。

ほぼ全員が高性能の自動拳銃を所持していた。減音器までつけている。リーダー格の女に鉄扇を投げつけていなければ、里美は蜂の巣にされていたかもしれない。

有嶋と対峙したときから、襲撃をずっと警戒していた。過激化していく千波組を見るかぎり、警戒だけでは足りない。必ず襲撃が来ると確信するようにもなった。そのため、最近は里美に用心棒としてここで暮らしてもらっていた。

里美は怪力無双の元女子プロレスラーだ。喧嘩が三度のメシよりも好きで、武器を持った相手でも怯みはしない。瑛子の頼もしい相棒だ。

瑛子はリーダー格の女に日本刀を振り下ろした。剣道に熱中していた学生時代に、居合の達人の師範から譲り受けたものだ。刃引きはしてあるが、玉鋼で作られた頑丈な代物だ。人の骨を砕くほどの威力がある。

横にいた覆面の男が、リーダー格の女を両腕で突き飛ばした。リーダー格の女が床を転がり、瑛子の斬撃から逃れた。代わりに覆面の男の左手を打っていた。覆面の男は左手に銃のマガジンを持っていたが、それを取り落とす。

覆面の男に標的を切り替えた。彼の頭めがけて日本刀を全力で振り下ろす。瑛子の面打ちは学生時代に〝雷光〟と呼ばれた。今でも速度は変わらず、有段者がひしめく上野署でもかわせる者は少ない。

日本刀はグロックを打っていた。瑛子は目を見張った。ポリマー樹脂の銃身にぶつかり、硬い音を立てる。男は右手のグロックを掲げて防御したのだ。

驚いている暇はない。男の顔面めがけて突きを放った。男に上半身を反らされ、わずかにかわされる。日本刀の切っ先が男の鼻のあたりを掠める。フェイスマスクに引っかかり、生地を大きく切り裂くだけだった。

「くそっ」

リーダー格の女が倒れながらも、グロックを瑛子に向けてきた。

瑛子はリビングから通路へと後退した。女がグロックを連射し、瑛子のいた位置を弾丸が通り過ぎて壁に穴を開ける。壁紙が破れて、漆喰（しっくい）がこぼれ落ちる。

リーダー格の女を始めとして、全員がフェイスマスクで顔を隠してはいる。ただし、女の声で正体がわかった。斐心組の下部組織で、比内興業の連中だった。

女は比内幸司の妻だ。大男は二荒秀郎で、クールビズ姿は戸山凱斗。どちらも前科持ちの極道だ。山刀を手にしているのは比内興業に出入りしている少年と思われた。

ひとりだけ正体不明だった。瑛子の攻撃をかわした男。不良どもと異なり、異質な空気をまとっている。フェイスマスクが破れて顔半分が露になっていた。

鍛え上げられた肉体をしているが、年は喰っている。三十代から四十代半ばといったところか。ヤクザというより警察官や体育教師のような堅苦しい匂いをさせていた。何者かは不明だが、はっきりしているのは格闘技の経験を持つ手練れだということだ。

部屋が地震のように激しく揺れた。里美が二荒と戸山の弾丸を防ぎ、弾切れのタイミングを狙って、再び二荒へ突進をかましたのだ。収納棚と里美の盾に挟まれ、二荒の巨体が収納棚に食いこんだ。彼女の体当たりは、アクセル全開の軽トラックに匹敵する威力がある。

収納棚の鉄アレイが二荒の身体に落下する。彼は気絶しているようだ。

ひとりを仕留めても、里美が優勢というわけではない。戸山が腰からフォールディングナイフを抜き、少年がわめき声を張り上げて山刀を振り回した。里美は肩や太腿を切られ、床には血の飛沫が飛び散っていた。銃弾もすべてを防ぎ切っていたわけではなく、太い二の腕から出血している。

「死ね、お前ら死ね！」

香麻里が里美に向かって連射した。

里美が盾で急所を防ぐ。さすがの彼女も三人がかりでは持たない。

里美を援護したかった。比内興業の三下たちは、有嶋によって貧乏くじを引かされたのだろう。それでも即席のヒットマンにしては気合いに満ちあふれている。

そして、目の前には正体不明の中年男が立ちはだかっていた。中年男は日本刀に臆する様子を見せない。

彼は腰のツールバッグから全長約二十センチのシースナイフを黙って抜いた。表情こそないものの、異様に暗い目つきからただならぬ殺意と憎悪を感じ取った。見覚えはないが、瑛子に恨みを抱く者のようだ。

瑛子は再び面打ちを試みた。同時に中年男が床を蹴り、瑛子との距離を詰める。彼にタイミングを読まれていた。

面打ちよりも早く、接近した中年男に日本刀の刀身を左手で摑まれる。中年男は刃引きされてあるのを見抜いていた。

中年男のナイフが煌めいた。瑛子の腹をシースナイフで三度突いてくる。瑛子の身体がくの字に折れ曲がる。

中年男が怪訝な顔を見せた。手応えに違和感を覚えたのだろう。彼女が着用していたのは防刃用のシャツだ。超高強度ポリエチレン繊維が刺突を食い止める。だが、衝撃自体は防げない。腹筋と内臓がひしゃげ、胃液が喉元までこみ上げてくる。

瑛子は腹の痛みを堪え、日本刀から両手を放した。刀身を摑む中年男に日本刀をくれてやる。両手が自由になった瑛子とは正反対に、中年男の両手はシースナイフと日本刀で塞がれた。

瑛子は中年男の襟首をすかさず摑んだ。頭を思い切り振ると、頭突きを中年男の鼻に見舞った。鼻骨が砕ける。噴き出した生温かい鼻血を顔面に浴びた。中年男は日本刀を手放し、身体をふらつかせながらリビングまで後ずさる。

瑛子は日本刀を拾い上げた。腹筋がずきずきと痛み、危うく取り落としそうになる。胃液を飲み下して、日本刀の柄をきつく握る。

中年男の目の焦点が合っていなかった。頭突きが効いたらしく、顔面を真っ赤に染め、足をガクガクと震わせている。その顔面に突きを入れようと、瑛子は中段に構えて突進した。

「瑛子さん、危ない！」

里美が声を張り上げた。

瑛子はリビングの出入口でギリギリ踏みとどまって後退した。床に片膝をついた香麻里が、リビングの隅で瑛子を狙いすましていた。グロックの作動音がし、さらに壁の穴が増える。

中年男が手袋を嵌めた左手で鼻血を拭い、口で深呼吸をしていた。頭突きのダメージから回復したのか、怒りに燃えた目で瑛子を睨みつけてくる。彼はシースナイフをツールバッグにしまい、再びグロックを抜き出した。床に落ちたマガジンを拾い、流れるような動作で再装塡する。

瑛子の汗が冷たくなった。自動拳銃を再び握らせる前に決着をつける予定でいた。罠に嵌めたつもりが、反対に崖っぷちへと追いやられている。何者かは不明だが、有嶋は最高級の武器と人間を揃えてきたようだ。

「瑛子さん、部屋メチャメチャにしてもいいっすか！」

里美が訊いてきた。彼女は盾で戸山と少年の猛攻をしのいでいる。彼女の意図を察する。

「全部ぶっ壊して」

「おいっす」

里美は盾を戸山に荒っぽく投げつけ、ベンチプレスのバーベルを握った。戸山がフォールディングナイフを持ったまま固まる。

「まさか……」

里美が握ったのは長さ二メートル二十センチのオリンピックシャフトだ。重さは二十キロ。それに百二十キロの鉄製のプレートがついている。彼女はこの部屋で待機しながら、このバーベルを担いで数百回のスクワットやベンチプレスをこなしていた。

里美はプレートを取りつけるスリーブとシャフトの部分を握りしめ、気合いの声とともに持ち上げた。ポーカーフェイスの中年男も目を剝く。

「みんなくたばれ！」

里美はバーベルを薙刀（なぎなた）のごとくぶん回した。

近くにあったランニングマシンのコンソールマストがへし折れ、山刀を持った少年がプレートに衝突する。少年は掃き出し窓へとすっ飛んでいき、彼の身体は窓をぶち破って、カーテンごとベランダに放り出された。

里美はハンマー投げの選手のように回転した。二メートルを超えるバーベルがさらに勢いを増し、ベンチプレスのラックやフラットベンチをなぎ倒し、サンドバッグを揺らす。

戸山が避（よ）けきれずにふたり目の餌食となった。スリーブが脇腹に食い込み、部屋の隅にあった液晶テレビに肩から突っこんだ。ディスプレイにヒビが入り、テレビごと台から落っこちる。中年男の注意が里美に向く。

瑛子は隙を見逃さなかった。中年男に三度目の面打ちを試みた。蹴り足を強め、廊下からリビングへと飛びこんだ。

リビングの出入口を潜（くぐ）ると、香麻里が待ち構えていたようにグロックを連射した。三発の銃弾は、瑛子の背後を通り過ぎるのみだった。

すばやく移動する標的を、拳銃で仕留めるのは至難の業だ。香麻里の銃撃をかわし、中年男の脳天に日本刀を振り下ろした。

中年男は上体をひねった。刀身が彼の肩を捉える。だが、手応えは不充分で、肩の肉をそぎ落とすように当たるのみだった。背水の陣からの必殺の一撃だ。にもかかわらず、浅い打撃しか与えられない。この男は瑛子よりも動体視力や反射神経が優れている。

中年男は身体をねじらせた。瑛子の攻撃をも潜り抜け、里美のバーベルをも避けた。瑛子にグロックの銃口を向けてくる。

瑛子は標的を変えた。日本刀を香麻里に突きつける。彼女は床に片膝をついたまま、弾切れをした自動拳銃のマガジンを替えようとしていた。

彼女たちが所持しているのはサブコンパクトサイズのグロック26だ。二荒と戸山の撃ちっぷりで、装弾数は十発とわかった。

瑛子は香麻里の目を狙った。眼球に切っ先が届く寸前で止めた。香麻里が短く悲鳴を上げる。

「ひっ」

「動くな。目玉を串刺しにされたくないなら」

こけ威(おど)しではない。刃を引いてあるとはいえ、日本刀の切っ先は鋭いままだ。瑛子が腕をわずかに動かすだけで、目玉のみでなく、脳にまで達するほどの傷を負わせられる。

危ういのは瑛子も同じだ。中年男がグロックで瑛子の頭を狙っていた。ふたりの間の距離は短く、中年男の実力を考えれば、確実に脳に弾丸を叩きこんでくるだろう。

「瑛子さん」

里美が手を止めた。

静寂が生まれた。全員が容易に動けずにいる。中年男もトリガーを引こうとしない。

部屋のチャイムが鳴り、玄関のドアを叩く音がした。

「八神さん、八神さん！　なにかあったのか？」

マンションの隣人だ。

香麻里の目に日本刀を突きつけながら、中年男と黙って睨み合った。瑛子が先に口を開く。

「時間切れね。減音器（サプレッサー）までつけて、忍者みたいに殺（や）るつもりだったんでしょうけど、これだけ派手に暴れれば隣のマンションにまで聞こえたはず」

中年男はトリガーに指をかけたままだった。唾と血を床に吐き出す。

「人を殺したことがあるな？」

「だとしたら？」

笑みを浮かべてみせた。中年男のグロックが震えた。ポーカーフェイスが崩れ、頬を憎々しげに歪ませる。血に染まった歯を剝く。

「お前は警察官だろうが……」

チャイムが何度も鳴った。

玄関のドアが激しく叩かれた。隣人は今時珍しい世話好きの老夫婦で、早朝に帰ってきた瑛子とちょくちょく顔を合わせるが、そのたびに果物や和菓子をくれる。

「撤退だ」

中年男は忌々しそうにグロックを下に向けた。

彼は壊れた収納棚へと大股で移動し、気絶した二荒の頰を叩いて目覚めさせた。二荒の肩に腕を回して立たせる。バーベルでなぎ払われた戸山も、身体をふらつかせながらも起き上がる。

「次は消す。警察を去ってケジメをつけたつもりでいる連中も腹立たしいが、お前のような現役ならなおさらだ。この世にいるのが我慢ならない」

「次があればね」

香麻里が手で日本刀を払いのけた。

彼女は脱兎のごとくベランダへと駆けたが、床に落ちた鉄アレイで転びかける。香麻里たちは隙だらけだ。

ただし、中年男が追撃を許してくれなかった。人を肩で担ぎながらも、殺気を漂わせていしない。

た。里美も相手の力量がわかったらしく、バーベルを抱えながらもむやみに手を出そうとは

香麻里たちはハシゴを下った。ハシゴを倒すなり、電気ポットに入った熱湯をかけるなりして決着をつけたかった。だが中年男がしんがりであるために、追い討ちはかけられない。

中年男は二荒たちを促すと、ガラスの破片で血まみれになった少年を背中で担いだ。少年を抱えたまま、ベランダから飛び降りる。

「うわあ、マジか」

里美がベランダを怖々と見下ろす。「あいつ、人担いで逃げていきます。すげえバネしてんな」

「一番すごいのはあんたよ」

瑛子は床に膝をついた。

立っていられるだけの力が失せた。急に重力が変化したように感じられ、全身がずしりと重たくなる。腹膜に激痛が走り、床に胃液を吐き出す。

「え、瑛子さん、大丈夫っすか！　あと部屋めちゃめちゃにしてすんません」

瑛子は噴き出しそうになった。腹筋が痛むため、笑うに笑えない。

「部屋はどうでもいい。謝らなきゃいけないのはこっち」

里美がいなければ、瑛子は今ごろ射殺体として屍をさらしていたはずだ。

里美は部屋にこもりながら外への監視も怠らなかった。〝最大料金〟の割引もないコインパーキングに、長々と停まっているミニバンに気づいた。予定していたロードワークや食料の買い出しを中止し、部屋に籠城してミニバンの動向を見張ってくれた。

里美からの連絡を受けた瑛子は、素知らぬ顔をしながら自宅に戻った。ベランダに出てミニバンを確認し、ビールを口にして無警戒を装って誘い出した。里美と瑛子のふたりがかりなら、どんな襲撃者も捕らえられるはずだと踏んだ。考えが甘かった。

有嶋は片浦なる鼻つまみ者を呼び戻している。だが、あの中年男は片浦ではない。極道ではなさそうだ。

壊れた収納棚から救急箱を取り出した。里美の肩や腕は傷だらけで血に濡れている。

「とにかく手当を」

里美の傷口を洗うために洗面所へと促した。

彼女は総合格闘家に転身したが、そちらで成功しているとは言いがたい。有名な団体が主催する女子格闘技の体重のリミットは、おおむね六十キロ後半までだ。

レスラー時代は百十キロ以上もあった里美は、一時は七十キロ台まで減量を成功させ、キャッチウェイトで試合が組まれたりもした。骨格が一般女性よりも大きい彼女には、七十キロですら厳しすぎた。最近は試合が組まれることなく、無聊(ぶりょう)をかこつ日々が続いている。この命の恩人のため、リングに上がれるよう力を尽くす必要がある。

警察車両のサイレンが耳に届く。隣人に無事を伝えつつ、有嶋に引導を渡す方法を考えていた。

12

富永は目を見張った。

「なんて有様だ……」

官給の携帯端末の液晶画面に、八神の部屋が映し出されている。

一般の家とはかなり異なるだろうと思っていたが、まるで格闘技の道場かジムのようだ。フローリングには巨大なバーベルや多くの鉄アレイ、総合格闘技用のグローブやヘッドギアが散乱していた。八神の常人離れした体力はここで培われていたのだ。

その部屋が滅茶苦茶に破壊されていた。大きな掃き出し窓のガラスは破れ、液晶テレビは壊れたまま床に落ちている。数十万もしそうなランニングマシンのコンソールマストもへし折られている。

深川署からの情報では、彼女の部屋を急襲したのは五名。ほぼ全員が拳銃を所持し、フェイスマスクや手袋で正体を隠していた。犯人の車両には伸縮性のハシゴまで積まれていたらしい。犯行は入念に計画されたものだろう。

なにより富永を戦慄させたのは、犯人たちが減音器つきの拳銃を所持していたことだ。深川署から送られた画像のなかには、壁や床にめり込んだ弾もあった。

品川の元刑事射殺事件や池之端交番の襲撃事件など、警察関係者を狙った惨事が続いていた。今回はさらに凶悪性が増している。

暗殺用の銃器を持った武装集団が、現役警察官の住所を割り出した挙句、周到な計画を練って襲撃を実行したのだ。警察組織に対する不遜な挑戦であり、世界でもっとも安全な都市として築き上げてきた実績を失墜させる卑劣なテロ行為でもある。

武装集団は八神の部屋から立ち去ると、ミニバンで逃走したという。深川署と湾岸エリアの各署は緊急配備を敷き、パトロールや検問を行っているが、犯人逮捕の報はまだ入っていない。

夜明け近くにもかかわらず、現場付近には警察官だけではなくメディア関係者ややじ馬が集まり、騒然とした雰囲気に包まれているらしい。

「あの……」

富永は運転手に声をかけた。

〝八神襲撃さる〟の一報を耳にし、慌てて上野のマンションを飛び出してタクシーを捕まえた。運転手は明らかに七十は過ぎていそうな老人で、ガラガラの首都高で制限速度をきっちり守っていた。

「お客さん、どうですか」

「ど、どうも」

老齢の運転手は黒飴を富永に差し出した。

こちらの心境などお構いなしの様子で、タンクローリーの後ろをゆっくり走っている。富永は包み紙にベトベトと貼りついた飴を口にした。黒糖の懐かしい甘みが心を落ち着かせてくれる。警察幹部の自分がもっとスピードを出せとせがむところだった。少なくとも八神の無事は確認されている。焦る必要はないと己に言い聞かせる。

シャツの袖で顔の汗を拭きながら、液晶画面に再び目をやった。

複数の銃弾が食いこんだ盾が映っていた。材質は不明だが、弾丸に貫かれずにいるのを見ると、防弾仕様のバリスティックシールドのようだ。こちらもランニングマシンと同じく、数十万円はする代物で、警察官個人が持つものではない。

八神の住処には元女子プロレスラーの友人が泊まっていたようだ。八神とともに武装集団を撃退するために戦ったという。富永は彼女を知っていた。八神が危機に見舞われたさい、富永に助けを求めて電話をよこしたこともある。落合里美という八神の私兵だ。

八神の命を狙う者は少なくないだろう。暴力団や半グレ、外国人マフィアと容易に絞り込めない。警察組織内にも彼女の存在を好ましくないと考える一派がいる。

八神には心当たりがあるはずだ。落合という屈強な護衛が偶然居合わせたとは考えにくい。武装集団は自動拳銃を手にし、八神はそれを知っていたかのように防弾仕様の盾を用意していた。

タクシーは首都高を新富町出口で下り、佃大橋を渡って湾岸に向かった。赤色灯を点灯させた何台ものパトカーとすれ違う。

豊洲の大学病院につく。精算をすばやく済ませてタクシーを降りた。三十分も乗っていないが、数時間経ったような気分に陥る。

裏手の休日夜間受付へと回ると、険しい顔つきの制服警官がふたり立っていた。富永は誰何される前に警察手帳を提示する。ふたりは直立して敬礼した。

受付で手続きを済ませると、入館許可証を首から下げ、早足で通路を歩いた。

八神の居場所はすぐにわかった。扉の前にガタイのいいネクタイ姿の若い男が歩哨のように立っていたからだ。深川署の刑事だろう。自己紹介をして部屋に通してもらう。

面会室には八神と三人の深川署員らしき男たちがいた。夏用のトレーニングウェアを着た八神が、簡素な丸テーブルを囲みながら事情聴取を受けていた。

男たちは緊張した様子だが、事件の当事者である彼女はいつものようにすました表情で、缶のウーロン茶を口にしていた。五人もの襲撃者に夜襲されたというのに、大怪我をした様子は見られない。

「富永署長……」

八神が警戒するように見つめてきた。富永が面会室に入ると、その場の全員が立ち上がって頭を下げる。

男たちはやはり深川署員で、全員がきつい汗の臭いを漂わせている。ただでさえ、警察関係者が次々に狙われているなか、管内の現役警察官の自宅が銃器で襲撃されたのだ。事件を我が事のように捉え、戦慄を感じているのがわかる。

「深川署の村山(むらやま)です」

「富永です。突然、押しかけて申し訳ない」

刑組課の課長代理で当直主任だった村山は、五十過ぎの大柄な男で、三人のなかでもひときわ汗まみれだ。

彼が着ているワイシャツこそ、生地がリネンで涼しげだが、分厚い鎧(よろい)のような防弾ベストを着用したままだった。いかにも暑苦しそうで、暑さと緊張で喉が渇いていたらしく、丸テーブルの上には空になったミネラルウォーターのボトルが二本も並んでいた。ふたりの若い当直員たちも背中や腋に汗染みを作っていた。襲われた八神がもっとも涼しげで落ち着いて見える。どちらが聴取を受けているのか、わからなくなってくる。

村山らを笑うことはできない。犯人は現場の警察官を上回る武力を有していたのだ。むしろ、八神のような危険人物を管内に住まわせているのを申し訳なく思ってしまう。

村山によれば、深川署と第七方面本部は緊急配備を敷き、千葉県警にも広域緊急配備を要請。犯人が乗ったミニバンが千葉方面に逃げたとの目撃情報があり、警視庁は防犯カメラの映像もかき集めている。

八神とともに戦った落合は二の腕に銃弾を浴び、摘出手術を受けている最中だ。太腿などを刃物で切られてもいるが、命に別状はないらしい。

八神の部屋は滅茶苦茶に破壊され、五人もの襲撃者が最低でも三十発以上の9ミリパラベラム弾を発射した。それにもかかわらず、死者が出なかったのは不幸中の幸いだろう。逃げた襲撃者のほうは不明だが。

富永は八神に尋ねた。

「犯人の正体に心当たりは？」

「正直なんとも言えません。全員がフェイスマスクをしていたので」

八神は残念そうに首をゆっくり横に振った。彼女の額に小さな切り傷がある。

村山はうなずいてみせた。

「マンションの防犯カメラを確認したところ、犯人たちが覆面で顔を隠しながら、八神警部補の自宅のベランダから侵入していることが判明しています」

「そうですか……」

富永は息を吐いた。

村山は人のいい警察官なのだろう。襲撃者に狙われた八神に同情し、卑劣な犯行に及んだ覆面の犯人たちに怒りを募らせていた。事件を仕切るのは今のところ深川署であり、病院に駆けつけた富永は警察幹部とはいえ部外者に過ぎない。職人気質が多い刑事畑には、警視正のお偉方だろうと、情報を簡単には与えてくれない頑固者もいる。

富永は両膝に手をつき、村山に頭を深く下げた。

「申し訳ない。少し八神とふたりで話をさせてくれないだろうか。署に戻って対応策を練らなければならない」

「わかりました」

村山はとくに問題視することもなく、部下たちを連れて面会室を出て行った。

ふたりきりになったところで、八神が口調を変えた。

「こんなところにまで押しかけてなんの用？　今ごろ副署長や課長たちがおっとり刀で上野に駆けつけてるはず」

「言われるまでもない。すぐ署に戻る」

　富永は丸テーブルを指で突いて詰め寄った。

「襲った連中は何者なんだ。どうせ、見当はついているんだろう」

「さっきも言った通りよ。全員がフェイスマスクを――」

　富永は手を振った。

「私にそんな戯言は通用しない。あの深川署員たちだって警察学校を出たばかりの新米じゃないぞ。今でこそ優しく接しているが、いずれ署のメンツにかけて聞きだそうとするはずだ。例の相棒に防弾シールドまで用意して、日本刀で撃退したそうじゃないか」

「常に備えていただけ。自宅の周りを不審な人間がうろちょろするのは今日に始まったことじゃない。そうでしょう？」

　八神は無表情のままウーロン茶を口にした。

　襲撃者の返り血を浴びたらしく、顔はスッピンだった。額に傷をこさえてもいる。それでもぞっとするほどの美しさを保っていた。クールな態度だが、瞳の奥には怒りの炎が激しく燃えさかっている。

彼女は夫である八神雅也の死によって、手を汚すこともいとわない危険な刑事に生まれ変わった。

そんな彼女を危険視し、富永は公安時代の部下を使って、八神の動向を見張らせていた時期があった。四ヶ月前には、八神に深い恨みを抱く上層部の一派が監察係を動かし、やはり彼女の動向を監視していた。

「とぼけるな。甲斐道明の仇討ちか。今度の襲撃は千波組の連中だろう」

「わざわざそれを訊きたくて、深川署の仕事を邪魔しに来たの？　千波組とは限らない。あいにく私には敵が多すぎる」

富永は身を乗り出して彼女を睨みつけた。

「聞くんだ。私が君に刑事をやらせ続けるのは、警察官としての良心まで捨ててはいないと思っているからだ。私憤に駆られた処刑人と化す気なら、警察手帳を取り上げて裁きを受けさせる」

「好きにすればいい」

八神は富永を見返してきた。

彼女はわずかに頰を紅潮させていた。怒りを押し殺している。憤怒こそが彼女の原動力であり、彼女を唯一無二のハンターへと変貌させた。

富永は携帯端末を取り出した。液晶画面をスワイプする。

「私が訊きたいのはこの男だ。現場にいなかったか？」

液晶画面に表示させたのは、元陸上自衛官の門倉の写真だった。

八神が息を呑む。常にポーカーフェイスの彼女が、表情を張りつめさせる。

「いたんだな？」

八神は根負けしたように息を吐いた。

「ええ」

「間違いないな」

富永は念を押した。八神は大きくうなずくと、トレーニングウェアをめくった。

彼女の引き締まった腹部が露になった。サラシのように包帯が幾重にも巻かれていた。

「危うくこの男に腹を刺されるところだった。だけど、なぜ署長が？」

「品川の射殺事件。その犯人（ホシ）である可能性が高い」

富永は池之端交番襲撃事件をきっかけに、品川の特捜本部にいる沢木と情報を共有していたことを説明した。

門倉には事件を起こすだけの動機があった。警視庁の現役警察官に娘の命を奪われた過去がある。八神に教えると、さすがの彼女も驚きを隠しきれず、持っていたウーロン茶の缶を震わせた。

門倉らしき男は鶯谷でも発砲事件を起こしている。標的は痴漢や盗撮の常習犯として騒がれた警視庁の元警察官だった。性犯罪で人生を一度台無しにしたにもかかわらず、懲りることなく鶯谷のラブホテルに少女を連れ込もうとした。男はこの元警察官を狙撃し、重傷を負わせている。

「鶯谷で……」

八神は怪訝な顔をした。

彼女は初めて鶯谷の発砲事件を知ったようだった。演技には見えない。それでも門倉なる男が千波組とつるむ理由を即座に見抜いてみせた。

「二代目斐心組があのあたりの闇風俗を仕切ってる。千波組がこの門倉という男をうまく取り込んだのかもしれないのね。拳銃にペットボトルなんかくくりつけるんじゃなく、本物の減音器(サプレッサー)までプレゼントして」

「君の無事とその件を確かめたかった」

悪徳刑事とも噂される八神に、減音器をつけた拳銃を持った何者かが襲いかかった。品川の事件と関連があると考え、ここへ駆けこんだのだ。

富永は立ち上がった。携帯端末はマナーモードにしていたので着信履歴を確かめると、上野署の部下たちから連絡が入っていた。

「しばらく休暇を取れ。千波組への仕返しを目論んでいるのだろうが、当分は身動きひとつ取れないと思え。品川の特捜本部の捜査員が改めて話を聞きに来る。深川署も君を野放しにしておくとは思えないし、私自身も君を放っておくつもりはない」

「署長」

「なんだ」

八神が微笑んだ。

「手強くなった。とっとと出世して、上野から出て行くべきね」

「褒め言葉と受け取っておく」

富永は鼻で笑ってみせてから、面会室を出た。

彼は通路にいた村山たちに礼を述べると、特捜本部の沢木に電話をかけるため、足早に出口へと向かった。

13

香麻里の頬に衝撃が走った。

彼女はたまらずコンクリートの床に倒れた。すぐに身体を丸めて頭や腹部を守った。

「てめえら、どんだけ使えねえんだ！　あれだけの拳銃（チャカ）用意してもらって、女刑事（メスデカ）一匹殺（や）れねえのか」

片浦から腹や背中に蹴りを喰らう。

最初のパンチにしても、メリケンサックこそ嵌めていないが、巨大な拳で殴られて意識が飛びそうになった。平衡感覚を失ったせいか、船の上にでもいるかのように床が斜めに見える。

香麻里だけでなく、凱斗や秀郎たちも倒れている。八神の部屋ですでにふたりは重傷を負った。半死半生でなんとか隠れ家に逃げ込んだものの、片浦による制裁が待っていた。鉄拳を次々に浴び、倒されてからも執拗に蹴りをもらった。少年の直輝にいたっては、隠れ家に担ぎ込まれたときから気を失っている。

香麻里は咳き込んだ。口内の血を吐き出しながら言った。

「部屋にいたのは、八神ひとりじゃなかった。牛みたいな怪物もいて……」

「黙ってろ、このクソ売女（ばいた）」

今度はつま先で口を蹴られた。掌でかばったものの、衝撃で前歯が折れそうになる。

それでも子分たちよりはマシだ。凱斗は怪物女にバーベルで肋骨をへし折られていた。

秀郎も怪物女に盾で体当たりを喰らっている。アクセル全開の車に突っこまれたようなもので、秀郎の背後にあった収納棚は滅茶苦茶に壊れた。タフな秀郎だからこそ失神で済んだものの、自分なら死んでいただろう。

直輝はバーベルで吹き飛ばされ、掃き出し窓を頭で突き破っている。凱斗と同じく骨折しているうえに、頭にはガラス片が未だ刺さったままだ。逃げる最中も車を血だらけにしていた。医者に診せなければ、命に関わりそうな状態だ。

香麻里らは八神の部屋から脱出すると、ミニバンで豊洲枝川の月極駐車場に飛び込んだ。前もってホームレスの名義で一台分の駐車スペースを借り、逃走用に別のライトバンを用意していた。乗り換えて、お台場を経由して品川に逃走した。

片浦の手下が、襲撃に使用したミニバンと同型の車で千葉方面へと走り、警察の目を欺いた。策が功を奏し、隠れ家まで逃れられた。

隠れ家は品川にある建設中のビジネスホテルだ。敷地はシートで覆われており、建物は鉄骨とコンクリートがむき出しの状態で、水道も電気もまだ通ってはいない。直輝らの傷を洗って治療してやりたかったが、待っていたのは片浦による暴力だ。

「よせ。痛めつけたところで事態は変わらん」

斉藤が片浦に掌を向けた。

彼は比較的軽いケガで済んだほうだ。八神の罠に嵌まり、日本刀で逆襲されたというのに、ほとんどかわした。頭突きをもらって鼻骨を砕かれたが、八神の腹にダメージを与えていた。

「へえ、そうかい」

片浦は笑いかけながら自動拳銃を向けた。香麻里から奪った減音器つきのグロックだ。

片浦が無造作にトリガーを引いた。ガチンと硬い金属音が鳴り、斉藤のすぐ横を弾丸が通り抜けていった。後ろのコンクリートの壁に弾丸が当たり、破片がボロボロと落ちる。

「どの立場でモノ言ってんだ、バカ野郎。ヘタ打ったてめえも同罪だ」

片浦は斉藤に歩み寄ると、グロックをさらに連射した。壁が穿(うが)たれ、埃が舞い上がる。

至近距離から撃たれているのにもかかわらず、斉藤はじっと立ったままだった。彼は片浦を冷ややかに見つめる。

「失敗に終わったのは確かだ。お前がいたとしても、やはり結果は変わっていなかっただろう。痛めつける権利はない」

「さすが警察官(サツカン)殺し。いちいち言うことが渋いな」

片浦が口を歪めた。怒りで声が震えだす。

斉藤の態度は一貫していた。相手が頭のおかしな親分だろうと、拳銃を手にした男だろうと、言いたいことをズケズケと口にする。

「てめえはここで死んどけ。女刑事(メスデカ)に撃たれて逃亡中にくたばったってことにしておく」

片浦がグロックを斉藤の鼻先にまで近づけた。トリガーに指をかけられても、斉藤は表情ひとつ変えようとしない。

「止めて――」

香麻里が声をかけた。

片浦がトリガーを引く寸前、携帯端末の振動音がした。音は彼のポケットからだった。

片浦が舌打ちして電話に出た。ビデオ通話のようで、液晶画面に痩せた老人が映し出される。着物姿の有嶋だった。

「おはようございます」

〈汗まみれだな。こんな朝早くからトレーニングか〉

有嶋の声がスピーカーを通じて聞こえた。

片浦が携帯端末のレンズを香麻里たちに向けた。

「このヘタ打ち女どもに、ちょいとクンロク入れてたところです。女刑事一匹狩れねえうえに、見苦しい言い訳してやがったんで」

香麻里が携帯端末に向かって叫んだ。

「親分！　ヘタを打った責任は私にあります」

〈ほう〉

「子分たちは全力を尽くしました。だから、お願いです。子分たちを助けてやってください」

「うるせえ！」

片浦に頬を蹴飛ばされた。衝撃で首がねじれ、平衡感覚がさらにおかしくなる。それでも訴えを止めなかった。

「親分！」

「黙れってんだよ」

片浦がさらに足を振り上げ、香麻里の顔面を蹴飛ばそうとする。

〈待たんか。誰がヤキを入れろと言った？〉

有嶋が片浦を止めた。

片浦と違って、有嶋は落ち着いていた。タバコをくわえて、ゆるゆると煙を吐いている。

〈姐さん、あんたがケジメつけるって言うのか？〉

香麻里は床のうえに正座をした。

八神から投げつけられた鉄の塊のせいで背中の筋肉が痛んだ。子分たちのケガに比べれば、つらいうちに入らない。痛みを堪えて有嶋に頭を下げる。

「もう一度、機会をください。八神と刺し違える覚悟で挑みます。ですので、どうか子分たちを――」

〈ひとつ尋ねたいことがある。顔を上げてくれ〉

香麻里は片浦の携帯端末を見上げた。

有嶋は相変わらず骨と皮だけの姿だった。顔色も不健康そうに黒ずんでいる。

〈おれは『極道の妻たち』が好きでな。あれを見てると、死んだ女房を思い出す。今のあんたは志麻姐さんほどの貫禄はねえが、気合いはなかなか負けてねえ。旦那の財産売ってトンズラしようと企んでたチンピラねえちゃんとは思えねえくらいだ。いつからそんなに子分想いの女侠になった〉

有嶋の顔つきは真剣だ。ジョークなどではなく、本気で香麻里の心のうちを知りたがっているように見える。

「本音を言えば、このままおめおめと始末されたくないからです。クソみたいな人生を送って、クソみたいな最期を迎えるなんて耐えられない。秀郎や凱斗も同じです。そんな目に遭わせたくない。あいつらは見事に身体を張ってくれました。今度こそ殺ってみせます。だから、子分たちを」

涙で視界がぼやけ、有嶋の姿が歪んで見える。動機はカネ目当てだとしても、一緒に死地へと赴いてくれた秀郎たちがいとおしかった。

片浦が鼻で笑った。

「なんでえ。子分のためとか言いながら、ただの命乞いじゃねえか。親分、こんな女狐の寝言なんざ聞く必要はありませんよ」

香麻里の腹のなかがカッと熱くなった。てめえも八神と殺り合ってみろと吠えたくなる。

有嶋が咳払いをひとつして言った。

〈いいだろう。警察の情報はこちらに随時入ってくる。もうじき緊急配備も解けるようだ。ベッドのある住処を用意させよう。医者もすぐによこさせる。免許こそ失っちゃいるが、そこらのヤブよりもよほどの名医だ〉

「ほ、本当ですか。ありがとうございます」

香麻里はコンクリートの床に額を擦りつけた。片浦が不服そうに訊く。

「マジっすか。それじゃ示しってもんがつきませんよ」

〈掟破りばかりしていたお前に示しもへったくれもねえだろう。そもそも姐さんらは失敗などしていねえのさ。おれの思い通りに動いてくれている。手柄を立てた者にふさわしい褒美を与えるのは親として当然の役目だ〉

「どういうことだ？」

斉藤が割って入った。

香麻里は袖で涙を拭いて顔を上げた。斉藤が片浦に近づき、画面の有嶋を睨んだ。

〈八神ってのは刑事にしておくにはもったいない女さ。あんたの腕でも簡単にはいかねえと踏んでたよ。なにせ互いに開戦通告をし合った仲だったんでな。襲撃にきっちり備えるだろうと予想していた〉

「おれをカチコミに交ぜてくれりゃ、こいつらみたいにヘタを打つことだってなかったでしように。瑛子ちゃんと組んずほぐれつでやり合いたかった」

片浦が股間を触りながら舌なめずりした。

〈お前がいたところで結果は変わらん。やはり八神にぶちのめされていただろうさ〉

「親分までそれを言いますか。殺れもしねえでおめおめ戻ってきたってのに、なにが手柄だってんです？」

片浦は不服そうに口を尖らせた。

〈あの女をしばらく足止めすることはできた。元からそいつが狙いさ。当分は武装集団に襲われた警官として、身内からも厳しい監視下に置かれるだろう。警察も騒ぎを大きくしたくねえだろうから、必死になって八神を見張るはずだ。やつは警官のなかにも敵を大勢抱えている〉

斉藤が眉をひそめた。

「ただひとりの刑事を足止めするためだけに、わざわざ襲わせたというのか？」

〈……おれは怖いのさ。あの女が唯一の恐怖だ〉

「あんたにもまだ怖いものがあるのか」

〈斉藤さん、あんたもただ者じゃないが、八神に会って感じ取ったはずだ。あいつは一種の怪物だよ〉

　有嶋が過去を振り返るように遠い目をした。

〈おれよりも悪知恵の働く極道、世界的に知られた殺し屋、極道よりも遥かに厄介な不良警官。どんな獲物も仕留めやがった。おれも例外じゃない。多少騒ぎが大きくなろうが、あの女の足止めをしなければ、こっちが必ずバクッとやられる。最後の大勝負でそいつは避けたい。だから、あんたらに動いてもらったってわけさ〉

　片浦が指を鳴らした。嗜虐的な笑みを浮かべる。

「女刑事（メスデカ）を消せはしなかったものの、少なくとも足止めはできた。いよいよ花火を打ち上げるときが来たということですね」

〈八神の動きは封じた。これでおれの意地ってもんを披露できる場が整った〉

　斉藤が顔を曇らせた。

「なにをするつもりか知らないが、おれはあの八神を引き続き狙う。あの女はあんたが言う通り、とんでもない修羅場を潜った危険な警察官だ。人を殺した経験もあるんだろう」

〈わかってくれたか。ヤクザ者（もん）の言葉でも、時には耳を傾けてみる価値があるのさ〉

有嶋がうれしそうに膝を叩いた。タバコを吹かすと、彼は真顔になった。

〈ただし、物事には順番ってもんがある。さっきも言った通り、しばらく八神には警察（ポリ）が張りつく。リマッチには時間がかかるだろう。それまで、おれたちの助っ人をしてもらいたい。あんたのような強者がいる〉

「そいつは断る。おれはおれの戦いをするだけだ。お前らヤクザの鉄砲玉になる気はない」

「さんざん世話になっておきながら、なにをほざきやがる」

片浦が左拳で殴りかかっていた。

片浦の左フックを斉藤は後ろに下がってかわした。携帯端末の有嶋がうんざりしたように止めに入る。

〈よさんか。お前はちゃんとカメラを構えてろ〉

「しかし――」

片浦は忌々しそうに携帯端末を斉藤に向ける。

〈斉藤さん、助っ人に加わってくれたら、リマッチをお膳立てしてやろう。いくら腕っぷしが強くても、こっちのバックアップがなければ、あの女の首は獲れねえと痛感したはずだ。今度は拳銃（チャカ）だのナイフだのといったチンケな武器（エモノ）じゃねえよ。ダイナマイトにクレイモア地雷、あの女の兵隊ごとミンチにできるブツだって用意できる。それにあんたが使い慣れた8(ハチ)9(キュウ)式小銃もつけようか〉

「なんだと」

斉藤が顔を強ばらせた。

８９式――香麻里は心のなかで呟いた。ガンマニアの幸司から聞いたことがある。自衛隊が制式採用している軍用小銃だ。

有嶋がカメラ越しに斉藤を指さす。

〈斉藤さん、いや、門倉さんと言ったほうがいいか。あんたの正体はとっくに割れてるよ。警官(ポリ)をぶち殺す理由までな〉

「そんなやつは知らない。くだらん脅しでおれをコントロールする気か？　しょせんヤクザはヤクザだな」

斉藤が語気を強めて言い放った。声は震えている。

〈脅しじゃねえよ。そもそもあんたの正体をどっから聞いたと思う。警察(サツ)からだ。あんたが起こした射殺事件は、大量の警官(ポリ)が動員されてることもあってな。こっちで飼ってる不良好きの刑事(デカ)から耳に入ってくるのさ。あんたが元陸上自衛官で徒手格闘のエキスパートだったことやら、大事に育てた娘さんを頭のイカれた警官(ポリ)なんぞに射殺されたことまでな。門倉崇

博さん〉

斉藤こと門倉が動いた。右拳で突きを放つ。

「おっと」

憤怒に満ちた彼のパンチを、片浦が半身になってかわした。手にしていた携帯端末に右拳がかすった。取り落としそうになるが、顔をニヤつかせながら門倉にレンズを向ける。

「門倉……自衛官」

香麻里は門倉の横顔を見やった。

本名と経歴を知っても、とくに驚きはない。鍛え上げられた肉体はそれだけで独特の存在感を放つ。元自衛官と聞いて納得がいった。

有嶋は言った。門倉の娘が警察官に射殺されたと。にわかには信じがたいが、門倉が警察官に異常なほどの殺意を迸らせていたのを考えると、おそらく事実なのだろう。

有嶋が画面越しに門倉を諭す。

〈落ち着け。今ごろ警察官（サツカン）どもはあんたの顔を頭に叩きこんでるだろうし、群馬の住処（ヤサ）や職場には刑事（デカ）が大挙して押し寄せているはずだ。八神とリマッチするどころか、ひとりじゃ自由に街すら歩けやしない。最後に弾く相手が、八神みたいな希代のワルじゃなく、職務質問（バンカケ）してきたそこいらの巡査じゃ締まらねえだろう。あんたは現代の平将門（たいらのまさかど）や菅原道真（すがわらのみちざね）になるべきお人だ。警察官（サツカン）どもは未来永劫あんたの影に怯えて生きる。分をわきまえて生きなけりゃ、あんたのような怨霊に頭をぶち抜かれるってことを思い知らせるのさ〉

すでに怨霊と化しているのは有嶋のほうだろう。香麻里は自分もまた生きた亡霊みたいなものかもしれないとも思う。

有嶋と門倉は死ぬ覚悟をもう決めている。彼らからは強烈なエネルギーの迸りを感じる。燃え尽きる寸前のロウソクが、一瞬だけ光り輝くのに似ている。有嶋に従っている片浦は、いかにも横紙破りなヤクザらしい刹那主義の男で、先に待ち受ける破滅など考えてはいなそうだ。

彼らと行動をともにしていれば、確実に香麻里の人生も終わる。たとえ、生き延びられたとしても、婆さんになるまで刑務所で過ごす羽目になるだろう。

「なにが怨霊だ……」

門倉はなおも喰ってかかるが、もう殴りかかろうとはしなかった。

有嶋が棺桶に片足を突っこんでいる老人なのは間違いないが、それでも関東の大親分と呼ばれただけある。大胆な胆力と知力を持ち合わせているのがわかった。頑なな一匹狼だった門倉の正体を暴くだけでなく、彼の心に食いこむような言葉を畳みかけている。

門倉が有嶋に訊いた。

—デカい花火とはなんだ。あの女刑事の動きを止めて、次になにをやらかす気だ」

〈決まってるじゃねえか。籠島大志とその一派の粛清だよ。汚職警官よりも劣るクズどもだ。気兼ねなくやつらの頭を撃ち抜いてくれ。段取りはできている。それが終わったら八神と殺し合える舞台を用意してやるさ〉

有嶋が弾んだ調子で答えた。

14

「八神警部補、もう一度訊くが、ベランダから侵入した襲撃者たちはリビングを通って浴室へ向かった。そうだな？」

「ええ」

瑛子は小さくうなずいた。

取調室で質問を投げかけてくるのは、人事一課の中路という監察官だ。豊洲といった新興住宅地を抱える深川署の刑事とは異なり、頭髪を七三にきっちり分け、パリッとしたスーツを着ていた。

警察官というより銀行員のような見た目だ。真夏にもかかわらず、ネクタイをきっちり締めている。しょっちゅう変えているのか、安っぽいセルロイド製のメガネをかけていた。

「襲撃者たちはまんまと浴室に誘い込まれ、あんたと友人の落合里美の挟撃に遭った。見事な作戦と言いたいが……襲撃者をこんな罠に嵌める暇があれば、まずは応援を要請すべきだったのでは？　それが鉄則だろう」

中路は摑み所のない目つきをしていた。警察官を探る監察係の人間たちは公安出身者で占められる。勘の鋭い警察官の身辺を嗅ぎ回るからか、特徴のないのっぺりとした顔をしている。髪形やメガネを変え、マスクでもつけられたら、瑛子ですら中路に気づけるかは疑問だ。

すでに深川署員から事情聴取で何度も訊かれている。休憩もろくにないまま、中路が問答無用で聴き取りを始めた。病院から深川署に移されて七時間が経過していたが、食事すら与えられていない。

警察官を疑うのが役目とはいえ、中路が瑛子に敵意を抱いているのは明白だ。執拗に同じ質問を繰り返しては、瑛子が尻尾を出すのを狙っていた。彼の部下の監察係員が、別のデスクで調書を作成している。やはり公安出身者らしく、存在感の薄そうなで肩の若い男だ。

瑛子は苦笑してみせた。

「買いかぶりもいいところです。罠だなんて。公務中であればともかく、シャワーを浴びようとしたところで、怪しい物音に初めて気がついたくらいですから。慌てて衣服を着直して、身を護るための準備をしました。応援の要請を真っ先に考えましたが、ケータイはリビングに置いたままでしたし」

「襲撃者はほぼ全員が自動拳銃を所持していた。しかも並の拳銃なんかじゃない。オーストリア製の減音器(サプレッサー)まで装着していたそうじゃないか。周到な準備と豊富な資金、銃器を調達できるルートを確保していた」

「そのようですね」

「それに対して君は数十万円もする防弾シールドと、本身の日本刀を所持していた。それだけじゃない。特殊警棒に刺叉(さすまた)、鉄扇や木刀。家というより道場だな。一緒にいた友人というのもただ者じゃない。元女子プロレスラーの格闘家だ」

中路は現場写真をペンの尻で突いた。写真には、半壊した瑛子の部屋が写っている。

瑛子は写真を痛ましそうに見つめた。

「上野という街でマル暴をやっているんです。暴力団員(マルB)に外国人マフィアに鼻息の荒い半グレ。刑事を罠に嵌めて犬にしたいと考える悪党はごまんといます。あれぐらいの装備は当然だと思っていましたし、まだまだセキュリティが甘かったと言わざるを得ません。ベランダから人が入り込めないように忍び返しを設けて、いつでも応援を呼べるように浴室や各部屋にコードレスフォンを取りつけようと思います」

中路は片頬を歪めてみせた。しらばくれやがってと無言で告げてくる。

「空調の温度を下げてくれるか。暑くてかなわない」

中路は部下に命じてから、ネクタイを緩めた。

空調は二十八度に設定されてはいたが、広くもない取調室に三人でいる。南側の窓からは日光が差しこむ。室温は三十度以上に達しているだろう。

瑛子は中路の部下に声をかけた。

「空調の設定温度は二十八度と決められている。よりによって、警務のあなた方がルールを破るの？」

部下は構わずにエアコンの温度を下げる。

「よりによって、ルール破りをあんたに指摘されるとは」

中路は天井を見やった。エアコンから涼風が吹きこむ。

「よし。これでまだ続けられる。噂に聞いてた通り、あんたは一筋縄では行かなそうだ」

「あなたがよくても、私はそうじゃない。昨夜から一睡もしていないんです」

「なにを言ってるんだ。腹に打撲傷も負ってるわりにはケロッとしているじゃないか。さすが上野の女王と言われるだけはある。さて、もう一度尋ねるが、防弾シールドに日本刀(ポン)、それに格闘家。出入りに備えるヤクザ顔負けだ。あんたは誰を怖れていた」

「とくに怖れてはいません。程度の問題でしょう。監察官も公安（ハム）出身だから、点検や消毒はしょっちゅうやっているでしょう」

点検は何者かに尾行されていないかを確かめるための行動だ。靴紐を結ぶフリをして背後を確かめたり、発車寸前の電車から降りるなどして追跡者の有無を見極める。消毒は自宅や拠点に向かうさい、わざわざ道を迂回したり、遠回りを繰り返して、やはり追跡者から身をかわす手法だ。

「話をそらさないでくれ。用心深い公安捜査官でも、防弾シールドなんてブツまで持っている者など聞いたことがない。私を納得させてほしい。さもなければ、何日でも訊き続ける」

中路は粘り強い。数時間も相手にしているというのに、まるでロボットのごとく淡々と調子を崩さず問い詰めてくる。脱出不可能な迷宮に迷い込んだような気分にさせられる。公安出身の監察官として、悪事を働いた警察官を根負けさせてきたのだろう。瑛子の心をへし折ってやるという暗い情念をも感じさせた。

「じゃあ、私のほうからやり方を変えさせてもらう」

中路がテーブルを指で突いた。

「私の質問に答えろ。あんたに選択肢などない」

瑛子も口調を変える。

「私は暇じゃないの。あなたがた人事一課のつまらぬ意趣返しにつきあってもいられない」

「……意趣返しとは？」

瑛子は両腕を伸ばしてストレッチをしてみせた。

「私はゴシップが三度のメシより好物でね。くだらないタブロイド紙やネットの掲示板だけじゃ満足できず、警視庁の人間がどこでなにをしてるのか常に聞き耳を立ててるの」

「そうらしいな。おかげで上野署の人間はあんたに弱みを握られてるそうじゃないか」

「あなたのことも少しだけ知ってる。あなたを人事一課に引き立ててくれたのは、当時首席監察官だった加治屋でしょう。あの男は四ヶ月前にヘタ打って、どっかに飛ばされちゃったけど。左遷されたら見事なくらいに取り巻きたちが姿を消したみたいね」

「なに……」

中路が顔を強ばらせた。鋭いジャブを喰らったような表情を見せる。

「今夏のお中元なんて十分の一にまで減ったって。義理堅いあなたはちゃんと送ったらしいけど、それでもいつもは一万円以上もする近江牛のすきやきセットとかだったのに、今年は二千円のコーヒーセットで済ませたらしいじゃない」

中路は顔を赤らめた。部下もバツの悪い顔をして固まっている。

「あなたも大変ね。いくら大恩人といっても、お中元の値段をチェックするようなチンケな野郎のために贈り物なんてする必要はないでしょうに。今度のお歳暮はティッシュ一箱で済ませたら?」

警察官は他人を調べるのは朝飯前だが、自分が調べられると冷静さを欠く。中路も例外ではないようだ。

四ヶ月前、瑛子は監察係から執拗に調査を受けた。監察係は部下の井沢の弱みを握り、瑛子の活動を暴こうとした。その裏には、警察庁ナンバー3の地位についた元警視庁刑事部長の能代を中心とした政争があったらしい。

瑛子や上司の富永は、周りから能代の派閥に属していると思われていて、元首席監察官の加治屋は能代を追い落とすために、配下に瑛子追放の材料を集めさせようと躍起になって自滅した。

警務部人事一課はエリートの集まりだ。とはいえ、誰もがシミひとつないクリーンな人物ばかりではない。

身の丈に合わないタワーマンションを買ってローンの返済に苦しみ、子供をアメリカやイギリスの大学に留学させるため、爪に火を灯(とも)すような生活を送っている者もいる。

部下には気前よく酒を奢れるだけの余裕も見せておきたい。上司や先輩たちに気に入られるためにも、グレードの高い割烹(かっぽう)や料亭に連れていきたい。欲望は果てしないようで、昔のように裏金を作るわけにもいかず、こっそりと瑛子を頼る者は少なくない。おかげで本庁の上層部に関する情報も耳に入る。

「私もやり方を変えなきゃならないようだ。大物ぶりをひけらかしたつもりか」

中路が表情を引き締めた。再びテーブルを突く。

「鉄砲玉がわらわらと減音器（サプレッサー）つきの拳銃持って、警察官の自宅を襲いに来るなんて前代未聞のことだ。どれだけ深みに嵌まっていたか」

「深川署員にすべて話してる。供述調書を読んだら？」

「あんなもので納得するほど人事一課（ヒトイチ）は甘くない。あの場で襲撃犯の顔を見たのは、たったひとりだけだって？」

「ええ」

「あんたが千波組と激しくやり合っていたのは、みんなが知っている。あいつらとなにで揉めていた？　みかじめ料の取り分か。それとも連中のクスリでもくすねたのか。千波組が急に覚せい剤（シャブ）を扱うようになったという話は、私の耳にも入っている」

「アテが外れたみたいね。調査と称して、家の中を隅々まで覗いたんでしょうけど、期待していたようなブツはなにひとつ見つからなかったでしょう」

中路の推理はおおむね正しい。

瑛子は襲撃に対して備えていた。激しいドンパチを繰り広げた後に、所轄だけでなく監察係も駆けつけ、部屋中を漁るであろう事態も予測済みだ。

寝室には金庫があり、ふだんは数千万円の現金と、足がつかない拳銃数丁を保管していた。それらは前もって英麗に預けていた。

中路が無表情になった。

「外れたね。あんたと甲斐道明のハメ撮り動画でも出てくると思っていた」

「真面目そうなのは外見だけで、わりと面白いことも言えるのね」

瑛子はせせら笑ってみせた。

くだらぬ挑発に乗るわけにはいかない。相手を先に怒らせたのは瑛子のほうだ。中路に言った。

「甲斐は一介の情報提供者（エス）に過ぎない。私があいつとホテルに入るところや、住処（ヤサ）に仲睦まじく入るところでも押さえてたの？　それに、あの男は刑事（デカ）と寝るほど悪趣味でもなかった」

「刑事（デカ）と情報提供者（エス）以上の関係にあったという話を、いくつか耳にしていた。甲斐が命を落としたとき、口を血まみれにしたあの色男のヤクザと、いとおしそうにディープキスまでかわしているのを、上野署員や救急隊員が目撃してる」

「ただの人工呼吸よ。もし誰かがブスッと刺されて呼吸停止になっていたのなら、誰が相手でも同じことをする。たとえ人殺しの悪党であろうと、セクハラをかます下品な監察官であろうと」

瑛子は中路の部下にも声をかけた。

「あなたにもね」

部下は目を合わせようとせず、ただ調書作成用のパソコンを見やるだけだ。緊張しているのがわかる。瑛子は殺気を込めて言っていた。甲斐のこととなると、感情を完全には抑えられない。

「まるで武闘派の親分さんだ。えらくドスが利いてる。一介の情報提供者(エス)のことにしては、えらく感情的になるじゃないか」

中路は目を光らせた。

「どうやら千波組がキーのようだ」

「そうとは限らない。私が見たのはひとりだけで、そいつはヤクザじゃなかったようだし」

「冗談よしてくれ。あんな中欧製の拳銃(チャカ)に弾薬(マメ)、減音器(サプレッサー)まで用意できる連中がどこにいるってんだ」

「それなりの資金力とルートを持った組織なら用意できるでしょう。むしろ、落ち目の千波組の縄張り目当てに、全国の暴力団(マルB)や外国人マフィアが狙いをつけてる。警察(うち)に千波組の息の根を止めさせるための罠とも考えられる」

　瑛子も冷静さを取り戻してシラを切った。

　襲撃者の正体はすでにわかっている。斐心組系の比内興業の構成員たちだ。組長の比内幸司は組織の存亡がかかっている時期に懲役に行くような三下だ。

　女房の香麻里にしても、その子分たちにしても根性のないチンピラたちと見なしていた。有嶋に家族でも人質に取られてカタに嵌められたのか、凄まじい気迫で襲いかかってきたものだ。里美という力強い味方がいなければ、瑛子は蜂の巣にされていただろう。

　本来ならば、深川署員に比内興業の襲撃者たちの情報を伝え、すばやく逮捕させるべきだ。彼らは未だに拳銃を持ったまま、どこかに潜伏している。危険な存在だ。一刻も早く檻にぶちこむ必要がある。だが、憤怒がそれを許さなかった。有嶋たちをこの手で痛めつけなければ気が治まりそうにない。

　中路が訊いてきた。

「だったら、どこの組織だというんだ」

「それを見極めるのが私の仕事。だけど、あなたがたがメシも食わせず密室に閉じこめて、調査の名を借りて私怨をぶつけてる」

「私怨をぶつけたがってるのはあんたのほうだろう」

　中路がまっすぐに見つめてくる。瑛子はその視線を黙って受け止めた。彼に指をさされる。

「あんたはしばらくＶＩＰ扱いだ。僭越（せんえつ）ながら深川署に護衛をつけるようアドバイスをさせてもらった。再びあんたが襲われないよう、襲撃犯が捕まるまでは屈強な身辺警戒員（ＰＯ）を二十四時間体制で張りつかせる。勝手な真似はさせやしな——」

　瑛子は急に立ち上がった。突然の行動に中路がびくっと身体をのけぞらせる。瑛子は中路を見下ろした。

「おしっこ」

「はあ？」

「トイレよ。さっきから膀胱（ぼうこう）がパンパン。メシも食わせないうえに、トイレまで行かせなかったとなれば、責められるのは果たしてどちらでしょうね」

　中路はため息をついた。

「いいだろう。ただし、ケータイは置いていってもらう。こそこそと連絡を取られたらかなわない」

「まるで被疑者（マルヒ）扱いね」

「身から出た錆だろう。あんたを怪しんでいるのは、おれたちだけじゃない。品川の特捜本いたらしいじゃねえか。一体、どうなってんだと興味津々だよ。ゴシップが好きなのはあんただけじゃねえ」

「本当に不思議ね」

トレーナーパンツのポケットから、携帯端末を取り出した。テーブルに置く。

「さっさと済ませてくるんだ」

取調室を出てトイレへと向かった。中路の部下が見張りとしてついてくる。

女子トイレのドアに手をかけると、部下に向かって顔をしかめてみせた。

「中まで入ってくる気？」

「あ、いや」

彼はドアの前で立ち止まった。

女子トイレはガランとしていて、個室がひとつ埋まっているのみだ。署の建物自体が築四十年近く経っている。清潔ではあるものの、カビや埃の臭いが漂っていた。空調は効いておらず、むっとする熱気もこもっている。

使われている個室の隣に入った。壁を隔てているにもかかわらず、消毒液と硝煙の臭いがした。寝息のような音が耳に届く。

瑛子は壁をノックした。

「待たせちゃった？」

「あ……瑛子さん。おはようございます」

いたのは里美だ。便器に座ったまま眠りこけていたのか、ヨダレをすする音がした。

「自分もさっき解放されたばかりっす。深川署の刑事さんはわりと優しかったんすけど、監察係とかいう連中にはむかつきましたね。こっちが被害者だってのに、私をヤクザ者（もん）みたいにネチネチしつこく責めてきましたよ。過剰防衛だとか、襲撃を知ってたんだろうとかイチャモンつけてきやがって。瑛子さんとつるんで、ヤクザに報復する気だろうとか、何度も問い詰められましたよ」

「ごめんなさい。今後はあいつに会ったらすぐに弁護士を呼んで。力のあるヤメ検の先生をつけるから」

「まあ、慣れてるんで大したことないっすよ。プロレスやってたころ、意地の悪い先輩に五時間説教されたことありましたから。腕立て伏せ用の一枚板でガンガンぶっ叩かれて。あれに比べたら全然っす。だけど、さすがにモノホンの鉄砲で撃たれまくったのはやばかったですねえ！　あんなにきついファイトはいつ以来っすかね」

「おかげで私の部屋は、キングコングに暴れ回られたようにグチャグチャになっちゃったけど」

「あ……す、すみません。やりすぎました」

「冗談よ。本当に助けられたし、ベストマッチと言ってもいい」

瑛子はひっそりと笑った。

里美は命を救ってくれた恩人だ。そこいらの格闘技の試合とは比べものにならない報酬を支払うつもりでいる。それでも彼女が求めているのはマネーではなく、スリルに満ちた戦いの場だ。プロレスにしろ格闘技にしろ、なんらかの戦場を用意してやらなければならない。

瑛子は声をひそめた。

「それで、また頼みがあるの」

「遺恨試合っすね」

「違う。英麗と西にメッセージを伝えてほしいの。印旛会会長の籠島に関する情報を集めてくれって。どんな些細なことでも構わない」

「あ、はい」

里美は照れたように小声で答えた。腕のケガを診てもらったばかりだというのに、早くも次戦の相手を求めている。瑛子は労うように言った。

「ねえ、里美。プロレスや総合格闘技じゃなくて、ボクシングのほうをやってみない？　拳闘のほうだったら女子にもヘビー級があるし、無理な減量もしないで済むから、自分の体格に合った階級でやれる」

「ボクシングっすか……やれますかね。頭突きも寝技もない競技なんかで」

「あんたなら拳ひとつでチャンピオンになれる。断言する。すぐに有名になって、メイウェザーやタイソンとエキシビションをやる姿が見えるくらいよ。ああいう生ける伝説たちをおねんねさせたら面白くない？」

「熱いっすねえ。パッキャオやデ・ラ・ホーヤとも殴り合ってみたいです」

「腕が治ったらジム行きましょう」

「はい！」

ひそひそとやり取りしなければならないが、里美は再び興奮したのか元気のいい返事をする。瑛子は咎(とが)める気になれない。

個室を出た。洗面台で手を洗いながら、鏡で自分の顔を見た。何日か寝ずとも疲労が顔に出ないのが瑛子の特長だ。

今は違う。複数の拳銃を向けられ、大量の銃弾をかわしながら日本刀を振った。有嶋や門倉なる元自衛官には罠に嵌めるどころか、逆にナイフを腹に突き立てられた。

倉を激しく憎みながらも、彼らに恐怖心を抱いた。自分の命や名誉を捨て去ってでも、瑛子を地獄に引きずりこんでやる――彼らの捨て身の狂気が瑛子を極度に疲労させた。鏡に映った瑛子の額は赤く腫れてきていて、目が疲れで落ちくぼんでいる。

怯えている暇はない。有嶋はここ数日中に行動を起こす。手下や殺人鬼まで使い、瑛子を排除しようとしたのが証拠だ。

有嶋は瑛子が警備を固めていたのを知っていたはずだ。葬り去ることはできなくとも、あれだけの騒ぎを起こせば、最低でも自分の動きは止められる。それを計算したうえで、襲撃を企んだとしか思えない。

中路は護衛として身辺警戒員をつけるといった。身辺警戒員は、プロテクション・オフィサーの頭文字を取って、〝PO〟と呼ばれている。

警備部警護課のセキュリティ・ポリスが、政府要人といったＶＩＰの警護を行うのに対し、身辺警戒員は暴力団によって嫌がらせや恐喝を受けている、もしくは命の危険にさらされている可能性のある一般市民などの身を守るのが任務だ。

警視庁の身辺警戒員は警備部や刑事部、生活安全部などから選抜された猛者たちで、必要に応じて身辺警戒員として招集される。護衛を担うだけあり、柔剣道や逮捕術のスペシャリストで構成されている。護衛としては頼りになるが、同時に瑛子の前に立ちはだかる壁ともなりそうだった。

現役の刑事を襲うというのは、千波組にとって自殺行為に等しい。警視庁はメンツにかけてでも潰しにかかる。

千波組が射殺犯をも取り込んでいたとなれば、大規模な壊滅作戦を展開させるだろう。有嶋はそれを承知で瑛子をマトにかけたのだ。そこまでして狙う相手がいるとすれば、関東ヤクザの首領である籠島以外に考えられなかった。

やつの好きにはさせない。たとえ邪魔が入ろうとも。心のなかで誓いながら女子トイレから出た。中路の部下とともに、何喰わぬ顔をして取調室に戻る。

室内は再び蒸し暑くなっていた。狭い室内には、中路以外にふたりの男がいた。

岩のような身体つきの丸刈りの大男と、やはり業務用冷蔵庫のような分厚い身体をした中年男だ。薄い顔立ちの中路とは対照的で、どちらもごつく強烈な存在感を放っている。

瑛子は目を見開く。どちらも見知った顔だ。

丸刈りの大男は警視庁内の有名人だ。警備部第一機動隊に所属している沖永三四郎で、柔道家で警察官の父親に、幼少のころから柔道を叩きこまれた鉄人だ。

膝のケガに何度も泣かされて五輪出場の夢こそ叶わなかったものの、世界選手権の無差別級で二度の優勝を飾り、全日本選手権には十三度連続で出場している。総合格闘技のプロモーターから大金を積まれ、プロ格闘家に転身してほしいと懇願されたという噂もある実力者だ。立っているだけで独特の威圧感を放っている。

もうひとりは瑛子の師匠にあたる男だ。川上修平(かわかみしゅうへい)——かつて捜査一課にいた刑事だ。

「川上先輩、お久しぶりです。まさか、あなたが？」

「とうが立ったボディガードで済まねえな」

川上が微笑みかけてきた。ただし、大きな目は笑っていない。

彼は瑛子の大学時代の先輩であり、同じ剣道部に所属していた。今も鍛錬を欠かしていないようで、竹刀や木刀を握り続けてきた人間特有のゴワゴワとした掌をしていた。剣道を熱心に指導してくれただけでなく、瑛子に警察官になるよう勧めてくれた恩人でもある。警察官になってからも、どれほど世話になったかわからない。警察官として成長する瑛子を優しく見守る兄のような存在だった。

その川上との関係にヒビが入ったのは、夫の雅也が奥多摩(おくたま)で謎の死を遂げたのがきっかけだ。彼の死を調べたのが川上であり、彼は奥多摩の鉄橋から落下した雅也を自殺と判断した。

瑛子は自殺説を完全否定した。彼が自ら命を絶つ理由などなかったからだ。瑛子のお腹のなかにいる子供の誕生を楽しみにしていた。夫の死の真相を突き止めるため、独自の捜査を始め、金融業を始めて情報を集め、時には容赦なく暴力を行使した。

川上は瑛子の暴走ぶりを知って嘆き、時には敵視さえした。瑛子も自殺と片づけた川上を激しく恨んだものだ。

数年にわたる瑛子の執念が実り、雅也が自殺などではなく、暴力団と警察組織の陰謀に巻き込まれ、謀殺されたという事実が明らかになると、川上は己の誤りを深く恥じた。瑛子に陳謝し、捜査一課員でいる資格はないと異動願を出した。川上本人は一兵卒の交番勤務を望んだものの、その願いは叶わず、今は池袋署の刑事課に勤務している。

瑛子も謝罪を受け入れた。彼自身は優秀な捜査官であり、雅也を死に追いやった連中は、殺人捜査のプロの目を欺けるほど狡猾で、巨大な権力も持ち合わせていたからだ。

それでも、わだかまりがきれいに消えたとは言いがたい。瑛子の訴えに、当時の川上たちが耳を傾けていたらと思う。自分の警察人生は違ったものになっていたはずだ。お腹の子も生きていたかもしれない。川上が池袋署に異動してから一年半が経つが、一度も会っていなかった。

一体、どういうつもりで――。

瑛子は言葉を呑みこんだ。激務で知られる池袋署の仕事から外れて、瑛子の護衛にわざわざつくというのだ。

瑛子の驚きを見透かしたかのように、中路は意味ありげに口角を上げた。

「柔道界のリビング・レジェンドと、あんたを警察に引き入れてくれた剣の達人。豪華な護衛だろう」

「ええ、本当に」

ふたりは護衛というより、瑛子の監視者と見るべきだ。川上は捜査一課から外れてからも、瑛子の暴走ぶりが気に入らないのだろう。

「よろしくお願いします」

ふたりと握手をかわした。どちらもグローブのような頑丈で大きな掌をしていた。瑛子はことさら優しく手を握った。

15

「富永署長には一生頭が上がりません。感謝のしようがない」

管理官の沢木が人なつっこい笑顔を向けてきた。富永の両手を握りしめては頭を深々と下げる。

「よしてください。ただの当てずっぽうに過ぎません」

富永は謙遜してみせた。

「捜査は結果がすべてです。門倉の身辺を洗っていますが、決定的な証拠がいくつも見つかりました」

沢木はひどく高揚している様子だ。想像以上にボロボロでもある。

実際に彼の姿を拝むのは久々だ。電話での声がひどく掠れていたため、体調がよくないと思っていた。

目の前の沢木はげっそりと痩せ細り、真夏にもかかわらず肌は青白い。清潔なワイシャツに袖を通し、ネクタイをきっちりと締めてはいる。伸びっぱなしの髪を整髪料で無理やり後ろになでつけていた。白髪が一段と増えて頭が灰色と化している。

注目を浴びている殺人事件だ。上層部からの圧力は相当なものだったはずだ。富永の助言が救いになったのは事実だろう。礼を言いに上野署を訪れていた。

富永は応接セットのソファを勧めた。

「群馬県藤岡市の住処(ヤサ)から、いろいろと見つかったと聞いています」

「興信所の調査書と領収書、それに八年前の神奈川県リンチ殺人事件にまつわる書籍や新聞記事、それに〝教官〟に関するスクラップブックが山ほど出てきました。門倉は事件前に銀行口座から三百万円を引き出しています」

沢木は詳しく話してくれた。

門倉は三ヶ月前、興信所に依頼していた。後に品川で射殺される鳥居と、尻を撃たれた警視庁の元刑事の大橋の調査を。

大橋は少女と鶯谷のラブホテルへしけこもうとしたところを銃撃された。沢木率いる特捜本部は、大橋に児童買春をしていたことを認めさせ、何者かに臀部を撃たれたと自供させた。大橋は児童買春がバレるのを怖れて通報せず、同じく警察に知られるのを嫌がった千波組系の売春組織に助けられ、闇医者から治療を受けた事実を打ち明けた。

鳥居と大橋は同一犯に狙われた可能性が高い。それを裏づける証拠も門倉の家から発見された。門倉と被害者たちを結ぶ有力な証（あかし）をようやく手に入れたのだ。

署員が日本茶と饅頭を出してくれた。沢木はひと息で茶を飲み干す。

「引き出した三百万円は拳銃と弾薬の購入費として使われたのでしょう。〝教官〟を改めて呼び出し、門倉の写真や動画を見せたところ、自分を撃った犯人だと証言してます。門倉の自宅から押収したパソコンを調べ、衣服の硝煙反応やＤＮＡ鑑定などが進めば、拳銃の入手ルートから犯行の手口まで明らかになるでしょう。逮捕状（フダ）を取って指名手配します」

「最大の問題は、門倉の身柄の確保ということになりますね」

富永が口にすると、沢木は表情を引き締めた。

「ええ。とても安心はできませんし、極めてややこしい状況にあると言っていいでしょう。

考えたくありませんが、あの男に〝西〟にでも逃げられたら元も子もありません」

〝西〟とは西方浄土を指す。門倉は汚れた経歴を持つ警察官の身元を調べ、暴力団とも接触して拳銃を入手し、トリガーを引き続けた。

犯人の特定にいたったとはいえ、依然として油断はできない。

ストーカーと化した警察官に娘を殺され、ずっと報復の計画を練り続けたのだろう。ある種の覚悟を感じる。おとなしく縛につくタイプではない。警察が決定的な証拠を山ほどかき集めても、犯人にあの世へ逃げられたら敗北と同じなのだ。

門倉を生きたまま確保するのは簡単ではないだろう。今は千波組系の組織と行動をともにしているらしい。八神を襲った事実から判明している。

名門と謳われた千波組も、もはや崩壊寸前にある。頭目の有嶋はここしばらく、行方をくらませているらしい。

組織の統制が不能だからこそ、門倉のような射殺魔と組む荒くれ者が現れたのかもしれない。有嶋自身が覚せい剤の売買を奨励し、厳しく子分から収益を上納させるなど、すっかり人が変わってしまったという情報もあった。

結果的に門倉はまんまと拳銃を入手した。八神を襲撃したさいは本物の減音器を用いていた。拳銃以上に入手しにくい代物だ。ルートを持つヤクザの協力がなければ、一般人が手に入れるのは不可能に近い。

門倉がなぜ八神を狙ったのかは不明だ。手を組んだヤクザたちにうまく焚きつけられたのか。強制的にヒットマンとして加わるよう脅されたのか。

はっきりしているのは八神殺害に失敗し、彼女に顔を見られている点だ。首謀者が誰であれ、門倉を生かしておく理由はない。

富永は沢木に微笑んでみせた。

「ここを訪れたのは、私に礼を言うためだけじゃないでしょう？」

「ええ、じつは……」

沢木は照れたように頭を掻いた。両膝に手を置いて、その頭を深々と下げる。

「そちらの手をお借りしたい。品川の件と鶯谷での発砲、それに今回の八神警部補への襲撃、これらにはすべて門倉が関与しているとして、下谷署と深川署から多くの応援が入る予定です。とはいえ、千波組をもっともよく知るのは上野署です」

「わかりました。えり抜きの精鋭を派遣します」

富永は二つ返事で了承した。

三日前、八神が何者かに襲撃されたと知り、彼女のシンパが多い組対課員たちは息巻いている。生活安全課と手を組んで、千波組系のシノギを徹底して潰して回っている。以前から把握していた仲町通りのぼったくりキャバクラやパブを摘発し、千波組の息がかかった従業員や客引きを締め上げ、門倉や襲撃者が潜伏していそうな場所の情報を得ようと必死になっている。

沢木は首をすくめた。

「とはいえ、すでにそちらの八神係長をお借りしているようなものですが」

八神は襲撃された翌日から、深川署に呼び出され、おもに千波組の内情について事情を聴かれていた。監察官の中路からもしつこく聴取を受けたらしい。

八神は現在、台東（たいとう）区内のビジネスホテルに泊まっている。警察車両で品川の特捜本部へと通い、上野署でデスクワークに従事しながら部下に指示を出していた。

彼女には身辺警戒員がつけられた。現役警察官の自宅が、銃器を所持した武装集団に襲われたのだ。容疑者のひとりが門倉で、残りのメンバーは暴力団関係者と思われる。本庁組対部や品川の特捜本部、それに八神の所属長である富永が協議したうえで、そうすると決めた。

彼女自身はごつい身辺警戒員をふたり従え、ほぼ監視状態に置かれていた。彼らは彼女の隣の部屋に泊まっている。門倉を含めた犯人たちが、拳銃を持ったままシャバをのさばっている以上、彼女を現場に出すわけにはいかない。

「八神も正式にお貸ししましょうか？　現場に出られないとはいえ、千波組をもっともよく知るのは彼女だ」

　沢木は手を振った。

「今回は遠慮します」

「そう仰ると思っていました」

　沢木はため息をついた。

「力を借りたいのは山々ですし、捜査一課に招きたいと望んだ時期もあります。彼女にひとつの班を預ければ、殺しの捜査でも大いに力を発揮するだろうと」

「でも、今は望んでいない」

「富永署長と違って、私は彼女を部下にできるほどの器ではありません。彼女を従わせられるだけの胆力もない。一ヶ月で胃を壊すでしょう」

「私だって従わせるどころか、毎度振り回されてばかりだ」

　富永は間を取ってから沢木に尋ねた。

「どう思いましたか？」

　沢木は低くうなって天井を見上げた。富永が尋ねたのは、やはり八神についてだ。

　沢木自身も彼女に事情聴取を行っている。彼女の供述は一貫しており、深川署員や富永に話したのと同じ内容だったらしい。自宅を襲われたさい、判別できたのは門倉のみで、残りのメンバーはわからないと話している。

　沢木はしばらく天井を睨んだ後に口を開いた。

「……私見に過ぎませんが、他の襲撃者の正体を見抜いているように思いました」

「やはり管理官もそうですか」

「クールな態度こそ変わりませんが、底知れぬ激情を秘めている。彼女は旦那さんの一件もあって、捜査一課（ソウイチ）には強い不信感を抱いています。己でケジメをつけてやるという意志を感じました」

　富永は首を横に振った。

「困ったものだ。不信感があろうがあるまいが、八神も警視庁の一員である以上、情報を分かち合わなければなりません。己でケジメをつけるなどと、それこそ暴力団（マルB）の考えだ」

　富永は日本茶を啜った。急に苦みが増した気がする。

　八神はクリーンな警察官ではない。それでも刑事魂まで失ってはいないと思っている。当初は彼女の排除を目論んだものの、今は動向に注意を払っているだけだ。

　未だに危険な存在であるのは変わりない。貴重な情報提供者だった甲斐を殺された報復として、富永の与り（あずか）知らぬところで暴力団員たちを血祭りに上げているかもしれなかった。千波組に対する憤怒のあまり、一線を越えて私刑に走ったとすれば、彼女に厳罰を下し、富永も辞表を書くつもりでいる。

「管理官は片浦隆介という男はご存じですか？」

「いえ……誰です？」

「ここ数日、千波組組員や共生者を締め上げたところ、ちょくちょくこの男の名前が出ました。千波組系数佐組に属していた幹部組員です。特殊詐欺で逮捕され、岐阜刑務所で五年過ごして、最近シャバに出ています。数佐組を破門になった身ですが、上野周辺をうろついていたとの情報を得ました。そればかりか、駒形にある有嶋の自宅に出入りし、かつて有嶋の娘が住んでいた湯島のマンションを根城にしていたとも」

「向谷香澄が住んでいた部屋に？」

沢木の目が鋭くなった。

向谷香澄は有嶋の愛娘で、二年前に殺人事件の被害者になった。この事件を扱ったのが沢木だ。八神の捜査のおかげで、千波組の当時の若頭補佐だった戸塚が、己の野心のために捜査を攪乱させていた事実が判明した。

捜査本部が翻弄されるなか、八神は戸塚の狡猾な罠を見抜き、真犯人を割り出した。八神の実力が捜査一課や、当時の刑事部長だった能代に知れ渡るきっかけとなった。

マル暴でもない沢木も、有嶋がいかに娘を可愛がっていたのかを覚えているようだ。

「この片浦なる男がまた興味深い。カタギはもちろん、千波組関係者の間でも評判がすこぶる悪かった。極道の掟を満足に守れない厄ネタだったようで、仲間の経営する店に因縁をつける、賭場で口張りをする、借金を踏み倒すといったことを平気でやっていた荒くれ者です。今回の八神襲撃事件でも、『片浦なら警察官（サツカン）殺しぐらいやりかねない』と、千波組関係者が口々に証言するほどで」

沢木は前のめりになった。

「それは……興味深い話です。そんな鼻つまみ者に愛娘の部屋を提供していたとは」

「我々の耳に入るくらいです。八神はとうにこの男を把握しているでしょう」

「参ったな。聴取のさい、そんな男のことはおくびにも出さなかった」

「裏を返せば、片浦こそがキーパーソンだということです。八神が秘密にしたがるほどの」

富永はソファから立ち上がった。署長室の出入口へ歩むと、沢木を手招きする。

沢木が訝しむように眉をひそめた。

「どちらへ」

「そのキーパーソンをよく知る人物がいます」

富永は沢木を連れ、二階の取調室へと向かった。

どの取調室も使用中で満室だった。ドアが半開きになっており、ここ数日の摘発で逮捕された千波組系組員や企業舎弟の社員が取り調べを受けている。

取調室の一室に入った。取調官は組対課のベテラン刑事の宇野で、相手は覚せい剤の密売で逮捕された斐心組の清谷だ。

八神に特殊警棒で打ちのめされ、しばらくは反抗的な態度を取ったが、今は警察側にだいぶ協力的になっていた。斐心組に覚せい剤を供給していた九州の運送会社の名前まで吐いた。現在の千波組に見切りをつけたようだ。すっかり吐いて気が楽になったのか、半袖のTシャツ姿で宇野と雑談に興じている。夜の世界に目がない宇野と、湯島界隈の歓楽街について話をしていた。

富永と沢木が室内に入ると、清谷が一転して顔を曇らせた。ふたりを警戒するように見上げる。

富永はパイプ椅子をふたつ用意し、沢木とともに腰をかける。

「上野署署長の富永昌弘だ。こちらは警視庁（ホンチョウ）捜査一課の沢木管理官」

沢木は警察手帳を開いてみせた。

清谷はパイプ椅子に背中を預け、ふてぶてしい態度を取りだした。

「大規模警察署の警視正殿と殺しの刑事（デカ）が、チンケな売人相手に何事だよ」

「教えてもらいたいことがある」

富永はまっすぐに清谷を見つめた。

「もうあらかた話したぜ。覚せい剤（シャブ）のことは」

宇野が親しげに清谷に話しかけた。

「数佐組にいた例の破門ヤクザのことだよ」

「片浦さんか。あの人がまたなんかやらかしたのか？　あんたがたみたいなお偉いさんが出てくるなんて、よっぽどのことなんだろうよ」

富永は即答した。

「よっぽどのことだ。拳銃を持ってうちの八神警部補の自宅を襲撃した疑いがある。もはや千波組は国に喧嘩を売るテロリストに成り果てたというわけだ」

「なんだと……八神が？」

清谷は呆気にとられたように口を開いた。

しばらく上野署に逮捕勾留され、彼の耳には情報が届いていない。襲撃者のほぼ全員が9ミリ拳銃にオーストリア製の減音器までつけ、豊洲の自宅を襲撃したと教えた。清谷は愕然とした顔つきに変わる。

「警察官（サツカン）の住処（ヤサ）まで襲って殺しに行くなんて、千波組（うち）はなにを考えてんだ」

沢木が口を開いた。

「襲撃犯全員を特定できてはいないが、ひとりはすでにわかっている」

「誰だよ」

「ヤクザじゃない。品川で射殺事件を起こしている犯人だ。事件のことは知っているか？」

「なんだってそんな野郎が……」

清谷は理解できないとばかりに首を横に振った。

テーブルに目を落として沈黙する。やがて思い出したように口を開いた。

「鶯谷のうちの縄張り（シマ）でぶっ放したやつか。変態の元おまわりのケツを弾いたって。噂には聞いてた」

富永は相槌を打ってみせた。

「片浦はその射殺魔と組んで、有嶋の命を受けて暴れ回っている。頭のイカれた親分に、警察官を拳銃で撃って回る射殺魔、それに極道の掟も平気で無視する横紙破りのヤクザ。お似合いのトリオといったところか」

清谷が首を傾げた。

「片浦さんがなにかと有嶋親分に可愛がられてるって噂も聞いてた。だけど……おかしな話だぜ」

「どうしてだ」

沢木が不思議そうに訊いた。

宇野が立ち上がって、清谷の後ろに回った。彼の肩を親しげに揉んでやる。

「清谷よ。何度も手間かけてすまねえけど、もういっぺんだけ話してくれねえかな。お前さんが捜査にすこぶる協力的であったことは検察のほうにも伝えておくからよ」

富永も宇野に合わせて言った。

「私からもだ。君は覚せい剤を売り、ナイフで刑事の腹を刺そうとした。このまま行けば、刑務所暮らしは軽く十年を超えるだろうが、手心を加えると約束する」

清谷はため息をついた。

「……片浦さんは確かにやばいやつだったよ。やっちゃいけねえ掟を片っ端から破るし、身内相手に平気で因縁（アヤ）つけるから厄ネタ扱いされてもいた。だけど、誰彼構わずってわけじゃなかった。標的にしていたのは、戸塚や甲斐（オヤジ）みたいな若手幹部たちだ。なぜだか、わかるか？」

「カネが埋まってるからだろう」

沢木が答えると、清谷は手を振った。

「それだけじゃねえよ。数佐より偉くなりそうなやつが許せなかったんだ。揉め事起こして仲間内からカネを奪う反面、組にきちんと会費納めて、リフォーム業者に無理言っちゃ、数佐の家を改築させたりもした。おれらが甲斐って親分に惚れてたのと同じで、あの人は数佐って男をとことん慕ってた。半グレどもと特殊詐欺をやりだしたのも、ビジネスがうまい甲斐たちに対抗するためだ」

沢木が首をひねった。

「わからないな。数佐を慕っていたとはいえ、危ないヤクザには変わりないだろう。掟破りも平気でやっていた」

富永が沢木に言った。

「親分の数佐は四ヶ月前の事件で捕まりました。複数人を殺害していることから、シャバに出ることはないでしょう。千波組からも絶縁されている。守り立てるべき親分が消えた今、片浦が上野に戻ってくる理由はなくなったということです」

富永が片浦なる男を知ったのは昨日だ。

清谷が取り調べで片浦について語った供述書に目を通した。上野署組対課には片浦の身上調査書もあった。

数佐と片浦は少年時代からのつきあいだったらしい。

片浦は墨田区内の歓楽街で生まれ育った。父親が誰かは不明で、山陰出身の母親は地元のスナックで働いていた。片浦が五歳のときに母親はスナックの常連客と再婚している。

義父となった人物は塗装業の職人で、暴力団経営のゲーム賭博に嵌まり、家にカネを入れるどころか、多額の借金の返済に追われていた。しわ寄せは子供の片浦に及び、毎日の食事をスナック菓子やスーパーの売れ残りの商品で済ませていたという。

空腹で生気のない片浦を心配し、腹いっぱいメシを食わせていたのが、隣に住んでいた数佐だ。まだ彼が一介のチンピラに過ぎないころだ。片浦を不憫に思い、近所のラーメン店や居酒屋に連れていったらしい。

その後、片浦は義父を包丁で刺して児童自立支援施設に送られ、一時は山陰の祖父母のもとに預けられた。恐喝や暴力沙汰を繰り返し、高校を中退して東京に舞い戻ると、一家を起ち上げたばかりの数佐のもとに転がりこんだ。

数佐は一本気な性格と、組織の強固な戦闘力を評価され、最終的には名門の千波組の若頭となった。〝東京一の子分〟と呼ばれるほど、献身的に親分の有嶋を支え続け、己のビジネスよりも千波組の運営に徹した。

子分の片浦には、それが歯がゆかったようだ。戸塚や甲斐といった同門の組織と揉め事をしょっちゅう起こし、数佐から幾度となく木刀や鉄拳で制裁を受けてきた。やり口はともかく数佐を金銭面でも支援し、千波組のトップに就かせ、上部団体の印旛会の執行部に入らせるのが、片浦の夢だったらしい。極道流に言うなら、数佐を男にしたかったのだ。

宇野が息を吐いた。

「片浦をよく知っているつもりでした。欲しいものがあればブン取る。いい女がいりゃ押し倒す。借りたカネは踏み倒すと、絵に描いたような極道としか思ってませんでしたがね」

「戻るべき組織がなくなり、敬愛していたボスも塀の中にいる。にもかかわらず、有嶋のもとで行動しているのは、なにかワケアリなのかもしれませんね」

沢木が考え込むようになる。富永は言った。

「訊いてみるしかないでしょうな」

「知ってることは話したぜ」

清谷が口を歪ませた。富永は掌を清谷に向ける。

「君じゃないさ」

「誰だよ」

「むろん、片浦をよく知る人物だ」

富永は小菅（こすげ）の方角を指さした。

16

瑛子は赤い油性ペンを手にした。

テーブルに広げた地図に目を落とし、とあるエリアを丸で次々に囲うと、住所を書き込んだ。

「元浅草のこことここ。比内興業の組員の住処を見張って」

「はい！」

伊良波と角村が野太い声で答えた。どちらも今春に組対課へ配属された若手だ。

瑛子がいるのは上野署の会議室だ。品川の特捜本部にベテランの宇野を含めて数名の組対課員を持っていかれたものの、ほかの全員が顔を揃えていた。

伊良波は柔道をやっていた巨漢で、頭髪を五厘刈りにしたうえに眉毛がほとんどない。〝鬼の四機〟こと第四機動隊で鍛えられ、繁華街にある愛宕署の新橋三丁目交番で揉まれてきた。

角村は警察官にしては小柄なほうだが、アイロンパーマをかけた髪形に太いラインを入れていた。細い口ヒゲと筋肉質な身体つきと相まって、格闘技を齧った半グレに見える。上野の歓楽街をうろつく客引きやスカウトでさえ、声をかけずに見て見ぬフリをする物騒な姿をしていた。

ただし、どちらもグレた経験はなく、中流の家庭で育った大学出の真面目な警察官だ。先輩の井沢が風貌を変えさせた。

最初こそふたりはその髪形とファッションを嫌うも、井沢の熱心な教育により、最近はプライベートでもドクロ柄のTシャツや、竜の刺繍が入った甚平を愛用するようになった。

瑛子は井沢に命じた。

「情報提供者（エス）から千波組に関する情報を集めつつ、ふたりを引き続きサポートして」

「押忍（オッス）。任せといてください」

井沢は胸を叩いた。組対課長の石丸が地図を睨む。

「比内興業ねえ……あんまりピンとこねえな。冴えねえチンケな組だろう」

瑛子は答えた。

「有力な情報提供者（エス）からタレコミがあったんです。比内興業の組員たちが行方をくらませていると。組長の比内幸司は塀の中に入っていて、今は妻の比内香麻里が組織を事実上仕切っています。冴えないチンケな組なのは確かですが」

「斐心組の枝だろう？　荷物まとめて夜逃げしちまったんじゃねえのか？」

「比内香麻里は娘を夫の実家に預けましたが、自宅や事務所の家財道具も手をつけた様子は見られません。比内幸司は重度のガンマニアで、羽振りのいい時代に多数の実銃をコレクションしていたという噂がありました。シノギが苦しくなった香麻里は実銃を売り捌いていたようです」

「マジかよ。射殺魔が品川や鶯谷でぶっ放したシグザウエルってのも……」

「比内興業から入手した線が濃いようです」

瑛子は淡々と答えた。

〝線が濃い〟どころの話ではなかった。瑛子の自宅を襲撃したのは、まさに香麻里とその組員だ。彼女たちはツラこそ隠してはいたものの、日頃からマークしている人物の声や姿は判別できる。

香麻里たちは、数佐や甲斐のような筋金入りの極道ではない。千波組という泥船から抜けだそうとしていた半端者の集まりだ。

瑛子に襲いかかったときは別人のようだった。香麻里たちは門倉と同じく、根性の入った攻撃を仕掛けてきた。バックには有嶋がついている。巧みに焚きつけられ、心理的に追いつめられていたのかもしれない。チンピラの少年まで必死に暴れ回っていた。

有嶋にまんまと先手を打たれた。門倉のような射殺魔を自陣に引き入れ、末端の兵士どもの闘志にも火をつけた。瑛子は死なずに済んだとはいえ、有嶋の罠に嵌まったままでいる。

瑛子は課員らに頭を下げた。

「最前線に出られなくてごめんなさい。みんなに任せっぱなしで」

「なに言ってやがんだ。拳銃(チャカ)なんかで家を襲われたら、おれなんかとっくに異動願出してバックレてるよ」

石丸がフォローしてくれた。井沢が握り拳を作った。

「そうすよ。係長を襲ったクソどもが。逮捕(パク)ったら道場に連れてって、最低でも十回は絞め落とします。上野署ナメたらどうなるかを身体でわからせますから」

「物騒な言動は控えて」

瑛子は唇に人差し指を当て、会議室のドアに目をやった。外の廊下には、瑛子の身辺警戒員である沖永と川上が立っている。

「監察係の回し者(もん)でしょうが。クソタレどもが。おれらの邪魔することしか考えてねえ」

井沢が声をひそめつつ、憎々しげにドアのほうを睨んだ。

四ヶ月前、瑛子たちは監察官に目をつけられた。井沢は婚約者の過去の秘密をネタに脅され、瑛子を裏切って監察係のスパイになるよう命じられていた。監察官の中路が手を回して派遣した身辺警戒員のふたりを毛嫌いしている。

「係長の護衛がしっかり務まるかどうか、後であいつらと遊ばせてもらってもいいっすか」

井沢が指のフシを鳴らす。瑛子は首を横に振った。

「ダメ。相手は〝鉄人〟沖永よ。あんたのほうが最低でも十回くらい絞め落とされるのがオチね。そんなのは柔道バカのあんたが一番わかってるでしょう」

井沢は不服そうに口を尖らせた。

「だったら、川上っておっさんのほうはどうすか。あの野郎、ずっと係長に説教垂れてたやつでしょう。長いこと殺しの捜査やってきたってのに、係長の旦那さんの死因を見抜けなかった連中のひとりじゃないすか。よくノコノコとやって来られたもんだ。恥知らずが」

「恥を知らないかどうかはともかく、川上警部補も実力者よ。若いあなたが勝つでしょうけど、無事では済まないでしょうね。手足の骨を何本か折られて仕事に支障が出る」

「上等っすよ」

石丸が井沢の頭を張った。

「『上等』じゃねえんだよ、このバカ。ここはヤンキー高校じゃねえんだぞ。瑛子ちゃんも単細胞どものケツを掻かんでくれ。ただでさえ、人事一課なんかに睨まれて胃が痛えってのに。お前ら、有り余ったエネルギーは捜査に使え。妙な揉め事起こしやがったら、このおれが何十回でも絞め落として、極楽見せてやる」

石丸に雷を落とされ、捜査員たちが首をすくめた。室内に充満していた怒気が急激に萎む。

組対課員のほうから川上らに喧嘩を売ることはないが、彼らとは近いうちに揉めるだろう。

暴走捜査官と目されている自分に、監視者がついて回るのはいつものことだ。

例えば署長の富永もそうだった。公安時代の部下や警察ＯＢの探偵を使い、瑛子の行動を逐一見張っていた。四ヶ月前は人事一課の監察官に忍び寄られている。そんな刑事の自宅に、謎の武装集団が襲いかかったとなれば、新たな監視者が現れるのは当然だ。

とはいえ、瑛子も井沢と考えは同じだ。沖永はともかく、川上が現れるとは思っていなかった。

彼は大学剣道部時代の先輩だ。昔から世話焼きな性格で、瑛子の資質を見抜いて、警視庁に入るよう勧めてくれた。警察官としても、剣道家としても尊敬していた。

彼が花の捜査一課に栄転となったときは、大学剣道部時代の友人たちが集まった。川上の妻も出席して、後楽園の中華料理店で祝いの宴会を催し、そのまま朝まで飲み明かした。師弟愛のような絆で結ばれていただけに、雅也の死を自殺と判断した川上に裏切られたような思いを抱いた。

かりに川上が瑛子の主張に同調したとしても、結果は変わらなかっただろう。川上は捜査一課の一捜査員に過ぎず、自殺か他殺かを見極める検視官の立場にあったわけではない。雅也の死の捜査には青梅署や機動捜査隊、行政解剖に関わった医師など、多くの人数であたった結果、自殺との判断が下されたのだ。

憎むべきは雅也の死を巧みに偽装した狡猾な外道どもだ。頭ではわかっていても、自殺説で幕引きを図る川上たちに失望させられた。雅也の危機に気づけなかった自分、命を守れなかった警察組織、罪を逃れてほくそ笑む悪党たちすべてを恨んだ。

雅也の死の真相が後になって明らかになり、瑛子は川上の詫びを受け入れている。池袋署刑事課に異動してからの一年半、彼がどのような日々を送っていたかはわからない。二度と会うこともないとさえ思っていたが、よりによってこんなときに現れるとは。

有嶋は近いうちに必ず動く。己の命や名誉をも平然と捨て去るような狂気に満ちた計画を進め、警察や極道たちの目を欺きながら仕上げに取りかかっている。瑛子の自宅を比内興業の組員たちに襲わせたのも、自分が計画を遂行するうえで一番の障壁になると考えたからだろう。

からくも襲撃者を追い払って危機を脱したが、監視者をつけられて動きを封じられた。有嶋が最後の仕上げに入ったとき、川上らが邪魔するようであれば、容赦なく叩きのめすつもりだ。

石丸が瑛子に尋ねた。

「有嶋の狙いは籠島の首だそうだな」

「おそらく」

「瑛子ちゃんの見立てだ。たぶん当たってるんだろうよ。だけど、おれはまだ受け入れられねえんだよな。関東の大侠客と言われたあいつが、今さらタブーを破ってトップの命を奪いに行くなんてよ」

彼も部下の井沢と同じく、相当なヤクザ映画マニアだ。着流し姿の鶴田浩二や高倉健などの東映の古い任俠映画を好む。

石丸は納得いかなそうに頭を掻いた。

「おれはマル暴畑が長いからよ。暴力団に妙な幻想は抱かねえ。現実には健サンみたいな任俠精神なんぞ欠片もありゃしねえし、佐分利信みたいなシブい首領もいやしねえ。どいつもこいつも畜生以下のクズばかりさ。情婦を風呂に沈めるだけじゃ済まずに、情婦の連れ子の幼い娘にも手を出して、ついでにハメ撮りまでやって児童ポルノで大儲けを企む外道の集まりだ。しかし、ごくたまに悪党なりの分別ってもんをわきまえている珍種が存在していたのも事実だ。そのひとりが有嶋だったのさ」

「もはや昔と異なる人物と見なすべきでしょう。あの老人は寺地や殿納屋といった身内殺しをすでに実行していますし、私がやつの手下どもに自宅を襲われたのがいい例です」

「そりゃそうだ。やっぱ本物の極道なんてのは、麒麟やペガサスと同じで、空想上の生き物だと思うことにするよ。警視庁組対四課からの話によれば、先日の瑛子ちゃん家の襲撃事件を知って、印旛会もだいぶ色めき立ってるらしい」

石丸が組対四課が集めた情報を教えてくれた。

銀座にある印旛会本部、赤坂の山王一家の事務所、それに籠島の自宅がある新富町のマンションには、ボディガード要員の組員たちがぞろぞろ集まり、物々しい雰囲気に包まれているという。

「有嶋がボス殺しを企みそうなのは、来月頭の籠島の誕生日って話だったな」

石丸に訊かれ、瑛子は情報源も明かした。

「山王一家の古株の田口という幹部から聞き出しました。ひとり組長の田口は困窮のあまり、有嶋の手下となった片浦に組の内情を売っていたんです。それだけに信憑性が高いものと思われます」

「会長の誕生日となりゃ、むかつく腰巾着たちもぞろぞろ駆けつけるだろうし、有嶋にとっては皆殺しにできる場でもあるってわけだ」

瑛子はうなずいてみせた。ヤクザは派手に見栄を張るのも仕事だ。

籠島の誕生会はもはや恒例行事だ。印旛会の幹部だったころから行っており、世間の目がヤクザに対してまだ緩かったころは、お笑い芸人や演歌歌手を法外なギャラで呼び寄せ、羽振りのよさをアピールしてみせた。赤坂の高級クラブを貸し切って、他団体の外兄弟も集めて派手に行われた。

関東ヤクザの頭目となってからは、暴排条例や世間の風当たりの強さもあって、パーティの規模は小さくなった。それでも数億円のカネが動く一大イベントであり続けた。

この誕生会でどれだけ籠島を喜ばせるかで、座布団の位置が変わるとも言われている。印旛会の親分衆が膨らんだ祝儀袋や、高級外車のキー、スイス製の高級腕時計をプレゼントとして持参するという。籠島の権力誇示の場であり、大物政治家顔負けの集金パーティでもあった。

石丸が首をひねった。

「来月頭のパーティとなると、まだ十日以上はあるぞ。いくら有嶋が古狸といっても、警察(サツ)とヤクザの両方からお尋ね者扱いされりゃ、そう簡単に監視の網からは逃れられねえ。それにいくら有嶋の兵隊が武装しようが多勢に無勢だ。その日は警視庁(カイシャ)もパーティ会場をずっと監視してる。特殊急襲部隊(SAT)あたりに蜂の巣にされるのがオチだ」

「ですね……」

有嶋は襲撃によって、瑛子の動きを封じてはいる。

結果、己と千波組は警察や印旛会から危険視される。表と裏の組織の両方から見張られれば、有嶋といえども長くは隠れられない。もはや籠島を襲うなど論外だ。籠島が住む新富町の高級マンションは、瑛子の住処と違ってセキュリティレベルは格段に高い。護衛も多数ついており、築地(つきじ)署員もマンションを監視している。

石丸が手を叩いて会議を締めくくった。

「所轄の兵隊があれこれ考えてもしょうがねえ。とにかくだ。千波組のクソたれどもは、おれらの係長に拳銃(チャカ)を向けた。目についた千波組系の連中をもっと引っ張れ。上野署に喧嘩売ったらどうなるか、このさい徹底して思い知らせろ」

「はいっ」

捜査員たちが威勢よく返事をした。

身内である瑛子がヤクザに襲撃されたと知り、彼らは気合いを漲(みなぎ)らせている。それこそカチコミに行く暴力団員のごとく、肩を怒らせて会議室を勢いよく出て行く。会議室の前にいた川上らにガンを飛ばしながら。

瑛子も会議室を出た。腕時計に目をやり、午後三時近くになっていると気づく。

川上らに声をかけた。

「コンビニに行きます。昼食を摂っていなかったので」

「おれが買いに行ってきますよ。なんでも言ってください」

沖永が静かに答えた。

彼は百九十センチを超える大男で、じっと見下ろしてきた。口調こそ静かではあるものの、有無を言わさぬ響きがある。

三十代半ばに差しかかり、柔道の現役を退いたとはいえ、今も多くの後輩に胸を貸しているらしい。無言で相手から抵抗力を奪い取れるだけの格を備えていた。

「ありがたいけど、生ける伝説のあなたに使いっ走りなんかさせられない」

瑛子は困り顔で首を傾げてみせた。

「構いませんよ。たとえ近所でも外をうろつかれるほうが、正直言ってこちらは面倒なんで。なに買ってくればいいですか」

沖永はメモ帳とペンを取り出した。

彼は何度も膝のケガに泣かされても、グチひとつ言わずに黙々とリハビリを続けたという。鋼の精神の持ち主と称えられる一方で、かなりの〝オレ流〟タイプだとも耳にした。その噂は正しかったようだ。なかなか癇にさわる物言いをする。

瑛子は沖永の顔を見上げた。

「沖永さん、独身だと聞いたけど、彼女はいるの？」

「なんの話です？」

沖永は顔を曇らせた。

「忠告しておく。『なんでも言ってください』と言うけれど、女には男に頼みにくいブツがあるの。私は生理の真っ最中でナプキンを切らしてるんだけど、昼に多く出るタイプなのか、夜にドバッと出るタイプなのかを、会って間もないあなたに打ち明けたいとは思わない。わかってもらえる?」

「そいつは……。気づきませんでした」

沖永はわずかに口を曲げた。とくに悪びれる様子はない。

瑛子はコンビニのある方角を親指で指した。川上に尋ねる。

「というわけで、構いませんか」

「ああ。おれらは身辺警戒員(PO)として、黙って護衛に徹するだけです。現場に行くというのならともかく、行動をあれこれ指図できる立場ではない」

「そうですよね」

上野署の一階まで下りて、川上らとともに正面玄関を出た。

正面玄関の前には数台分の駐車スペースがあり、署長用の公用車に富永と捜査一課の沢木が乗りこむところだった。富永と視線が合う。

富永は黙ったまま後部座席に乗った。ふたりはなにやら急いでいる様子だ。警務課員に公用車のセダンを運転させ、浅草通りを東へと走り去っていく。

瑛子は上野署の裏手にあるコンビニに向かった。

富永も署長としての仕事をこなしながら、品川の射殺事件の捜査に深く関わっていた。元自衛官の門倉の正体を割り出したのも富永だという。

全国の警察組織を渡り歩くお客様のキャリアと思いきや、危険な現場にも自ら駆けつけようとする奇妙なエリートだ。沢木と行動をともにしているところを見ると、門倉絡みの事案なのだろう。

つまり、有嶋や千波組とも関係している可能性が高い。彼が素直に情報をくれるとは思えないが、話し合う必要はありそうだ。瑛子の知らない事実を摑んでいるかもしれない。

瑛子は大男ふたりに挟まれ、彼らが放つ凄まじい熱を肌で感じていた。アスファルトの照り返しもあって、体感温度はゆうに四十度を超えていそうだ。夏の暑さをさほど苦にしない体質とはいえ、息苦しさと不自由さを感じずにはいられない。

歩行者たちが夏の日光で不機嫌そうにうなだれていたが、図体のデカいコワモテを目にして背筋を伸ばす。あたりに不審な人物は見当たらない。

沖永が所属する第一機動隊には、『八神金融』としてカネを貸している顧客が何人かいた。利子を棒引きすると持ちかけ、沖永の弱点になりそうな噂を聞きだしていた。

沖永は柔道家として輝かしい経歴を持っているわりに、上司や同僚たちに無神経な発言をしてしまう悪癖があるという。おかげで警部補の昇任試験に何度も失敗していて、出世が遅れているのをひそかに気にしているという。今回は監察官の中路に恩を売り、人事を扱う警務部に貸しを作るため、瑛子の護衛を引き受けたようだ。パワハラや暴力沙汰といったわかりやすい弱点は見つけられなかった。むしろ、性格の悪い上司にもズケズケと物を言うため、部下や後輩からは慕われているという。

川上も同じだ。池袋署刑事課に異動してからも、勤勉さを失わずに現場を駆け回っている。新しく中華街が形成されているエリアでもあるため、中国語の習得にも力を入れていた。相変わらず愛妻家で、叩いても埃ひとつ出てはこなかった。

「川上さん、なぜ私の護衛なんかに？　休む暇もないほど忙しいでしょうに」

「クソがつくほど忙しいさ。それでも目をかけてきた後輩が危ない目に遭っていると聞いて黙っていられなくなった」

「そういう意味じゃありません。よくこの上野に足を踏み入れて、ツラを見せられたものだと言っているんです。昔はもっとシャイで、ツラの皮も今みたいに厚くなかった」

瑛子は直球を投げつけてみた。彼はあまり嘘が得意なほうではない。沖永が不安げに川上を見やる。

川上はうなずくだけだった。

「それは覚悟の上だ。なにを言われようと、おれにはお前を警視庁（カイシャ）に引っ張りこんだ責任がある。池袋（ブクロ）にいても、お前が相変わらず綱渡りばかりしてるって噂が入ってくるんでな」

「そんな先輩風吹かされても困ります。奥多摩の件では、私の言い分に耳を貸さなかったのに」

瑛子は足を止めて微笑みかけた。揺さぶりをかけるつもりで挑発する。自分のほうが怒りで冷静さを失いかけている。

お前たちさえ、やるべきことをやっていれば、綱渡りなどする必要などなかったのだ。雅也を死に追いやった連中はすみやかに捕まり、お腹の子だって失わず、その子の成長を見守る穏やかな人生を送れたかもしれない。

沖永が左の前腕をなでた。

「なんて殺気だ。腕の毛が逆立っちまった」

川上は手を振った。

「お前はとんでもない刑事(デカ)だよ。頭も回るし鼻も利く。天下の捜査一課(ソウイチ)さえ見抜けなかった闇をも暴いた。ケリもしっかりつけた。とはいえ、人生は短い。一体いつまで怒り狂ったままでいる気だ」

「そんなのは、あなたが口にすることじゃないし、権利すらありはしない」

「いいや。誰かが見守り続けなきゃならないのさ。それができるのは警視庁広しといえども、上野(ノガミ)の富永さんか、おれくらいのもんだ」

「最悪のジョークね。胸がムカムカする」

瑛子は拳を固めた。川上は夏の太陽を眩しそうに見上げる。

「そりゃよくねえな。早く店に入ろうぜ。なにもこんな炎天下でいがみ合うことはねえ。お前の盾になって斃れるのは本望だが、昼飯の買い出しごときで熱中症になるのは避けたい」

瑛子はひと睨みしてから歩きだした。川上らも続く。歩く速度を速めてコンビニに入る。

「ふう。涼しいな。署よりもきっちり効いてる。ずっとここにいたいくらいだ」

川上が表情を緩ませつつ、沖永とともに客や店員をすばやくチェックしている。

かつての川上なら、瑛子に嚙みつかれて黙ってはいなかったはずだ。それこそ炎天下のなかで睨み合い、すっかり頭が茹だるまで口論を続け、腹のうちをきれいにぶちまけていただろう。それが狙いだったのだが、うまくはぐらかされてしまった。柳の枝のようなしなやかさで。過去の川上にはなかったものだ。

瑛子は買い物カゴを摑み、生理用ナプキンを入れた。川上が瑛子の後ろにつき、沖永がコンビニの出入口で門番のように待機する。

沖永は店の外を見やりつつも、瑛子に温度のない目を向けてきた。襲撃者に注意を払いながら、瑛子に出し抜かれるのを警戒しているのだろう。

川上がハンカチで汗を拭いた。

「おれのツラで気分が悪くなるというのなら、上司に替えてもらうように言えばいい。今のお前にはそれだけの政治力もある」

「富永署長に一蹴されるのがオチね。わかってて言ってるんでしょう？」

「じつはそうだ。署長からはお墨付きをいただいてる。この任務の最適任者だとな」

「またヘタを打って、通勤に片道二時間はかかりそうな田舎の交番（ハコ）に飛ばされて、可愛い奥さんを泣かせなきゃいいんですけど」

「構わねえさ。おてんばの後輩と一度は組んでみたかった」

いくら挑発しても川上は笑うだけだ。

しばらく会わないうちに、腹のうちが読めなくなっている。彼の目から逃れるのは、そう簡単にはいきそうにない。

ペットボトルの緑茶とサンドウィッチ、梅干し入りのおにぎりを買った。店を出ると、再び暴力的な日差しにさらされる。

携帯端末が震えた。警視庁から貸与されているポリスモードではなく、私物で所有しているほうだ。川上らの視線を感じながら電話に出る。

「あら、久しぶり。女子会の誘い？」

〈女子会？　なんだそりゃ。ああ、そういや監視役がべったり張りついてるんだったな〉

相手は保険調査員の西だった。

身動きの取れない瑛子に代わり、手足となって動いていた。元悪徳警官なだけに、裏社会にもだいぶ精通している。瑛子は友人から電話がかかってきたかのように振る舞う。

「そう。ちょっと最近はバタバタしててね」

〈それなら手短に言う。有力な情報（ネタ）が入りそうだが、けっこうカネがかかる。足元見てふっかけてきやがった〉

「すごい。そこってかなり有名なレストランじゃない。グルメに疎い私でも知ってる。きっと高いんでしょう？　いくら？」

〈コンニャクふたつだ〉

「意外とリーズナブルね。それなら給料日前でも大丈夫。ＡＴＭに寄らなきゃいけないけど」

コンニャクは百万円を表す隠語で、二百万円はするという意味だ。ＡＴＭを通じて西の口座に振りこんでやると伝えている。

〈ろくに使い道も聞かずにリーズナブルときたか。内訳を言っておくが、仲介者に五十万。残り百五十万が情報（ネタ）を持ってるやつの分だ。それとおれの治療費が一万五千円〉

「へえ……風邪でも引いたの？」

瑛子たちは上野署に戻った。一階の交通課の窓口の前では一般市民が扇子（せんす）で顔を煽いだり、ハンドタオルで汗を拭っている。

〈仲介者ってのは上野七丁目でスナックやってる男でな。昔のこともあって、常連客たちにビール瓶だの棒きれだので派手に囲まれた。ひたすら土下座をし続けたのと、おれの頭をかち割ったおかげで、仲介者の気も多少は晴れたようだ。交渉のテーブルについてくれたよ〉

「へえ……あんなに嫌っていたあなたがね」

　傍らの川上と目が合った。構わずに雑談のフリを続ける。

　西はクローゼットのゲイだ。女好きを無理にアピールし、上野署の刑事だったころは、ゲイタウンとしての顔を持つ上野でバーの客や店主、男娼らを目の敵（かたき）にしていた。警視庁から追放されたのも、西に色目を遣った男娼に暴行を働いて病院送りにしたからだ。ゲイの男たちを長年いじめてきた西が、その界隈に姿を現したとなれば、袋叩きに遭うのは当然だ。

〈生き方を変えてみたのさ。今年になってカミングアウトしてみた。今は野郎のパートナーと一緒に暮らしてる。そいつが間に入ってくれたから、その程度のケガで済んだし、調査を続けることができる。包丁持ち出すやつもいて大変だった〉

「そんなことになってたとはね」

〈どうしてそんなスズメバチの巣に特攻したかといえばだな。籠島もそっちのほうがイケるクチだって話を耳にしたからだ。あいつは七年前に恐喝未遂で二年ほど宮城刑務所で過ごしているんだが、塀の中で会ったアンコと今にいたるまで熱愛中なんだそうだ。籠島に男の恋人もいるってことは組織のなかでも極秘扱いらしい。男の尻が好きな極道なんて少なくねえんだが、警察(サツ)と同じでLGBTに理解がある業界とは言いがたいからな〉

男しかいない刑務所では、同性愛が芽生えるのは珍しくない。アンコとは女役の男性を意味する。

籠島の身辺ならば、瑛子も過去に調査していた。広域暴力団を相手にする組対四課が作成した身上調査書を読み、自分でも情報網を駆使した。

彼には同年代の妻と韓国人の女性の愛人がいる。妻のほうは赤坂で高級クラブを経営し、愛人には韓国エステ店を持たせている。籠島の両刀は初耳だった。

ウラが取れておらず、それが事実であったとしても、有嶋が把握しているかは不明だ。だが、今はどんな情報でも集めておきたい。

「わかった。参加のほうで考えてみる。誘ってくれてありがとう。幹事役、ご苦労さま」

瑛子は弾んだ声で言った。

かりに偽情報だとしても惜しくはない。西にさらなる調査を進めるように伝え、携帯端末をしまいながら、二階へと階段を上がる。

「女子会だって？　ワーカホリックのお前が？」

川上が訊いてきた。

「そりゃ私だって息抜きぐらいはします。自宅を襲われるなんて目に遭えば」

「いつだ」

「数週間先の話です。身辺警戒員(PO)の仕事は対象者(マルタイ)の護衛であって、盗み聞きではないはず」

「そうだった」

川上がうなずいた。

17

富永たちは刑務官に案内された。

何重もの鉄扉を経て、いくつもの監視カメラに睨まれながら、取調室のあるエリアに連れていかれた。

訪れたのは葛飾区小菅の東京拘置所だ。事前に連絡し、勾留中の被告人に至急会いたいと伝えていた。検事用の取調室、いわゆる検事調べ室へと通された。

二十もの取調室が並び、廊下をスーツ姿の事務官や秋霜烈日(しゅうそうれつじつ)のバッジをつけた検察官が書類を抱えて行き来している。警察官とは異なる匂いのする捜査官ともすれ違う。このエリアは検察官以外に、自前の留置施設を持たない厚生局麻薬取締部も間借りして使用している。取り調べを受けているのは、検察が動くような政治家や財界の大物だ。警察官もまれにこの部屋を使用する場合もあるらしい。同行する沢木などは慣れたもので、顔見知りの検察庁の人間と挨拶をしていたが、富永が訪れるのは初めてだ。

通された部屋は取調室とはいえ、警察のとは異なり、検事の執務室のようだ。異なるタイプの机が三つ配置されていた。検察官が使用するのは両脇に引き出しがある大型の執務机だ。横に置かれた事務官用は、片側にだけ引き出しがある小さめの事務机で、被疑者用は単なるテーブルだった。

椅子もデスク同様に差がついており、検察官が座るのは革張りのハイバック式で肘掛けやキャスターのついた重役風だ。事務官用のは布張りの平凡なオフィスチェア。被疑者にいたっては会議室で使われるような簡素なスタッキングチェアだった。

検事が座る椅子の後ろの壁には複数のボタンがあった。拘置事務室に控えている刑務官を呼び出したり、被疑者が暴れたときに備えた緊急用らしい。

沢木に検察官用の椅子を勧められた。

「署長はそちらに」

「いや、私では――」

富永は遠慮しようとした。

これから相対するのは人殺しの手強いヤクザだ。警視庁きっての取調官と言われる沢木を差し置いて、自分が向き合ったとしても雑談すら応じてくれる気がしない。

いや、そんな弱気でどうする。富永は目をつむり、一呼吸置いてから答えた。

「わかりました。言い出しっぺは私だというのに、ここへ来て腰が引けそうになった。情けない話です」

「私がフォローしますよ」

富永はうなずいて革椅子に腰をかけた。沢木が事務官用の椅子に座る。

しばらく待機していると、ドアが開いた。グレーの無地のスウェットを着た初老の男が、三人の屈強な刑務官に囲まれて入ってきた。ゴム製のサンダルがペタペタと音を立てる。

ヒゲはきれいに剃られ、髪を丸刈りにしている。服装こそ勾留中の人間らしく貧相に映るが、数佐周作の肉体はシャバにいたころと変わらず岩石のようだ。異様に首が太く、両肩はゴツゴツと盛り上がっている。

数佐が逮捕されて四ヶ月。留置場と拘置所の生活では、ごく短い時間しか運動などできないはずだ。にもかかわらず、スウェットの生地が筋肉で膨らんでいる。取調室内の空気が張りつめる。

数佐は千波組の〝武〟を象徴し、有嶋の右腕として長年仕切ってきた。身上調査書には傷害や監禁、銃刀法違反、殺人や殺人教唆などの前科前歴がびっしりと記されている。若いころからイラン人の不良グループや関西系暴力団の侵攻を、文字通り身体を張って食い止めてきた。

抗争のさいには自宅マンションや車を売り、カネを捻出してみせるなど、ほぼ人生のすべてを有嶋と千波組に捧げてきた。極道の鑑として東京中のヤクザから高く評価されていた。

四ヶ月前、掟破りの行動に出た。武闘派として名を馳せている数佐ではあるが、商売の才能があるとは言えず、組織の財政は厳しい状態が続いていた。

カネに窮した数佐は、印旛会のなかでもひときわ商才に長けていた若頭補佐の甲斐を怖れた。才覚のある甲斐が若頭である自分を抜き去り、千波組の組長の座に就くのを危惧し、甲斐にヘタを打たせるために謀略を練った。凶悪な中国人マフィアと共謀し、強盗団に甲斐の組事務所を襲わせ、金庫に眠る多額の現金を奪わせたのだ。

計画は思わぬ方向に進んだ。強盗団が甲斐の激しい抵抗に遭い、彼を殺害してしまった。数佐と中国人マフィアも壮絶な仲間割れを起こし、数佐組は十三名、中国マフィアと強盗団は七名が命を落とした。数佐本人も強盗団の隠れ家だった足立区のヤードにダンプで突っ込み、強盗団の元ヤクザの首を日本刀で斬り落としている。

あろうことか有能な弟分の才能を妬み、不良外国人と汚い絵を描いて千波組の看板に泥を塗った。数佐は千波組から絶縁された。彼の弁護人は国選弁護人で、現役暴力団が起こした騒乱であるのを考慮すると、殺人教唆などの罪で死刑判決が下される可能性が高い。

ただし、数佐の計画には裏があったと警視庁も検察も睨んでいる。数佐と甲斐の関係は良好で、両者ともに千波組のトップに立とうという野心を抱いていなかったと、多くの者が証言している。数佐が強盗団を放ったのは事実だが、甲斐を上部団体の印旛会から守るために一芝居打ったのだと言われていた。

ヤクザ社会は厳冬の時代に突入し、印旛会も例外ではない。子分からカネを吸い上げる手段をあの手この手で講じている。

印旛会の籠島たちが、金の卵を産む甲斐を有嶋から取り上げ、印旛会の直参の座に据えようと画策していたという。己の直系の子分としたうえで、使い勝手のいい財布として取り込もうとしていたのだ。

東日本一帯を治める巨大組織の直参ともなれば、看板に恥じぬよう多額のカネを吐き出さなければならない。義理事にもカネがかかり、籠島の一声で臨時徴収にも応じる必要がある。

天下の印旛会の直参といえば、かつてならビジネスにもプラスに働いただろうが、昨今は当局に目をつけられるのみでメリットなど大してありはしない。

有嶋と数佐は、籠島の狙いを阻むために一計を案じ、そして取り返しのつかないミスを犯したのだ。

富永は数佐をスタッキングチェアに促した。数佐は無表情のまま腰かける。

正面から向き合うと、彼の威圧感に圧倒されそうになる。現場の刑事ほどではないが、富永も多くの犯罪者と対峙してきた。それでも目を合わせていると、心臓の鼓動が不自然に速まっていく。数佐の瞳には、殺人者特有の妖しい光があった。

富永は簡単に自己紹介をした。上野署署長であり、同行者は捜査一課の管理官だと。数佐は富永をじっと見つめ返してくるだけだった。

富永は再び己に言って聞かせた——弱気でどうする。常道ではダメだ。

思い切って切り出す。

「本題から入ろう。我々は有嶋章吾の隠れ家を残らず摑むために来た」

数佐の表情が変わった。虚を衝かれたように目を見張り、ようやく口を利いた。

「おれと取引したいのか？　だったら——」

富永は首を振って遮った。

「取引をする気はない。数佐さん、あなたもそれを望んではいない。あなたには死刑判決が下り、いずれ刑場の露と消える」

沢木の顔が強ばるのがわかった。ハラハラとした様子で富永と数佐を交互に見ているようだ。

富永にしても、交渉の芽を自分で摘んでしまうような言葉は使いたくはなかった。相手は死刑囚になるかもしれない重罪人で、極道社会からも〝弟分を殺した外道〟という汚名を着せられ、渡世上の親である有嶋からも縁を切られた。

本来ならば、己の名誉を少しでも取り戻すために、印旛会の金権体質を批判するなり、有嶋に命じられてやったと訴えて減刑を目指すものだ。仁義に生きるヤクザというのが、任俠映画のなかぐらいにしか存在しないのを富永も熟知している。

しかし、取調室に入ってきた数佐を見て、取引を持ちかけるのは得策ではないと勘が働いた。彼は絶縁処分も死刑も黙って受け入れる気なのだと。

数佐がゆっくりうなずいた。

「ああ。沈黙したまま三途の川を渡る。そっちに密告（チンコロ）するものなどなにもない。期待しても無駄だ」

「〝東京一の子分〟であり続けるというのか。それがあなたの美学なんだな」

「そんな大層なもんじゃない。おれは無法者で、あんたらは敵だ。外でなにがあったのかは知らんが、敵に塩を送るほど人間はできちゃいない」

数佐が立ち上がりかけた。富永は彼を制するように掌を向ける。

「勘違いしてもらっては困る。我々は取引をしに来たのでも、教えてほしいと頭を下げに来たのでもない」

数佐の目が鋭くなった。富永の顔を再び直視する。富永はすかさず続けた。

「あなたに有嶋章吾を救うチャンスを与える。我々はそのために来た」

「なんだと？」

数佐が怪訝な表情になりつつ椅子に座り直す。沢木がタイミングを見逃さなかった。

「四ヶ月前の事件で、有嶋が印旛会の執行部から外され、籠島の舎弟になった」

「それは聞いている」

「東葛寺地一家の寺地満州雄が磯釣り中に事故で溺死し、山王一家の殿納屋良尚が謎の失踪を遂げたことは？」

数佐が背もたれに身体を預け、ゆっくりと首を横に振った。

「知らん。耳に入れないようにしてきた。外が恋しくなるからな。そんなことが起きてたか」

数佐が一瞬、懐かしむように遠い目をした。すぐに元のポーカーフェイスに戻る。

「とは言うものの、面白くもない話だな。あのふたりも極道だ。畳の上で死ねるほうが珍しければ、急に身をかわさなきゃならんこともある」

富永は前のめりになった。執務机に両手をついて語気を強める。

「今の千波組が覚せい剤（クスリ）の密売や老人相手の特殊詐欺、未成年者の管理売春に手を染めていることも面白くない話か。あなたが組に睨みを利かせていたとき、これらは外道のやることだと、すべて禁じていたシノギだ」

沢木がカバンからクリアファイルを取り出した。机に置く。

クリアファイルには、新聞記事の切り抜きや外部に公開できる範囲の捜査書類の写しが入っていた。この四ヶ月間で逮捕された千波組系の組員に関するものだ。

特殊詐欺で被害者から現金を受け取る「受け子」の調達を担っていた三次団体の組員が数人いる。浅草橋駅のコインロッカーに営利目的で約二十グラムの覚せい剤と大量の注射器を隠していた千波組の直参もいた。八神に逮捕された清谷の名前もある。

清谷は覚せい剤の密売は自らの意思ではなく、上から命じられて行ったと供述している。トップの有嶋自身がこれまでの禁を破り、覚せい剤や特殊詐欺を行うよう、子分や舎弟たちに命じたとも告白していた。

数佐が記事や捜査書類を手に取った。無表情を貫きながら読む。それでも兄弟分や子分たちが〝外道〟と化している現実を知り、顔が段々と青ざめていくのがわかった。額には汗がにじんでいる。

最後まで読み終えると、沢木が声をかけた。

「でっち上げた書類だと思うのなら、弁護士に聞いてみるといい。紛れもない事実だ」

数佐が瞬きを繰り返した。額の汗が流れ落ちて目に入ったらしい。

「水をくれ」

富永は壁のボタンを押して刑務官を呼び出した。水を持ってくるように頼むと、ペットボトルのミネラルウォーターと紙コップを人数分持ってきてくれた。

沢木が水をコップに注いで数佐に渡した。彼は喉を鳴らして飲み干す。

「もう一杯だ」

沢木が再びコップを渡すと、数佐は一気にあおった。口の端から水がこぼれ、顎やスウェットを濡らす。

数佐が手の甲で口を拭った。

「有嶋(オヤジ)が……有嶋さんが寺地や殿納屋を消したと言いたいのか」

富永も水を飲む。緊張で喉が渇いていた。

「そのふたりはもちろん、有嶋の狙いは会長の籠島だ。甲斐道明という金蔵に手をつけようと目論んだ者たちに復讐する気でいる。今の有嶋は誰彼構わず喰らいつく飢えた狼だ。禁じていたシノギで巨額のカネを吸い上げると、武装集団を編成し、私の部下の命まで狙った」

—あんたの部下……八神か」

数佐はうめくように言った。身内を手にかけるだけでなく、警察官まで狙ったと知り、愕然とした様子だ。

富永はうなずく。

「有嶋がもっとも憎んでいるのは己自身だ。忠臣であるあなたや甲斐をみすみす失った自分を許せず、己が築き上げてきたものを破壊して回っている。顔役としての名誉、兄弟分や子分たちの信頼、極道としての筋目。それらすべてだ」

沢木も口を開いた。

「八神警部補は軽傷で済んだが、それは彼女が有嶋の豹変を察知していたからだ。あの場では彼女の友人も負傷している。警察官やカタギに襲いかかるなど、以前の有嶋なら考えられなかった。もはやどんな手を使ってきてもおかしくはない。カタギをも平然と巻きこむかもしれないんだ」

富永は椅子から立ち上がった。

危険を感じながらも数佐の傍に寄る。肩と背中の筋肉が岩のように盛り上がっている。腕も丸太のように太い。数佐がその気になれば、あっという間に首の骨を折られそうな気がした。それでも、近くに寄らずにはいられない。

「あなたは現在も有嶋に忠誠を誓っている。本当の忠勇の士であれば、親の愚行を諫めるのがスジのはずだ。見て見ぬフリをするのが、あなたの忠義か」

数佐の手がすばやく動いた。

富永は右腕を摑まれた。思わずうめく。数佐の指に筋肉を圧迫され、骨まで痛みが走る。

沢木が顔色を変えて駆け寄ってくる。富永は左手を向けて止めた。

数佐の顎がゴリゴリと硬い音を立てていた。唇の端から血が流れ出す。激しい歯ぎしりによって出血したらしい。富永から手を放し、深々とため息をつく。

富永はハンカチを差し出した。数佐の口の周りが血で赤く染まっている。

彼はハンカチを受け取らず、スウェットの袖で拭き取り、ふいに天井を見上げた。

「知っているだろうが、おれの母親は北陸の枕芸者だ。父親は知らん。赤ん坊を残して男と逃げ、おれは親戚中をたらい回しにされて育った。極道の世界じゃありふれた話だ。上野の遠い親戚がおれを引き取ったが、そいつらは夫婦ともに外道の犬畜生だった」

数佐は淡々と身の上話を語った。

富永も沢木も、彼の悲惨な少年時代を身上調査書などで事前に把握していた。犬畜生と呼んだ夫婦は数佐だけでなく、上野界隈をうろつく家出少女たちを家に引っ張りこみ、管理売春とビニ本作りに励んでいた。嫌がる少女を監禁し、時にはクスリ漬けにして春を売らせていたという。

「あいつらはガキのおれにも同じことをした。無理やりモデルにされて、変態向けに本を作られたが、さっぱり売れずに返品の山だ。男娼にして道端に立たせても、ガキのころからこのツラだ。おれを買おうとする野郎は現れなかった。あいつらは見切りをつけて、たっぷり保険と灯油をかけることにした。家ごと焼き殺して、ガッポリ保険金をせしめるつもりだったらしい」

　富永は沢木に目で合図した。ふたりは椅子に戻って座り直す。

「保険金の話は初耳だ」

「そうだろう。有嶋さんがあいつらを木刀で半殺しにしてくれたからな。夫婦が石油ストーブを細工しているときだった。夫のほうは千波組系の三下で、当時の有嶋さんは若くして幹部のバッジをつけていた。きついヤキを入れたうえで、東京から出て行くように命じた。もし都内で見かけたら、生きたまま焼却炉に放り込むと脅してな。それで行き場のないおれを引き取ったんだ」

「有嶋は命の恩人だったのか」

「それだけじゃない。父親であり、教師でもあった。生きる術(すべ)や尊厳ってもんを教わった。ガキのときに焼き殺されたと思えば、怖れるものはなにもなかった。関西も中国人マフィア(チャイマ)

い」

も警察も。懲役へ行くのも、処刑台に立つのもだ。有嶋という男を守るのが天命だと信じている。あの人が自身を破壊しているというのなら、それを防ぐのがおれの役目かもしれな

い」

数佐の出血は止まらなかった。

唇も嚙み切ったらしく、唇の皮膚が破けている。血が顎を伝って床やデスクにポタポタと滴り落ちる。

「……地図を用意しろ。いざとなったときのため、あんたらも摑んでいない物件がいくつかある」

「わかった」

富永は沢木にうなずいてみせた。

沢木がノートパソコンをバッグから取り出した。スイッチを入れながら数佐に尋ねる。

「聞きたいことがまだある。あなたの子分に片浦という男がいた。数佐組を五年前に破門され、あなたと入れ替わるようにシャバへ出た。彼がなにをしているか知っているか?」

数佐は目を見開いた。

沢木の言葉の意味を瞬時に悟ったのか、彫像のように身じろぎもしない。彼は掠れた声で答えた。

「あなたにとって有嶋が父親であったのと同じように、片浦にとってあなたは恩人だった。親のあなたを男にするため、身内と揉めるのもいとわず、御法度の特殊詐欺に手を出した」

富永は再びハンカチを差し出した。

「私たちはこう見てる。数佐組を破門されて五年の月日を経ても、あなたが有嶋の忠臣であり続けるのと同じく、今も片浦はあなたに忠誠を誓っているのではと」

数佐はすぐに答えなかった。富永からハンカチを受け取る。

「……可愛いやつです。揉め事ばかり起こす鼻つまみ者で、組内からもひどく嫌われていた。おれを出世させようといつも必死に足掻いちゃ、かえって足を引っ張ってばかりいた。どうしようもない頑固者で、木刀使って説教しても聞きゃしなかったな」

数佐は口の周りの血を拭き取った。

ニコリともしなかったが、片浦について語ったときだけ目を和ませた。

18

香麻里はハンドルを握っていた。

夏の太陽がてっぺんから照りつけてくる。サングラスで眩しくはないが、いくら冷房を効かせても、日差しで肌がヒリヒリと痛む。

運転しているのは七人乗りのSUVだ。混雑する都内では持て余す大きさだが、値が張るだけにハンドルは軽い。エンジンも静かだ。

八神の自宅から逃げるのに使ったライトバンは始末された。片浦の手下が江東区のスクラップ工場に移動させたという。

襲撃時のミニバンも同様だ。香麻里たちが乗り捨てた直後にナンバープレートをつけ替えて運ばれ、鉄屑にされた。車をおもちゃのごとく使い捨てるところに、一連の計画に対する有嶋の姿勢が表れている気がする。

香麻里が運転する大型SUVは新車特有の合成皮革の匂いがした。走行距離も千キロ程度だ。車や隠れ家、それに武器の調達。軽く数億は超えているだろう。人にも相当注ぎこまれている。香麻里はバックミラーに目をやる。

二列目のシートには門倉と片浦が座っていた。香麻里を含む三人は水色のシャツに濃紺のスラックスを穿いて警察官に化けていた。制服や装備品は映画やテレビドラマなどで使われるらしく、やはり有嶋がどこからか入手した。帯革と呼ばれるベルトから、肩にかける無線用のマイクまで、レプリカとはいえ、かなり精巧にできていた。拳銃用のホルスターや特殊警棒もある。

　門倉はスモークが張られた窓の外に鋭い目を向けて警戒し、片浦はどこかに電話をしていた。声を荒らげている。

「もっと早く連絡してこいよ、この野郎。籠島は家を出て何分経つんだ。三十分？　ナメてんのかよ……もっと気合い入れて情報(ネタ)流さねえと、グチャグチャにイジメちまうぞ」

　電話の相手は、籠島の自宅で警備を担当している組員だった。籠島から信頼されている複数の直参が当番制で、腕の立つ子分を連れ、不測の事態に対して備えている。片浦に密告しているのは、山王一家系の若衆だ。

　密告者は若衆だけではない。籠島の自宅で部屋住みの修業をしている準構成員から、籠島に目をかけられているはずの直参まで、カネと脅しで寝返らせていた。

　有嶋の巧みな調略もあるだろうが、誰も彼もがヤクザ稼業に疲れ果てている。毎月の上納金や臨時徴収、法事や結縁といった義理事の出費で懐事情が苦しいのだろう。籠島の行動は有嶋側にもはや筒抜けだった。

　籠島は三十分前に自宅を出たらしい。新富町にある自宅マンションは、印旛会系の組員が多数詰めており、マンションの前には築地署員が張りついているという。

籠島は警察にも悟られたくない用がある。数台の車とバイクを駆使し、警察の監視を撒いて都内某所に向かっていた。有嶋はその極秘情報すら摑んでいた。籠島の目的地は、香麻里も知っている。

香麻里たちは第一京浜を北上していた。浜松町（はままつちょう）の巨大ビルを通り過ぎる。

片浦に運転席を蹴られた。

「次の信号を右折だ。運転手さん」

「蹴らないでよ」

再度蹴られた。シートの背もたれが揺れ、片浦がせせら笑う。

「気合いを注入してやってんだよ。今度はヘタ打たねえようにな。耳に入ったと思うが、三十分前に自宅を出たってよ。新富町からなら十分程度で行ける。もうやっこさんはアンコとイチャついているかもな。いいか、ためらうんじゃねえぞ」

片浦に言われるまでもない。自分に待っているのは長期刑か死だ。もう覚悟はできている。

四日前の夜、八神の暗殺に失敗して有嶋に直訴した。再び八神を狙わせてほしいと。

訴えは聞き入れられ、大怪我をした子分の秀郎たちは大井町（おおいまち）にある非公認の診療所に運ばれた。闇医者とはいえ治療は適切で、香麻里の子分たちは闇民泊の施設で静養している。

香麻里は今朝になって計画実行を知らされた。有嶋や片浦が言っていた〝デカい花火〟を打ち上げるときが来たのだ。

片浦が門倉にも怒鳴った。

「おい、コップキラー！　あんたにも言ってるんだぜ。ターゲットが警察官(サツカン)じゃねえからって気を抜くんじゃねえぞ」

「籠島も撃ち殺す。力を抜く気などない」

門倉がぞっとするほど冷たい声で答えた。片浦とは対照的におとなしいが、危うい殺気を迸らせている。傍らにはビジネスバッグを置いていた。

門倉はけっきょく籠島殺しを引き受けた。四日前の夜、有嶋が巧みに彼を口説いたのだ。あの夜、有嶋は籠島の粛清計画を打ち明けた。門倉はつれなく首を横に振るだけだった。

――警察に正体を知られたのなら、なおさら時間がない。ヤクザの親玉なんかに構ってられるか。

――この野郎。

片浦が殴りかかるのを、有嶋が制して新たなカードを切った。

――構ったほうがいいと思うがな。娘さんの無念を晴らすためにも。あんたの娘さんは警官(ポリ)にだけじゃなく、ヤクザに殺されたようなものだからな。

門倉は怪訝な顔を見せた。

――どういうことだ。

――娘さんの勤務先のガールズバー。ひどいと思わんかね。いくら相手が警官（ポリ）だからといって、人気のスタッフを売り渡すとは。客への接待なんてもんは、多かれ少なかれどこでもやってることだってのに。

――なにが言いたい。

――あの警官（ポリ）が店側を脅していたのは事実だ。だが、所轄の生活安全課に密告（チンコロ）してやると言ったんじゃない。警視庁（ホンチョウ）のマル暴に密告（チク）ると迫ったんだ。

門倉が拳を握りしめ、掠れた声で言う。

――あの店がヤクザ絡みだったというのか。

――企業舎弟ってやつさ。どこにでもある普通のガールズバーだが、オーナーの名義は印旛会の関係者で、山王一家から水や日用品を仕入れていた。あの警官（ポリ）が脅しの材料にしてたのは、むしろそっちのほうだ。あんたの娘は、あんなスジの悪い店で働かなければ殺されたりはしなかった。

門倉は奇声を上げて動いた。雷光のようなすばやさだ。

片浦が持つ携帯端末に、門倉は直突きを放っていた。携帯端末がすっ飛んで行き、片浦が衝撃で尻餅をつく。

門倉は息を弾ませた。

――証拠は……証拠はあるんだろうな。

――あーあ、ケータイ壊れちまったぞ。短気な野郎だ。

片浦は薄ら笑いを浮かべて、液晶画面が壊れた携帯端末を拾い上げた。

そのガールズバーが山王一家の息がかかった店だったかどうか、香麻里は知らない。ただし、門倉がこうして籠島暗殺のチームに加わったのだ。それなりの証拠を見せられたのだろう。八神を襲うときと同様、むやみに触れれば火傷しそうなほどの熱気を放っていた。

第一京浜から外れて、浜松町のビルが建ち並ぶ一角に入った。オフィスビルやビジネスホテルに交じり、籠島が囲う愛人のマンションがある。

愛人は籠島が刑務所時代に知り合った三十代の男だ。新橋でゲイバーを経営しており、若いときはそこそこ名の知れたダンスグループに所属していた。

女性歌手のバックダンサーも務め、二十七歳のころに一般女性と結婚している。一児をもうけたものの、セクシャリティの問題が絡んで、結婚は長く続かなかったらしい。

ダンスグループも人気に火がつかず、傷害事件を起こして芸能界を引退した。子供を祖父母に預け、しばらくは荒れた暮らしを送っていたという。上野や新橋のハッテン場で男性を殴打し、財布も盗んだことから強盗傷害容疑で逮捕された。宮城刑務所でムショ暮らしを経た後は、籠島の支援もあって父子生活を送っている。

今日は愛人の子供の誕生日だ。来月は自身の誕生日を控えていて、毎年大物政治家顔負けのパーティを催してはカネ集めに励んでいる。籠島は子供の誕生日も重要視していて、去年も一昨年も極秘でパーティを開いていた。

今年は印旛会にとって異常続きの年だ。幹部が事故死や謎の失踪を遂げた。千波組が中国人マフィア相手に派手な事件を起こし、当局からも睨まれている。にもかかわらず、子供のパーティには是が非でも駆けつける気でいた。

マンション前の公道は広い。道路脇には宅配便の二トントラックや、ホテルの清掃を手がける会社のバンが停まっている。商用車に交じり、マンションの正面玄関の傍に地味なセダン——運転席と助手席にはクールビズ姿の男たちが座っている。

首からIDカードホルダーを下げ、会社員風を装うが、すぐに極道だとわかった。車をアイドリングさせて冷房を効かせていても、ワイシャツのボタンをいくつも外している。刺青で青く染まった肌が目に入った。籠島は無類の外車好きで知られ、五台の高級外車やヴィンテージカーを所有しているが、周囲の目を欺くため、国産のセダンでやって来たのだろう。

セダンの横を通り過ぎ、宅配便のトラックの後ろにSUVを停めた。セダンからは見えない位置だ。

「うまくやれよ、コラ」

香麻里は制帽をかぶり、ショルダーバッグを下げた。片浦の檄を無視して運転席を降りる。外は立ちくらみを起こすほどの凄まじい熱気が渦巻いていた。アスファルトからの照り返しもきつく、すぐに汗が噴き出す。

香麻里は気を取り直して忍び足でセダンに近づいた。運転席の窓をノックする。シャツのボタンを外していた運転席のヤクザが慌てて胸を隠した。助手席のヤクザも驚いたように目を剝く。

香麻里は笑顔を見せた。

「愛宕署の者です。すみません、このあたりは駐車禁止なんですよ。移動してもらっていいですか?」

運転手の目が険しくなった。香麻里を睨みつける。機嫌の悪いときの幸司の顔と似ている。

「おれら、人を待ってるだけなんですけどね。他にも駐車違反してる車、いっぱいあるじゃないですか」

「でも、五分以上車を停めてらっしゃるじゃないですか。運転手さんが乗っていても、同じところに居続けると、これも駐車に見なされるんですよ」

「五分もいないですよ。あんた計ってたのか?」

「おい」

助手席の男が運転手の肩に触れて止めに入った。甘えるような上目遣いで香麻里を見やり、迎合する笑みを浮かべる。

「わかりました。すぐにどかしますんで切符切るのは勘弁してください。この暑さのなか、婦警さんも大変ですね」

助手席の男に制され、運転手は自分が極秘任務についていたのを思い出したようだ。舌打ちしてからシフトレバーに手を伸ばす。

香麻里は窓からすばやく離れた。代わりに片浦と門倉が現れ、運転席の窓の横に立つ。片浦と門倉は減音器(サプレッサー)つきの拳銃を握っていた。極道たちの顔が凍りつく。

ふたりがトリガーを引いた。グロックの金属的な作動音が鳴り響き、極道たちの腹と太腿が弾けた。弾丸を喰らった彼らが奇妙なダンスをし、車内が硝煙で白く濁る。

香麻里はとっさに周囲に目をやった。歩行者の姿はまばらだ。宅配便の男性が段ボールを抱えて、オフィスビルに消えた。

極道たちは複数の銃弾を浴び、座席やセンターコンソールにもたれたまま動かなくなった。門倉がドアを開け、ビジネスバッグから折り畳まれたビニールシートを取り出すと、極道のたが、窓や天井に血が飛ばずに済んだ。

片浦がビニールシートをめくってさらに二発撃った。シートがバシャバシャと水を浴びたような音を立てる。頭部を狙い、トドメを刺したのだ。

門倉は車の床や道路に落ちた薬莢を拾っていた。片浦が彼の背中を叩く。

「んなもん、拾ってる場合か。さっさと行くぞ」

元自衛官の門倉はかつて演習で空薬莢を紛失し、部隊の仲間と一晩かけて捜し回った経験があるらしい。

冷静かつ正確な射撃をし、格闘技にも精通したマシーンのような男だが、自動拳銃から飛び出た空薬莢を気にするという奇妙な癖が抜けずにいる。

門倉と片浦が拳銃をビジネスバッグに隠した。マンションの玄関へと移動する。玄関の壁際にはテンキーが設置されており、暗証番号を求められた。

四桁の番号を入力した。強化ガラス製の自動ドアが開く。事前に暗証番号は印旛会内の密告者から聞き出し、部屋の鍵も入手していた。エレベーターに乗りこんで最上階に向かう。

エレベーター内で、門倉と片浦はグロックのマガジンを取り替えて弾薬を補充していた。

ふたりとも海外のプロシューターのように滑らかな動きで無駄がない。香麻里から拳銃を入手した門倉はともかく、片浦もよほど地道な訓練を積んでいたらしい。一朝一夕で身につくものではない。ガンマニアの幸司よりも銃の腕は上かもしれなかった。

エレベーターのドアが開く。外廊下の奥に人の姿が見えた。愛人が住む部屋の前で、ポロシャツ姿の中年男がタバコを吸っていた。

籠島の秘書を務める小暮（こぐれ）だ。自身も組織を率いる親分で、印旛会の直参でもある。彼はカジュアルな恰好だった。ごつい腕時計と孔雀石（くじゃくいし）の数珠（じゅず）をつけており、極道臭を完全に消し去ってはいない。

小暮はいきなり現れた警察官姿の香麻里らに目を見張った。タバコを床に捨てる。

「な、なんだ。お前ら」

小暮の言葉を無視して、早足で愛人の部屋へ向かった。

小暮は下のセダンを覗き、香麻里らを見やった。

目の前に現れたのが警察官ではないと一瞬で見抜いたようだ。なんの用かと問いただしたり、令状を見せろと息巻いたりもしない。背中を向けて玄関のドアノブに手をかける。

門倉と片浦が同時にビジネスバッグから拳銃を抜いた。門倉が先に連射した。甲高い金属音が鳴り、小暮の背中と後頭部に命中する。弾丸が小暮の頭部を貫き、玄関ドアに大量の血が飛び散る。小暮はドアにもたれたまま、ずるずると床に頽（くずお）れる。

小暮との距離は十五メートル以上はありそうだが、門倉はなんなく急所に命中させていた。彼は反射的に身を屈ませ、やはり落ちた空薬莢に手を伸ばそうとした。香麻里が彼の肩を叩いて、部屋へ向かうよう促す。

片浦が小暮のポロシャツの襟を摑んでどかしてから玄関ドアを開け放つ。門倉がアメリカの捜査官みたいにウィーバースタンスで拳銃を構えて突入した。涼やかな冷房の空気に包まれる。

香麻里もショルダーバッグからグロックを抜いた。最後に片浦が小暮の死体を引きずりながら部屋に入り、玄関ドアに鍵とドアガードをかける。

「動けば殺す。両手を頭につけろ」

リビングに移動した門倉が早口で告げた。香麻里も後に続き、拳銃を構える。

広いリビングにいるのは男性ふたりと、ピンク色のドレスに身を包んだ十歳くらいの女の子だった。

男性のひとりは関東ヤクザの首領である籠島だ。還暦を過ぎたわりには、引き締まった筋肉と浅黒い肌のおかげで十歳は若く見える。黒く染めた頭髪にはツヤがあり、帝王らしい覇気と精力を感じさせた——現在の有嶋とは対照的だ。十数万円はするイタリア製の派手なポロシャツを着ていた。

もうひとりは細マッチョの体形で口ヒゲを生やした愛人の稲葉貴弘で、ダイニングテーブルを囲んでいる。

誕生日パーティを始めようとしているところだったらしい。大きなダイニングテーブルには料理が所狭しと並べられている。

ロウソクの立てられたデコレーションケーキが中央に置かれ、ハンバーグやソーセージにポテトといった子供が好きそうな料理と、大きなボウルに入ったフルーツポンチがある。

クラッカーを鳴らしたばかりなのか、床には紙テープや紙片が散乱し、火薬の臭いが鼻に届く。窓には〝HAPPY BIRTHDAY〟と金色に輝くバルーンのバナーが飾られていた。

「て、てめえら！」

籠島の顔が怒りで真っ赤になった。

彼は拳銃を突きつけられているにもかかわらず、シャンパンのボトルを手に取り、香麻里たちめがけて襲いかかった。片浦がアッパーカットを放ち、ボトルが派手な音を立てて砕け、部屋中に破片と液体が飛び散る。

片浦は左手にメリケンサックを嵌めていた。籠島は目をつむって顔を背けた。破片が目に飛びこんだらしい。片浦は隙のできた籠島に左のボディブローを見舞うと、籠島は床に倒れた。

「動きがトロいな。遊び回ってばかりで鍛えてねえだろ」

片浦がせせら笑った。

「子供に手を出すな！」

稲葉が屈んで娘をかばった。

片浦が稲葉の脇腹をつま先で蹴った。内臓がひしゃげそうな容赦のない一撃で、稲葉は娘とともに床に倒れ込んだ。娘が声をあげて泣き出す。

片浦が首を横に振った。

「そうはいかねえよ。あんたら親子は籠島会長と同じく、大事な客人だ」

門倉が割って入る。

「攫うのは籠島だけと聞いていたぞ」

片浦がメリケンサックを嵌めた左手でソーセージをつまんだ。口に放る。

「おれにだけ極秘の命令が告げられていた。ガキまで拉致るとなりゃ、あんたがゴネると親分は危惧していたってわけだ」

「おれは――」

片浦が門倉を睨みつけて拳銃を向けた。

「うるせえ！　警察官（サツカン）殺しのクソ外道が、一丁前に道理説いてる場合かよ。これからも〝狩り〟を続けてえのなら、ガタガタこいてねえで黙って従え、コラ」

門倉は不満顔ながらも、ベルトホルスターから手錠を取り出す。稲葉の両腕を後ろに回し、拘束した。

籠島が襲撃者たちから逃れようと床を這う。

「あ、有嶋の爺か。あの死に損ない。一体、なにを考えてやがる！」

片浦が籠島の後頭部を銃把で殴りつけた。籠島がうめき声を上げてのたうち回る。頭皮は裂け、血が流れ出す。

「ざまあねえな。あんたを裏切ったのは有嶋親分だけじゃねえよ。この秘密の愛の巣までがおれらに筒抜けだった。あんたは多くの子分に見限られた裸の王様なんだよ」

娘が泣きじゃくりながらも稲葉の身体に覆い被さる。香麻里は思わず目を背けた。紗良の顔が脳裏をよぎる。

自分も極道の端くれだ。門倉のようにウブではない。籠島を攫えと命じられたとき、稲葉親子も無事では済まされないとは思っていた。

片浦が香麻里に命じた。

「先にここを出て、車を玄関前につけろ」

「……その子をどうするの？」

片浦が口を歪めて囁いた。

「なんだ。てめえまでゴネる気かよ。知ったことか。親分に訊け。おれはガキまで殺る趣味はねえ」

今は内輪揉めをしている場合などではない。表でくたばった護衛たちの死体が見つかるのも時間の問題だ。

香麻里は納得できなかった。有嶋も片浦も腹に一物があり、容易に信用できない。

香麻里は先に玄関へと駆けた。きつい血の臭いがした。玄関には頭を破裂させた小暮が、血と灰色の脳みそをぶちまけて倒れている。

香麻里は小暮のベルトを摑んで、室内に引きずりこんでから玄関のドアを開ける。外廊下に出て、階下を見た。死んだ護衛を乗せたセダンは停まったままだ。傍らをOLや会社員が何事もなく歩いている。

香麻里は外廊下を駆けてエレベーターのボタンを何度も押した。なかに乗りこむと、吐き気を堪える。

口元をハンカチで押さえ、エレベーターを降りた。

着ていた制服にはシャンパンや血のシミがわずかについている。引き続き女性警察官を装い、真面目くさった顔をしてSUVへ走った。

19

「なんだと！　マジかよ。またドえらいヘタ打っちまったな」

課長の石丸が電話中に弾んだ調子で声を張り上げた。傍のデスクにいた瑛子は思わず身構える。

石丸は豪放磊落な性格でありながら、他人のヘマを面白がってしまう悪癖がある。そのせいで血の気の多いマル暴刑事を怒らせ、ヤクザ顔負けの喧嘩になだれこむこともあった。

彼の声色でなにかが起きたとわかった。電話相手は警視庁組対四課の係長だ。石丸が電話を終えると、瑛子は間を置かずに訊く。

「何事ですか？」

石丸が坊主頭をピシャピシャと叩いた。

「組対四課と築地署がポカやらかしやがった。印旛会の籠島の行方を見失っちまったんだとよ。やつの自宅を二十四時間体制で見張ってたんだが……」

籠島所有の高級外車や大型バイクが自宅を次々と出て行くため、組対四課と築地署が四台の警察車両を使って後を追いかけたのだという。

しかし、それらは本部事務所に行かず、赤坂の情婦や行きつけのサウナにも向かわず、都内をグルグルと走り回るだけだった。

怪しんだ組対四課員らが、追跡していた車を停めて職務質問をしたところ、どの車両にも籠島は乗っていなかった。警察の監視の目をかわして姿を消したのだ。

「てめえの命が狙われてるってのに、なんで家でおとなしくしてねえのかね」

石丸は無線機のマイクを使い、外で張り込みをしている部下たちに注意を促した。ミスを犯しかねない状況にあるのは上野署員も同じだ。

刑事部屋に人は少なかった。上野署の組対課員だけでなく、刑事課員までもが印旛会と千波組の事務所や関連施設、企業舎弟のオフィスを監視している。

千波組系の組員と射殺犯が行動をともにしているばかりでなく、警察官の自宅を襲撃するという暴挙にさえ出たのだ。

警視庁は千波組をただの暴力団ではなく、市民や警察組織にさえ牙を剥く過激なテロ集団と見なし、トップの有嶋と射殺犯の門倉の身柄確保に血眼になっている。上野署を始めとして、各署が千波組の幹部を次々に微罪で逮捕し、有嶋の居所を吐かそうと躍起になっているが、未だに不明のままだ。

石丸がマイクで井沢に呼びかけた。

「井沢、お前んところが一番有嶋が顔出す可能性が高い。気を抜くんじゃないぞ」

〈りょ、了解〉

組対課の井沢や伊良波は、東京法務局台東出張所の近くにいた。秋葉原駅からそう遠くない場所にある下町のオフィス街で、中小企業の事務所や問屋などが隙間なく並ぶ一角だ。

井沢らが見張っているのは、かつて印刷会社の営業所が入っていたという古い三階建てのビルだった。印刷会社のリストラに伴い、営業所が一年前に閉鎖されてから、とある健康食品販売会社がビルのオーナーと賃貸契約を結んでいた。

ただ、井沢らが一日中見張っても人の出入りは見られない。郵便受けや出入口のドアには会社名が記されているものの、営業を行っている様子はなかった。同じビルで働いている他の会社の事務員などに話を訊いても、やはり人の姿を目撃したことはないという。

その台東区のビルに限らず、実態のよくわからぬ物件が都内に数ヶ所あることが、署長の富永の取り調べによって判明した。

告白したのは有嶋に忠誠を誓っていた元若頭の数佐だ。千波組のダミー企業が隠れ家や武器庫として使用するために借りていたという。瑛子も把握していなかった極秘のアジトだ。

富永が腕利きの捜査官顔負けの実力を持っているのはわかっていた。それでも大の警察嫌いで知られる数佐の口を開かせるとは思ってもみなかった。

瑛子はショルダーバッグを肩から下げた。椅子から立ち上がる。

「私も外に出て構いませんか。気になるところがあるんです」

「もしかして、そりゃ籠島の居場所か」

「そうです」

瑛子がきっぱり答えると、川上と沖永も席を立った。彼らは隅の空いた席に座り、片時も瑛子の傍から離れずにいる。

石丸は急に弱り切ったような表情を見せた。

「あー、えーと、そりゃ構わねえと言いたいけど……なるべく危ないところには近寄らないでくれる？」

「ここで籠島の居場所を見つけられたら、課長の株はうんと上がりますし、本庁に対しても高い貸しが作れます」

瑛子は川上らを親指でさす。

「それに心配はご無用です。こんな屈強な男たちがついてるんですから」

石丸は直属の上司ではあるが、瑛子には頭が上がらない。『八神金融』にどっぷりとお世話になっている常連客だからだ。

「それもそうだ。じゃ、くれぐれも頼む」

石丸は川上の肩を叩く。川上が目を見開いた。

「ひとりで行かせるつもりですか?」

「ひとりじゃねえよ。あんたらがしっかりついてるじゃねえか」

川上が呆れたように首を振る。

「川上さん、モタモタしてると置いていきますよ」

瑛子は刑事部屋を出ると、警務課から車のキーを借りた。川上らとともに覆面パトカーのセダンに向かう。ただし、すぐの出発は許されなかった。

「これを」

沖永に防弾ベストを着るように促され、二キロ以上の鎧を着用しなければならなかった。正面玄関を出るさいは、川上らに進路を塞がれる。身辺警戒員である彼らがまず不審者の有無を確かめてから、署を出るのを許された。

外に出た途端に猛烈な日差しに襲われる。今日も気温三十五度をゆうに超える猛暑日だ。頭髪があっという間に熱を持ち始めた。

セダンの運転席に乗りこもうとした。やはり川上に阻まれる。瑛子はキーを渡しながらもぼやいた。

「いちいちこれじゃ日が暮れちゃいます」

「捜査に出られるだけでもありがたいと思え。有嶋とその一派がシャバをうろついている以上、いつヒットマンが飛んでくるかわからねえんだ。もし、お前が弾かれるようなことになりゃ、おれたちは揃ってコレだ」

川上が手刀で首を切るフリをした。沖永もうなずく。

知ったことか。川上の言葉に苛立ちを覚えながらも、瑛子はおとなしく後部座席に乗りこんだ。

車内は暴力的に暑く、瑛子は身体から汗が噴き出すのがわかった。隣に大男の沖永が座り、暑苦しさがさらに増す。

川上がエンジンをかけながら訊いた。

「どこに向かえばよろしいですか。お客さん」

「浜松町一丁目のマンションに」

「そんなところに山王一家の拠点があったか？」

川上が上野署から首都高1号線へとセダンを走らせた。

監視役の川上らに打ち明けたくはなかった。だが、いつまでも独り占めにしておくべき情報でもない。組対四課が籠島を見失ったと耳にしてから、ざわざわと胸騒ぎがしていた。

「籠島の愛人が暮らしてます。そこへ向かった可能性が」

沖永が眉をひそめた。

「赤坂以外にもいたってことですか？」

「相手は刑務所（ムショ）で仲のよかったアンコで、籠島は自身が二刀流なのを隠してる」

「たかが愛人会いたさに、外車やバイク何台も使って、警察（うち）の行動確認（コウカク）をかわしたってのか？」

川上が首をひねった。

「身に危険が迫っていても、愛する者のもとには行かずにいられない。立派な動機だと思いますけど。川上さんも捜査一課（ソウイチ）時代に泊まり込みが続いたとき、ちょくちょく奥さんの顔見たさに理由をつけて署を抜け出していたじゃないですか」

「なんで、それを――」

川上は愛妻家で有名だ。一日の仕事を終えると、ポケットにしまっていた結婚指輪をそっと左手に嵌める。

「それはともかく、有嶋側にとってはこれ以上にない好機です」

川上がバックミラーで瑛子を見やる。目つきは鋭い。

「住処（ヤサ）を教えてくれたのは、女子会の友人ってわけか」

瑛子は肩をすくめてシラを切った。

教えてくれたのは西だ。昨夜、情報提供者にカネを渡し、籠島の愛人が稲葉貴弘というゲイバー経営者だと聞き出した。かつてダンスグループに所属し、芸能活動をしていたという。一般女性と結婚して一児を授かったものの、夫婦生活は長く続かなかったらしい。

西に稲葉の情報を売ったのも彼の元恋人だった。ラブホテルで鼻の骨が折れるほど殴打されたのを今も恨んでいるという。西はカネを渡すだけでなく、元恋人の恨み言を一晩かけて根気強く聞いてやり、今日の午前中になって瑛子に報告した。

フリーの調査員である西が情報を手に入れられたのだ。カネに糸目をつけずに籠島の首を狙ってきた有嶋が知らないとは思えない。かりに自分が有嶋であれば、護衛の数も少なくなるこのときを見逃さないだろう。

瑛子たちを乗せたセダンは都心環状線を南下し、東京高速道路を走って新橋出口で降りた。第一京浜を走って浜松町に近づいたところで、瑛子が道案内をした。オフィスビルやマンションが建ち並ぶエリアへと進ませる。

稲葉のマンション前の道路は、ビルとビルの間に挟まれて日陰に覆われていた。マンションへとゆっくり近づく。歩行者の姿は少なく、日傘を差した老婦人や、ハーフパンツ姿の近所の住民らしき男性がトボトボと歩いている。

稲葉のマンションの前に、一台の国産のセダンが停まっていた。瑛子は窓を開けた。セダンからエンジン音が聞こえ、アイドリング状態にある。乗っている人間は見当たらない。

ポリスモードで照会センターに連絡を取った。セダンのナンバープレートの番号を知らせ、所有者を調べてもらう。

セダンの所有者は『株式会社見附(みつけ)レンタリース』なる法人だ。山王一家の企業舎弟で、赤坂の飲食店向けに鉢植えや絵画、おしぼりのリースをしている組織だ。籠島がここにいる確率が高まる。

瑛子は目を凝らした。

「車を停めて！」

川上が慌てたようにブレーキを踏んだ。瑛子はドアを開けて降りると、セダンへと駆け寄る。

「おい！　勝手に出るな」

沖永の声を無視して、助手席の窓に近づく。

運転席と助手席にはブルーシートがかぶせられていた。誰かが乗っているものの、ブルーシートで覆い隠されている。

瑛子はスーツのポケットからビニール製の手袋をつけた。助手席のノブを引いた。施錠はされていない。

とっさに息を詰まらせた。むせ返るような血の臭いと排せつ物の臭いが鼻に届く。ドアの内側にはべっとりと大量の血液が付着し、ポタポタと道路に滴り落ちた。

ブルーシートをゆっくりとめくると、ふたりの男が横たわっているのが見えた。

どちらも和彫りの刺青の入った肌が見え、カタギではないとわかった。複数の銃弾を下腹部に浴び、大量の出血とともに腸を飛び出させている。座席とフロアマットには血だまりができていた。

男たちの生死を確かめるまでもない。頭部は大きく損壊し、ひとりは眼球が眼窩から飛び出している。顔や頭にも銃弾を浴びており、頭皮や脳みそをブルーシートに飛び散らせていた——門倉の暗い目つきが脳裏をよぎる。

「こ、こいつは——」

後を追ってきた沖永が、ふたりの死体を見て鼻を押さえた。彼の声に歩行者もセダンの異変に気づき、日傘を差した老婦人が悲鳴を上げる。

「応援の要請を。あなたはここに残って」

瑛子はセダンから離れた。

「ちょ、ちょっと待て」

沖永は事態に混乱しかけている。ここでまごついている暇はなかった。稲葉たちの身が危うい。

「おれがついていく！」

川上が運転席から降りた。瑛子のもとへと駆けつける。

瑛子と川上はマンションのエントランスへと走った。セダンのふたりは籠島の護衛だろう。親分が戻ってくるのを車内で待機している間、有嶋が放ったヒットマンに奇襲され、至近距離から銃弾を浴びせられたものと思われた。

一般市民が行き交うなか、減音器（サプレッサー）を使って白昼堂々発砲したのだろう。今の有嶋であれば平然と指示を出す。実行に移す殺し屋もいる。

エントランスへと続く床には点々と血の滴が落ちていた。襲撃者はセダンの護衛を片づけ、本丸の稲葉の部屋を襲った可能性が高い。

エントランスのガラス製の自動ドアはオートロックだった。特殊警棒が入ったベルトホルスターに手を伸ばし、自動ドアを叩き壊そうとした。

瑛子は手を止めた。一階のホール内にモップを手にした老人がいた。管理会社のロゴ入りシャツを着て、床を拭き取っている。瑛子はガラスドアを掌で叩く。老人は驚いたように背筋を伸ばした。警察手帳を見せる。

「警察です。こちらのマンションで事件が発生したと通報がありました。ドアを急いで開けてくれますか？」

「じ、事件？」

通報はまだない。一刻も早く稲葉の部屋へ踏み込むための方便だ。警察手帳と瑛子の有無を言わさぬ口調が効いたらしく、老人が建物内から自動ドアに近づいてくれた。自動ドアが開くと同時に建物内に入りこむ。

老人から訊かれた。

「事件って……なにかあったんですか？」

「稲葉貴弘さんの部屋に、何者かが押し入って危害を加えた可能性があります。あなたが拭いているのも血液です」

「え、ええ？　汚れてるとは思ってたけど」

老人は唇を震わせた。

襲撃者たちは用意周到だったようだ。有嶋はエントランスのドアの暗証番号も把握していたのだろう。

「稲葉さんの部屋の鍵をお持ちですね？」

瑛子が老人との距離を詰め、質問のフリをしながら開けろと迫る。

「は、はい。ちょっと待ってください」

老人はエントランス近くの小部屋に入ると、鍵束を手にして出てきた。瑛子らはエレベーターで最上階へと向かう。

瑛子は表示板を睨みながら訊いた。

「ここ一、二時間でなにか異変を感じませんでしたか？」

老人は首を横に振った。

「いえ、とくには。さっきまでテレビ見ながら、弁当を食べていたので。食い終わって一階に出てみたら、床がなんだか汚れてて……」

老人の青い顔を見るかぎり、嘘をついているとは思えない。マンション内には防犯カメラが何台も設置されている。あとで確認してみれば、彼の言葉が本当かどうかはわかるだろう。ただし、まずは現状をこの目で把握する必要がある。

「鍵を。あなたはまだ出ないで」

老人にパネルの陰に隠れるように指示し、瑛子はベルトホルスターから拳銃を取り出した。老人が息を呑む。

「待てよ。あくまでおれが一番槍だ」

川上が瑛子を押しのけ、エレベーターのドアの前に立った。彼も拳銃を手にしている。

「また人の捜査を邪魔するつもり？」

川上に答えず、ただ前を見つめるだけだ。

最上階に停まったエレベーターが開く。外廊下には誰もいなかった。

瑛子の肌が粟立った。川上も目を見開く。奥の角部屋のドアがペンキでもぶちまけたように赤黒く汚れている。稲葉の部屋だった。

瑛子らは腰を屈めて奥へと駆けた。外廊下は静かだったが、下のほうは騒がしい。まだ応援の警察官は来ていないようで、沖永がやじ馬を追っ払うために声を盛んに上げている。

川上が顔をしかめながら、ドアレバーに触れた。ドアについているのはペンキなどではない。明らかに血液であり、複数の蠅が飛び交っていた。血の臭いが再び鼻に届く。

ドアは施錠されていないようだ。川上が静かに開く。

「うっ」

川上は短くうめいて、左手で多くの蠅を払った。セダンを開けたときと同じ類の死臭がした。血と排せつ物と硝煙が混ざり合った殺人の香りだ。

ドアの隙間から玄関が見えた。広々とした土間に、ポロシャツ姿の中年男が血だらけで倒れていた。セダンの護衛たちと同じく銃弾で頭を穿たれている。籠島の側近と言われる秘書の小暮だ。

川上と目で合図をした。少なくともいがみ合いをしている暇はない。彼が先に玄関へと入ると、小暮の死体を飛び越えて、拳銃を構えながら廊下を進んでいく。瑛子は彼の後につき従いつつ、トイレや浴室の扉を開け放つ。人の姿は見当たらない。

リビングに入った。瑛子の部屋とは比較にならないほど広く、モダンなオブジェや値の張りそうな絵画が飾られている。

「そういうことか」

思わず呟いた。なぜ籠島が命を狙われながらも、警察の尾行を撒いてまでして外出したのか、初めてわかった。

籠島たちは誕生日パーティを催す気だったらしい。ソファの隅にはピンクの包装紙に包まれ、赤いリボンが結ばれたプレゼントと思しき箱が積まれてある。主役は稲葉の娘だったのだ。

ゴミ箱には使用済みのクラッカーが捨てられていた。窓には誕生日を祝うバルーンのバナーが飾られ、ピンク色のフラッグガーランドがぶら下がっている。

パーティは徹底的に破壊されていた。料理を載せたテーブルはひっくり返され、床にはデコレーションケーキやオードブルが散乱し、蝿のエサと化している。粉々に砕けたシャンパンのボトルと食器の破片で足の踏み場もない。

食べ物などに混じり、ここでも血痕が見て取れた。小石のような白い欠片が散らばってい砕けた歯の欠片だ。

川上と手分けして残りの部屋を調べた。瑛子はキッチンを見て回り、誰もひそんでいないのを確かめ、子供部屋へと入った。壁には女児向けのアニメのキャラクターが貼られ、壁紙や家具はピンク色で統一されている。

動物のキャラクターの形をしたクッションやぬいぐるみがたくさんあった。学習机には夏休みの宿題と思しきプリントや漢字ドリルがあり、使いかけの鉛筆と消しゴムが転がっており、生活感で満ちあふれている。

瑛子は胸に小さな痛みを覚えた。もし自分の子供が生きていれば、この娘のように誕生日パーティに胸を躍らせる人生を送ることになっていたかもしれない。

寝室を調べていた川上が子供部屋に入って来た。瑛子に目で尋ねてきた——誰かいたか？瑛子は首を横に振る。

襲撃者は籠島だけでなく、稲葉親子まで攫っていったようだ。有嶋がそう命じていたのかもしれない。彼にもかつて香澄という名の愛娘がいた。

瑛子は携帯端末を手にした。

石丸に電話をすると、彼はワンコールもしないうちに出た。

〈瑛子ちゃん、無事か？〉

「屈強な男たちがついてくれてますから。ただ、銃で撃たれた死体(ホトケ)が三体見つかりました。籠島の護衛と秘書と思われます」

若干の間が空いた。衝撃を受ける上司の姿が目に浮かぶ。

〈……マジか。一体どこでだ〉

瑛子は簡潔に経緯を説明した。

籠島には男性の愛人がいる。その愛人の住処を、有嶋のヒットマンに急襲されたようだと。連中は護衛らを殺害したうえ、籠島本人だけでなく、愛人とその娘まで拉致した可能性が高いと伝えた。

〈こりゃ籠島の行動確認(コウカク)に失敗した組対四課(ヨンカ)や築地署はケジメつけさせられるな。緊急配備(キンパイ)を敷くよう上に要請して、千波組を監視しているやつらに目ん玉広げて注意するように言っておく。警視総監賞もらえるか、クビが飛ぶかの瀬戸際だってな〉

「異変を知らせる報告は上がってませんか」

〈まだ届いてないな。うちの署に限らず、よその県警も監視に動いている。有嶋の伊豆の別荘も静岡(シズオカ)県警が見張ってるほどだ。とくに元若頭の数佐が喋った隠れ家は、全員固唾(かたず)を呑んで見張ってる〉

瑛子は中空を睨んだ。襲撃者は果たしてどこに向かったのか。

有嶋はもちろん、瑛子を襲った比内香麻里たちはすでに指名手配中にある。刑務所帰りの鼻つまみ者の片浦なる男や、元刑事殺しの門倉も。自分たちがお尋ね者となったのは百も承知のはずだ。

そのうえで籠島たちを拉致したのだ。長々と外をうろついていられる状況ではない。異変が起きたとわかれば、印旛会も組員を総動員させて籠島の行方を追うだろう。警察と広域暴力団の目をかわすには、すばやくアジトに身を隠す必要がある。

警察組織は数佐の情報をもとに、千波組の関連施設や隠れ家を軒並み把握している。襲撃者が監視網に引っかかるのは時間の問題だと思いたかった。

川上がハンカチを広げた。指紋がつかないように注意しながら、床にある掛け時計を拾い上げた。表面のガラスが砕け、時間は十二時四十一分でストップしていた。

襲撃者が部屋に突入してから一時間が経とうとしている。

石丸が張りつめた声で言った。

〈有嶋は……殺る気かな。子供まで〉

「おそらくは。カタギや私まで狙ったくらいですから」

石丸がうなった。

〈やべえな。とにかく、動きがあればすぐに知らせる〉

石丸との通話を終えると同時に、壁に飾られた一枚の絵が目に入った。

稲葉の娘が描いたと思しき父親の姿だ。子供がクレヨンで描いた絵とあって拙く、〝おとうさん〟と記されていなければ、誰がモデルなのかもとっさにはわからない。たくさんの酒瓶をバックにシェイカーを振る稲葉だと理解するのに時間がかかった。

「ひょっとして……」

瑛子は玄関へと向かった。

小暮の死体をまたいで玄関のドアを開けた。後から川上が追いかけてくる。

「なにかわかったのか。八神！」

外廊下へと出た。目の前に沖永が立っていた。バケツの水をかぶったように頭髪もシャツも汗でぐっしょり濡れている。

下の公道を見た。四人の制服警察官がセダンの周りで現場保存に努めていた。道路を封鎖すべく警笛を鳴らし、パイロンを並べて忙しそうに動き回っている。

瑛子は沖永に視線を戻した。

「ご苦労さま。犯人のアジトに行くんだけど一緒に行く？」

背後から川上に大声を浴びせられる。

「なんだと！　どこだ」

「それは――」

瑛子が答えようとした。沖永の声にかき消される。

「行かしゃしねえ！」

沖永は瑛子に敵意のこもった目を向けてきた。護衛どころか襲ってきそうな気配を漂わせる。

瑛子は眉をひそめた。

「説明は移動しながらするから。人の命がかかってるし、ここでモタモタしてる場合じゃないの」

「んなことは、下の死体(ロク)見たから百も承知だ。これ以上は絶対に行かせねえ。あんたを修羅場には連れていくなと厳命されてんだ。ケガもさせなきゃ、手柄も上げさせせんなってよ」

沖永はここへ来て本性を露にした。瑛子は心のなかで舌打ちする。

監察官の中路に出世の約束でも持ちかけられたのだろう。〝鉄人〟と称される沖永だが、ケガに泣かされて五輪に出られなかったのが響き、機動隊員をしごくだけの毎日に不満を抱いている。そんな情報を摑んではいた。五輪で華々しく活躍した後輩が、私大や警備会社に高給で雇われて監督やコーチをするのを嫉妬しているとも。

瑛子はハンドバッグに右手を伸ばした。こんなところで立ち塞がられるわけにはいかない。

リボルバーのグリップを握ろうとする。

「待て」

後ろから川上に右手首を摑まれた。

柔道家の沖永と同じく、川上の手もグローブのようだ。力を込めるが、万力で固定されたかのようにビクともしない。

「懲りずにまた邪魔する気なの？」

瑛子の頭がカッと熱くなる——立ちはだかる者はすべて叩きのめす。

左手をきつく握りしめ、川上の股間を殴ろうと狙いを定める。

「おれは借りを返しに来た」

川上は瑛子から手を放した。彼女のポケットに覆面パトカーのキーを入れる。

川上は問い返す暇を与えず、沖永へと突進していった。恐ろしい速さで踏み込み、沖永の顎を肘でかち上げた。不意打ちを喰らった沖永は、大量の汗と唾を飛ばしながら尻餅をつく。

「早く行け！　やつらを止めろ」

「先輩……」

川上が沖永のうえにのしかかった。馬乗りになって動きを封じようとする。

「おれなりのケジメだ。行け！」

「てめえらグルか……この野郎」

沖永が早くも川上の右腕を摑まえ、ヘビのように両脚を首に絡ませた。

沖永の動きは目を見張るほどスムーズだった。分厚い身体をした川上相手に、早くも三角絞めを極めようとし、川上の顔が真っ赤になる。

瑛子は川上の真意を理解した。彼女を危険視していたのでも、私怨があって近づいたのでもない。夫の雅也が殺された事件で、自殺と判断したのを詫びるため、瑛子の身辺警戒員を買って出たのだ。

瑛子はエレベーターのボタンを押した。川上は首を絞め上げられながらも、瑛子に向かって左手を振ってみせた。早く行けと。エレベーターで一階に下りる。

マンション前は黒山の人だかりができており、車道は渋滞していた。駆けつけた警察官の数はまだ少なく、バリケードテープで封鎖しようと躍起になっている。

瑛子は覆面パトカーに向かった。

20

香麻里は新橋三丁目をグルグルと回っていた。もう三周目になる。

稲葉のゲイバーは柳通りに面した雑居ビルの四階にある。一方通行のさして広くもない道だ。歩道には柳の木が植えられていて、鮮やかな緑の葉をつけた枝が垂れ下がっている。

柳通りは居酒屋やバーなどの夜の店が多く、昼間の今は人出は少ないが、パーキングメーターのついた路上駐車場がいくつもあり、食材や酒を運ぶトラックが多く停まっていた。

「もっとゆっくりだ」

片浦に運転席のシートを蹴られた。香麻里は黙ってハンドルを握る手に力を込める。文句を言う気は失せていた。

片浦は粗暴な荒くれ者だが、今は目を凝らして駐車する車を一台一台確かめている。

「こんな真似して……お前らどうなるか、わかってんだろうな。今からでも遅くねえぞ」

片浦の隣には、手錠で後ろ手に縛られた籠島がいた。頭には麻袋をかぶせられていた。ハイブランドのポロシャツは血のシミですっかり汚れている。

三列目に座らされている稲葉親子も同様だ。ふたりとも麻袋をかぶせられていた。稲葉にはやはり手錠をかけて自由を奪っていた。

稲葉は片浦に腹を蹴られたせいで肋骨を痛めたようだ。苦しげにうめき声を上げるのみで抵抗する様子は見せない。娘のほうも震えながらすすり泣くだけだ――せっかくのピンクのドレスは、ケチャップやソースにまみれている。

「おい！　聞いてるのか。カネはいくらでも払う。有嶋の爺なんかについても地獄を見るだけだぞ」

籠島が怒鳴ると、ガツンと硬い音がした。籠島が低くうなる。

香麻里はバックミラーに目をやった。片浦が籠島の頭を殴りつけていた。

「てめえ、うるせえんだよ！」

続けて重い音が二度した。籠島が息を詰まらせる。片浦がさらに腹でも殴ったようだ。籠島が浅い呼吸を繰り返す。

片浦が三列目の門倉に訊いた。

「コップキラー、後ろは大丈夫だろうな」

「ああ」

香麻里が口を挟んだ。

「何周もしてられない。それこそ目立って警察に怪しまれる」

シートを蹴られるのを覚悟の上だ。さっきからリーダー気取りで振る舞う片浦にむかついていた。

「あんたも言うようになったな。仕方ねえだろ。これは親分の言いつけだ。極秘にしていたはずのアジトまで、警察に知られちまったらしい」

片浦が再び窓の外を見た。

香麻里は詳しく聞かされていないが、籠島たちの拉致に成功した後は、江戸川区方面に向かう予定だった。そこがどんなアジトなのかは知らない。ただ、どれだけ悲鳴を上げようとも、周りに知られずに済む場所だとだけ教えられていた。それが急遽、新橋に変更されたのだ。

「よし、もういいだろ。停めろ」

香麻里はSUVを路上駐車場に停車させた。稲葉のゲイバーが入っている雑居ビルの目の前だ。

「騒げば銃弾をぶちこむ。小暮みたいに頭をザクロにされたくなきゃお静かに頼むぜ」

片浦と門倉が籠島たちの頭の麻袋を取った。

籠島の顔から首は血で真っ赤だ。稲葉は汗でぐっしょりと濡れ、彼の娘の顔色は紙のように白い。

稲葉が目を見開いた。

「お、おれの店じゃねえか!」

門倉がすかさず稲葉の腹に拳を叩きこんだ。

さほど力を込めたようには見えないが、あばら骨を痛めている稲葉は身体をくの字に曲げ、目に涙をにじませる。

「その頭じゃ目立ってしょうがねえ」

片浦は籠島にペットボトルの水を頭から浴びせた。車内の掃除用の汚れたタオルで、籠島の血を乱雑に拭き取る。

人気が少なくなったのを見計らい、香麻里たちは警察官の恰好をしながら、籠島たちを雑居ビルへと引っ張りこんだ。人の目を遮るように伸びた柳の葉にまぎれ込むと、香麻里は稲葉の娘を抱えてエレベーターに乗る。

雑居ビルの四階には、稲葉の店以外にもスナックやパブがある。しんと静まりかえっているなかで、稲葉のゲイバー『オクトパシー』からはドア越しに音楽が聞こえていた。籠島と稲葉が目を白黒させながら顔を見合わせる。

片浦がドアノブを回した。重厚な造りの木製のドアには会員制のプレートがついていた。客を選ぶようなオーラを発しているが、ドアはあっさりと開く。

店内は青いＬＥＤライトで照らされていた。バックバーの間接照明もついていて、酒瓶が美しく輝いている。カジュアルでありながら、雰囲気のあるセンスのいいバーだった。

カウンターの一枚板は値の張りそうなウォールナットと思しき材質で、温かみのある光沢を放っている。バックバーの材質も同様で、がっしりとした棚には品薄と言われる国産ウイスキーや、一目で高級とわかる変わった形の洋酒瓶もある。パトロンの籠島の力を随所に感じさせた。

清潔で几帳面さが行き届いたカウンターの内側では、歯がボロボロの小男がアイスピックを手にして氷を熱心に砕いていた。

数佐組に属していた元ヤクザで、名前を臼田(うすだ)という。かつて覚せい剤に手を出して組を破門になったが、今も片浦の舎弟分としてつきあいがあるらしい。

彼はたぶん今も覚せい剤を止められずにいる。クスリの沼に浸かりきった者特有のドロッとした淀んだ目つきが不気味だ。深い絆で結ばれた兄弟分というより、目先のクスリ代欲しさに片浦の使いっ走りをやっているように見える。

店の奥のテーブル席に、有嶋がくつろいだ様子で腰かけていた。白い麻製のスーツを着こなし、グラスを手にしている。

娘の死をきっかけに体調を崩し、酒やタバコを一切止めたと聞いていた。ロックで飲んでいるのは、以前好きだった国産ウイスキーか。

「籠島会長、ここはなかなかのバーだ。気に入ったよ」

「有嶋……てめえはなにをとち狂いやがった！」

籠島が突っかかろうとした。

片瀬が籠島の首根っこを摑んで引き倒し、傷のある彼の後頭部を拳で殴りつける。籠島は目尻に涙をにじませて歯を食い縛った。

有嶋は頰を赤く染めつつ、妙に朗らかな表情でグラスを掲げた。

「マスター、ここには演歌がないのか？　大物親分のアンコにしちゃ、ちょっと配慮が足らないだろう。レコードのコレクションを漁らせてもらったが、骨董品みたいな洋楽ばかりじゃねえか」

有嶋はリズムを取るようにテーブルを指でトントンと叩いた。高価で知られる有名ブランドのスピーカーから、ローリング・ストーンズの曲が流れていた。有嶋が呑気な調子で続ける。

「もっとも、おれも本当は嫌いじゃねえ。南伊豆のド田舎からここへ出てきたのが五十年以上も前でな。上野をフラフラしてたころに千波組系の政治団体に拾われたのがヤクザ人生の始まりだ。初仕事はビートルズの武道館公演に街宣かけることでよ、神聖な武道館をくだらんエレキ音楽の西洋人に使わせるとは何事だとか、そんなビラを電柱にベタベタ貼ったりしていたもんだ」

有嶋の思い出話を遮るように、稲葉が床に跪いた。後ろ手に手錠をされたまま床に額を押しつける。

「あ、有嶋親分！　勘弁してください。おれや娘は極道の世界とは関係のない人間なんです」

有嶋は悲しそうな微笑を浮かべ、土下座する稲葉を見やった。

「門倉さん」

「なんだ」

「そのマスターにきつい一発を叩きこんでくれ」

門倉はわずかに顔をしかめた。有嶋が頼みこむように拝む。

「あんたは本当にやってくれた。拳銃（チャカ）も弾薬（マメ）もたっぷりくれてやる。爺の最後のお願いだ。無抵抗なやつをぶん殴るのは気分よくねえと思うがよ」

「ま、待って。待ってください」

稲葉が顔を上げると、門倉が顔をつま先で蹴り上げた。

稲葉は身体を横転させ、口から血を吐き出す。歯が折れたらしく、床がカツンと軽い音を立てた。香麻里の傍にいた稲葉の娘が身体をくねらせて嘔吐する。

「な、なんで、こんな……」

稲葉が血にまみれた唇を動かした。有嶋が一転して冷ややかな目になった。

「人が気持ちよく思い出話してるのを遮るからだ、バカ野郎。お前はおれをナメてやがる。身柄（ガラ）攫われたところで、カタギだからひでえ目に遭うことはねえってよ」

臼田が氷を入れたアイスペールを有嶋のテーブルへと運んだ。有嶋がタバコをくわえると、臼田はすかさずライターで火をつける。

臼田の肘の内側が目に入った。針を打ちすぎて肌が紫に変色しているのがわかる。かつての有嶋なら、こんなクスリに汚れた者など寄せつけはしなかった。片浦が臼田に外で見張りをするよう命じた。臼田はうなずいて店から出て行く。

有嶋はグラスに氷を足した。人差し指で掻きまぜると、うまそうに口にする。

「おれは今日を最後に極道を辞めるよ。だから、こうして卒業式用のスピーチを披露してる」

籠島が血にまみれながら歯を剝いた。

「卒業もクソもあるか。こんだけのことやらかして。どうなるかわかってんだろな！」

「ついでに人間も辞めることにした」

有嶋は懐からなにかを取り出した。紙に包まれた盃だった。

彼は盃を足元に放り、横に置いていたステッキを摑んだ。ステッキの先端で盃を突くと、高い音を立てて盃があっさりと砕け散る。

籠島がなおも吠えた。

「甲斐がくたばったのは、てめえのせいじゃねえか！　数佐が逮捕(パク)られたのだって、てめえが下手な絵図描いたからだ。逆恨みも大概にしやがれ」

「いいや、そうでもねえ。あんたがクソがつくほど強欲じゃなけりゃ、おれの秘蔵っ子たちも消えずに済んだざさ。暴対法にも暴排条例にも耐えてきたが、もうここらでいろいろ限界が来ちまった」

有嶋が奥の窓に目をやった。

複数の警察車両のサイレンが遠くで聞こえた。有嶋が窓のブラインドを折って外を見つめる。

「あんたの愛の巣を襲ったのが、早くも警察(サツ)に知られちまったのかもしれねえな。本当ならあんたに電話させて、腰巾着どもも呼び出して消すつもりだったんだが、事はうまく運ばねえもんだ」

片浦が稲葉の首にタオルを巻きつけた。籠島の血を拭った汚いタオルだ。

「それじゃ、やりますか。時間もねえし」

「頼む」

片浦の二の腕が膨れ上がった。タオルの両端を握って力を込める。

稲葉の首に生地が食いこみ、彼の顔がみるみる赤く染まる。彼は両手を束縛されているため、ただ芋虫のように身体をくねらせるしかなかった。

「よ、よせ、よせ。止めろ！」

籠島が片浦に体当たりをしようとした。足をふらつかせて転倒する。

稲葉が獣じみた声を上げた。股のあたりが小便で濡れ、床に黄色い池ができる。バタバタと両脚を動かすものの、徐々に力を失っていく。目玉が今にもこぼれ落ちそうなほどせり出す。やがて手足をダラリとさせたまま動かなくなった。排せつ物の臭いが漂いだす。

香麻里は稲葉の娘を抱きしめた。親が殺される姿はダメだ。見せられない。反射的に動いていた。

「あ、う……」

娘が両手で顔を覆った。ショックで口が利けなくなったのか、言葉にならないうめき声を上げる。

「貴弘、貴弘。もう止めてくれ。死んじまう、本当に死んじまう！」

籠島がわめきながら、稲葉の身体にすがりつく。

「もうくたばってるよ。ばっちい死に方しやがって。クソまで漏らしやがった」

片浦がタオルから手を放した。

稲葉の後頭部が床にぶつかり、ゴトリと重い音を立てた。血に濡れた舌を口からはみ出させている。

香麻里は目まいを覚えた。子供のころから暴力沙汰は嫌というほど目にしてきた。有嶋の支配下に置かれてからは、銃弾が飛び交う修羅場も経験した。それでも殺人を目撃するのはきつい。

籠島が稲葉の胸に顔を押しつけた。手錠をかけられた手首は皮膚がすり切れて血が流れている。

両膝を床につけて大きな泣き声を上げた。人目を憚(はばか)らず慟哭(どうこく)する姿を見るかぎり、籠島にとって稲葉がどれほど重要な存在であったかがわかる。だからこそ狙われたのだ。有嶋は籠島の姿を無表情に見つめていた。

籠島がふいに顔を上げた。血と涙と鼻水で汚しつつ、激しい怒りを放出させる。

「てめえら……許さねえぞ。地獄の果てまで追いこみかけてやる」

「もちろん、そうしてもらわなきゃ困る」

有嶋は片浦に向かって顎を動かした。片浦が稲葉の娘のほうに歩いて手を伸ばす。

香麻里は割って入る。

片浦が見下ろしてくる。その瞳は冷たい。

「どけよ。なにやってんだ」

逆らって稲葉の娘を抱きしめた。

片浦に背中を蹴りつけられる。それでも少女を放さなかった。

香麻里は声を張り上げた。

「親分！　この娘には手を出さないでやってください」

「なにをほざいてやがる！　てめえもくびり殺されてえか。あの女刑事(メスデカ)とも決着つけたいんじゃねえのか」

片浦に頭髪を摑まれた。頭に激痛が走る。歯を食い縛って耐える。

門倉が片浦の手首を握った。

「おれも反対だ」

「おい……てめえまでなんだ。今さらいい恰好してんじゃねえぞ。殺人鬼が。このガキはおれたちのツラも殺しも全部見てんだ。あんたはもっと多くの警察官(サツカン)を弾きてえんだろう」

門倉と片浦が睨み合った。稲葉の娘が耳元で囁く――死にたくない、死にたくない。

有嶋が香麻里に訊いた。

「なぜ無関係のガキをかばう」

「……わかりません。私は自分が助かることだけ考えていたような女です。でも、今は違う。こんな子供まで手にかけるような外道にはなりたくない。奇(く)しくも有嶋親分も私も門倉も、みんな娘がいた身です。だから……おわかりなんじゃないですか。こればかりはやってはならないと」

片浦に髪を鷲摑みにされ、揺さぶられた。首の骨が痛む。髪がブチブチと切れる音がする。

「てめえみてえなアバズレが、なに偉そうに説教かましてんだ。どけって言ってんだよ」

有嶋が片浦に命じた。

「よさんか」

片浦が渋々と香麻里の髪から手を離した。

香麻里は肩で息をし、有嶋を見やった。視界がグラグラと揺れる。それでも有嶋が険しい顔つきをしているのがわかった。

有嶋は顎で籠島を指した。

「そっちはもういい。会長を殺れ」

片浦が怪訝な顔つきになった。

「ちょっと待ってくださいよ。ガキのほうをまさか見逃すつもりですか。急にどうしちまったんです、親分」

片浦の問いには答えず、有嶋はウイスキーを一口飲むと香麻里に言った。

「姐さん、あんたは立派な女侠だ。言う通りかもしれん。あの世にいる甲斐も目くじら立てることだろう。おれとしてもこの銭ゲバ大将を攫えて満足している」

――上等だ……地獄でケリつけてやろうじゃねえか。どのみちてめえら全員長くはねえ。とっとと殺せや！」

籠島が床に血の混じった唾を吐く。泣いて瞼を腫れ上がらせながらも、覚悟を決めたかのようにあぐらを搔いて全員を睨みつける。

そのときだ。片浦が腰から拳銃を抜き出すと、門倉の腹に銃口を向けた。銃声が轟いて、門倉が後ろに倒れる。

有嶋が立ち上がった。

「てめえ、なにを！」

片浦はさらに拳銃を籠島に向けた。ためらいもなくトリガーを引く。再び発砲音が耳をつんざいた。

籠島の首から血が噴き出した。銃弾が彼の頸動脈を貫いたらしい。後ろ手に縛められた籠島は身をくねらせながら、無念そうに歯を食い縛ると、愛人の稲葉に折り重なるようにして倒れる。

硝煙で店内が白く濁った。火薬の臭いが充満している。

門倉を見やった。鋼のような肉体の持ち主だが、脇腹から血をあふれ出させていた。浅い呼吸を繰り返しながら手で傷口を押さえている。

篭島を見下ろす片浦は無表情だった。感情の起伏が激しい男だけに、激怒しているときよりも恐ろしく映る。

「有嶋親分、ダメですよ。今さら任侠だなんだと、きれい事持ち出すなんて。吐き気がするぜ」

「お前さん……ただのゴロツキじゃなかったか」

片浦は首を横に振った。

「いいや、ただのつまらねえ外道のゴロツキだ。あんたも最後までその姿勢を貫いてもらわなきゃ困る。今さら女子供には手を出さねえなんて、侠客ぶられちゃ白けちまうよ」

「てめえの目的はなんだ」

「あんたと同じさ。上のくだらねえ争いで、人生をおかしくされちまった者(もん)の怒りをぶちまけてやりたくなっただけさ」

有嶋が顔を強ばらせた。頬を張られたかのようにショックを受けたようだ。

「数佐め……とんでもねえ子分を抱えてやがったな」

「あんたなんかにゃもったいないほどの男だ。あんたの耄碌(もうろく)した悪知恵のせいで、数佐(オヤジ)は十三階段を上らされる羽目になる。身内殺しの汚名まで着せられてな。今さら恰好つけられると虫唾(むしず)が走る。あんたは親も警官(ポリ)も、年端もいかねえガキまで無惨に殺した外道のクズとし

[illegible]なるんだよ。それ以外の道なんかありゃしねえんだ」

片浦が有嶋に拳銃を向ける。

香麻里は身体を震わせた。片浦の顔つきは至って真剣で、そんな表情を見るのは初めてだ。彼は極道のしきたりさえ満足に守れないならず者だった。狂王と化した有嶋の手足となったのも、目先のカネや快楽につられているだけだとばかり思っていた。

有嶋が顔をしかめた。

「そんな真似をして、数佐が喜ぶと思ってるのか？」

「その言葉をそっくり返すぜ。あんたは籠島たちを破滅させたいと望んだ。おれも同じだよ。あんたを破滅させるために動いている。未だにあんたを希代の侠客だなんて褒めそやすやつがいる。そんな幻想をきれいさっぱり吹き飛ばす」

片浦が香麻里のほうを向いた。

今までのようなヘラヘラした笑みもなければ、ハッタリじみた睨みもない。思いつめたような表情が、なおさら恐ろしい。

「さあ、そのガキをよこせよ」

香麻里は片浦に背を向けた。稲葉の娘の盾になる。

「絶対に渡すもんか」

片浦が一転して有嶋を振り返った。

有嶋が懐から小型拳銃を抜いていた。香麻里は稲葉の娘とともに床へ伏せる。

ふたつの銃声が轟いた。銃弾にビビっている暇はない。香麻里は稲葉の娘を担ぐと店の玄関ドアに飛びついた。

21

瑛子は階段を駆け上がる。一台しかないエレベーターを待っていられない。

覆面パトカーで新橋の飲食街に移動した。襲撃犯たちが稲葉の店に逃げこんだ疑いがある。階段を上って確信に変わりつつあった。汗を噴き出しながら、瑛子の肌はザワザワと粟立っている。

ビルのなかの飲食店はまだ営業どころか、ほとんどは準備すらしていない。そのなかで、音楽を大音量でかけている店舗があった。

三階までたどり着いたとき、上階から銃声のような音がした。瑛子は応援を要請しつつ、ハンドバッグからリボルバーを抜く。

危険な気配を全身に感じる。四ヶ月前、斐心組のオフィスに突入したときと同じ臭いがすえ、頭を割られ、腹を刺された組員たちや、血にまみれた甲斐の姿が頭をよぎる。

四階に上がったときだ。再び二発の発砲音が『オクトパシー』の店内から聞こえた。ドアがけたたましい音を立てて開く。古いロックが通路いっぱいに鳴り響き、男女の怒鳴り声が通路に轟く。

瑛子は壁に張りつき、『オクトパシー』の出入口を見やる。

「どけ！　どけったら」「逃げてんじゃねえ！」

店内から飛び出したのは香麻里だった。警察官の制服姿で、両腕で女の子を抱えている。稲葉の娘だろう。

香麻里は通路にいた小男に阻まれていた。半袖のシャツ姿で、腕の和彫りがチラチラと見え、肘の内側が紫に変色している。覚せい剤によれたヤクザ者のようだ。

仲間割れでも起きたのか。状況が呑みこめない。店内で誰かが撃たれて、死傷者が出ているのがわかった。硝煙に混じって血の臭いがする。

「どきやがれ！」

香麻里は死に物狂いで小男に体当たりや蹴りを見舞っていた。両腕が塞がっているにもかかわらず、小男を圧倒しそうな気迫を感じさせた。彼女の前蹴りを喰らった小男が、たまらず身体をくの字に折る。

香麻里が小男の傍を通り過ぎようとした瞬間、店内から太い腕が現れて彼女の髪を鷲摑みにした。

片浦だった。冷たい目をしながら、香麻里の頸椎が砕けそうな勢いで引っ張る。香麻里は抵抗できずに一瞬で店内へと引き戻される。『オクトパシー』のドアが荒々しく閉じられる。

「クソ……アバズレが」

小男が腹を押さえて毒づいた。

瑛子は深呼吸をした。一刻の猶予もないのは明らかだ。少女の命も危うい。

瑛子は階段の陰から飛び出した。リボルバーを小男に向けながら大股で近寄る。小男は目を見開く。

左のボディブローを放つ。彼の目はリボルバーに釘付けで、脇腹ががら空きだ。瑛子の拳を肝臓に喰らった小男は、膝から崩れ落ちてのたうち回る。

瑛子は『オクトパシー』のドアを開け放つと、リボルバーを構えた。

思わず息がつまる。洒落たバーの店内では、血まみれの人間たちが倒れていた。硝煙が立ちこめている。火薬の臭いが目や鼻を刺激し、涙が勝手ににじみだす。

店内の床には籠島と稲葉が折り重なって倒れていた。手前には脇腹を赤黒く染め、壁に身体を預けている門倉がいた。

店の奥には有嶋の姿があった。彼も門倉と同じく負傷したのか、テーブルに突っ伏したまま倒れている。テーブルには血の池ができていた。

「おい、女刑事(メスデカ)さんよ。拳銃(チャカ)捨てろ」

店の中央には片浦がいた。彼もまた警察官の制服を着ている。

死傷者ばかりの場で、主役は自分だと主張するかのように仁王立ちをしていた。少女を軽々と左脇に抱え、彼女の頭に自動拳銃を押しつけている。

片浦の足元には香麻里がいた。片浦に殴られたのか、鼻血を出して床を這っていた。

「片浦隆介」

片浦はうなずいた。

「やって来ると思ってた。八神瑛子。手間が省けたよ。お前も必ず殺す気でいた」

瑛子は拳銃の照準を片浦の頭に合わせた。

外すような距離ではない。だが、トリガーは引けなかった。片浦は自動拳銃のトリガーに指をかけている。ワンショットで頭を撃ち抜けたとしても、弾みで片浦がトリガーを引く怖れがある。少女の命まで失いかねない。

片浦もそれを百も承知のようだ。瑛子に銃口を向けられても怯む様子をまるで見せない。ただのならず者ではない。死を覚悟した人間特有の達観や虚無が感じられる。

瑛子はゆっくりと拳銃を置いた。

「あんたの絵図通りになったようね」

「そうでもねえさ」

片浦が香麻里の腹を蹴飛ばした。彼女が苦しげにうめく。

「この土壇場で急に恰好つけだしやがって。籠島の目の前で、実の娘のように可愛がってるこのガキを殺ったら、もっと身もだえさせて地獄に落とせたのによ」

「有嶋も殺す気だったのね」

有嶋を見た。血に染まったテーブルの下には小型拳銃が落ちている。

片浦も視線を有嶋に移した。

「どいつもこいつも、妙に恰好つけやがって。最後まで外道でいりゃいいものを、つまらねえ意地だの美学だので人生を棒に振りやがる。数佐や甲斐もそうだ。こんなくだらねえ爺どもの寝言につきあったがために破滅した」

「あんたもそうでしょう。数佐のために腹をくくってここまで暴れた」

片浦は薄く笑いながら首を横に振った。

「持ち上げてくれてありがとうよ。せっかくだが、お前の時間稼ぎにつきあうつもりはねえ。まずてめえの手足吹き飛ばしてから、このガキを殺る。一生負い目を感じて生きろ」

片浦が自動拳銃を瑛子に向けた。

彼がトリガーを引くのと同時に、何者かが動くのが見えた。脇腹を負傷している門倉だ。肉食獣のようなすばやさで片浦へと突っこむ。

片浦は脇に抱えていた少女を取り落とし、自動拳銃はあさっての方向に火を噴いた。弾丸は瑛子から離れた壁に当たった。

「てめえ！」

片浦が吠えた。

門倉が片浦の胴に組みついた。片浦の大きな身体が跳ね飛び、カウンターに腰をしたたかに打ちつけた。一枚板の立派なカウンターがミシリと音を立て、片浦の顔が苦痛に歪む。

門倉の身体は血で濡れそぼっていた。それでも驚異的な力で片浦の動きを封じ、何度もショルダータックルを放つ。そのたびに片浦は腹を痛めつけられ、後ろのカウンターに大きなヒビが入る。

「その娘に手を出すな！」

門倉が攻撃をしながら命じた。片浦が歯を剝いて怒気を放つ。

「どいつもこいつも！　なんだってんだ」

片浦が膝蹴りを門倉に見舞った。

門倉の身体が浮き上がる。さらに片浦はすかさず門倉の脇腹に右拳を叩きこむ。門倉はたまらず床に膝をつく。

「おとなしく見てろ」

片浦が自動拳銃を少女に向けた。

片浦がトリガーを引く寸前、香麻里が起き上がった。彼女は片浦の左腕に組みつくと、噛みついた。

瑛子も特殊警棒を握りながら距離を詰めていた。片浦の右手首をすばやく打つ。硬い衝撃がグリップにまで伝わり、片浦の手首の骨が砕けるのがわかった。

「ナメんな！」

片浦が前蹴りを放った。ヤクザ者の蹴りとは思えぬほど速く、つま先が瑛子の腹に入る。腹筋に力を込めていたが、内臓がひしゃげるほどの威力だ。思わず膝をつく。

片浦が吠えた。拳銃を握った右拳で香麻里の顔を殴りつける。彼女は鼻血でさらに顔を赤く染め、頬や目を腫れ上がらせている。香麻里はそれでも片浦の左腕をしつこく噛み続ける。

「どいてろってんだよ！」

片浦が銃把で香麻里のこめかみを打った。彼女はズルズルと床に倒れ込む。

片浦の左腕も無事ではない。皮膚と肉を食いちぎられ、赤い筋肉と腱が露になる。彼女の折れた歯が前腕に刺さったままだ。おびただしく出血しながらも、片浦は自動拳銃を放さなかった。

片浦は目を見開き、銃口を瑛子に向けた。

「邪魔はさせねえ……させてたまるか」

片浦がトリガーを引く前に銃声が轟いた。彼は自動拳銃を取り落とす。

瑛子はその隙を見逃さない。脚に力を込めて立ち上がり、特殊警棒で首筋や肩を三度叩く。鎖骨が折れる感触があった。片浦は白目を剝いて膝から崩れ落ちる。

瑛子は自動拳銃を拾い上げ、銃声がしたほうを見やった。血にまみれた奥のテーブル席だ。腹部を血に染めた有嶋が小型拳銃を握っている。

彼はテーブルに肘をついて発砲していた。トリガーを引くのがやっとだったらしい。再び小型拳銃を床に取り落とし、テーブルのうえに身体を横たえる。

瑛子は門倉や香麻里に自動拳銃を向けた。

ふたりともに抵抗する意思は見られない。門倉の出血量はさらに増え、香麻里は顔をひどく腫れ上がらせて床に横たわっている。籠島と稲葉はやはりすでに死亡しているらしい。折り重なったままぴくりとも動いていない。

ただし、気は抜けなかった。門倉や有嶋のように瀕死の重傷を負いながらも、なにかに突き動かされるようにして、攻撃を加えてくるかもしれない。

少女は床にへたりこんでいた。ガチガチと歯を鳴らし、目を固くつむっている。小便と汗の臭いがきつい。父親の無惨な死に直面して、強いショックを受けているようだ。少女をトイレの個室に匿う。

あたりに注意を払ってから、有嶋の背中に触れた。驚くほど身体は冷たく、顔には死相が現れていた。瑛子は直感した――この老人は助からない。

「おれの弾……当たったのか」

有嶋の瞳孔は開いていた。瑛子は答えてやる。

「土手っ腹に」

「やれることはやらせてもらった。あんたを殺れなかったのが心残りだ」

「むしろ、命の恩人よ」

有嶋は小さく舌打ちをした。

「極道は辞めたつもりだったのにな」

「慣れないことをするからよ」

階下が騒がしい。複数の人間が階段を駆け上がる音がした。ガチャガチャと装備品の音が鳴っている。重装備で身を固めた警察官だろう。

「あの娘は無事か」

「ええ」

有嶋は小さくうなずいた。それきり動かなくなった。手首に触れる。脈も止まっていた。

有嶋の死を見届けると、警察手帳を掲げて両腕を上げた。

ヘルメットや防弾ベストで完全武装をした銃器対策部隊と思しき隊員たちが店内に押し寄せてきた。巨大な防弾シールドやサブマシンガンを持ちながら、隊員たちが現場の惨状に目を見張る。

瑛子は彼らに救急隊員を至急呼ぶように頼んだ。

22

英麗の紙幣計数機がフル稼働していた。

彼女のデスクには現金が詰まったセカンドバッグやウエストポーチが山のように積まれており、バッグの現金を次々に取り出してはゼニ勘定に励んでいる。電動の硬貨計数機もガチャガチャと耳障りな音を立てていた。

根っからの拝金主義者である英麗は、カネを数えているときが一番幸せと言って憚らない。

機械などに頼らず、銀行員のように自らの手で〝札勘〟をやるときもある。

それほど至福の時間であるにもかかわらず、ブスッと不機嫌そうな顔で紙幣を帯封でまとめていた。瑛子が彼女の前に現れてから十分以上経つが、まともに口を利こうともしない。

瑛子が根負けしたようにため息をついた。

「そろそろ機嫌を直してくれない？」

英麗は恨めしげに上目遣いで瑛子を見た。

「そんなに真っ黒焦げに日焼けするなんて。信じられない。シミができたらどうするつもりなの？」

「日焼け止めならしっかり塗ってた。だけど、こんなカンカン照りが続いてたら限界がある」

「日傘もちゃんと差して」

「日傘差す刑事なんているわけないでしょ」

英麗はふて腐れた子供みたいに口を尖らせた。

「じゃあ、とっとと課長にでもなりなさい。そうすりゃデスクワークで真夏の日差しにさらされずに済むし、ならず者の巣に単身で乗りこむような無茶もなくなるでしょう？」

無理難題をふっかけるのは、英麗独特の励ましだった。

有嶋の死から二週間が経った。瑛子の目にはバーでの悲惨な光景がまだ焼きついている。おびただしい量の血に染まった死体や自動拳銃の暗い銃口。顔を青ざめさせた少女、死相を浮かばせた有嶋に、親分衆を地獄へ落とす凶漢もいた。血と硝煙が混じった修羅場の悪臭も鼻の奥に残っている。

修羅場にいた者たちは揃って病院に送られた。片浦や門倉は腹を撃たれて集中治療室に運ばれてさえいる。最近ようやく一般病棟に移り、捜査員からの事情聴取に応じられるようになった。

主犯格の有嶋が死に、事件の全容を暴くのは困難かと見られた。この手の凶悪事件ともなれば、極刑を逃れるために死人に罪を着せ、共犯者同士で醜い罪のなすりつけが繰り広げられるからだ。

それも捜査官の杞憂（きゆう）で終わった。犯人たちが進んで自供したためだ。中心人物の片浦に至っては、むしろ犯行を自慢するかのように、有嶋や籠島の目をいかに欺いてきたかを告白している。寺地や殿納屋の殺害にも関与したと自分から話し出した。

門倉も同じだ。本格的な取り調べに入る前から、品川や鶯谷で元警察官を狙い、有嶋の口車に乗って暴力団員の殺害にまで手を染めたと自白した。死刑になるのを覚悟で犯行に及んだが、瑛子への襲撃は間違っていたと後悔を口にしている。

比内香麻里の証言がふたりの自供を裏づけた。彼女は稲葉の娘を守るために身体を張り、前歯数本と引き換えに片浦の腕の肉を食いちぎった。取り調べでも、己のことより稲葉の娘や子分の未来を気にしていた。保身しか頭にない三下ヤクザの妻というのが、これまでの香麻里の評判だ。千波組にはまだ図抜けた女俠がいたと、捜査員の間で話題にもなった。

事件の全容解明が進む一方、関東の裏社会は混乱した状況にある。

メディアは大々的に事件を報じた。東京東部の俠客として知られていた有嶋が、おそるべきクーデターを引き起こし、印旛会トップとその愛人をも殺害したのだ。

極道社会でタブーとされている身内殺しを実行しただけでない。兄弟分や組織内の有力幹部まで謀殺していた実態も判明。世間を騒がせている元警察官殺しの犯人をも引き込み、カタギまで巻き込む凶悪な犯行は社会を驚愕させている。名門と謳われた千波組は、日本でもっとも凶悪な犯罪集団と呼ばれるようになった。

トップを殺害された印旛会は、千波組に対して容赦なく鉄槌（てっつい）を下した。主立った幹部をすべて絶縁処分とし、有嶋の邸宅や千波組系の事務所に銃弾を撃ちこんだ。組員に暴行を加えるなどして、すでに多数の逮捕者を出している。

有嶋の死から五日後、千波組の幹部は全員が引退を表明し、組織の解散届を警視庁に出した。印旛会からの報復を怖れ、警察に逃げ込んだ組員も現れている。

数佐や甲斐といった有力幹部が消えたのに加え、それまで御法度としてきたシノギを押しつけられ、組員たちの心が離れつつあったところで今回の事件が起きたのだ。生前は政官財に顔が利くと言われた有嶋だったが、彼の葬式に参列した者は極めて少なかった。

崩壊したのは千波組だけではない。上部団体の印旛会そのものも崩壊の危機を迎えた。親分衆は有嶋の凶行を〝任俠道にもとる行い〟と口々に断じているものの、腹のうちで彼の行為に喝采を送る者も少なくない。

籠島はカネにことさら執着し、身内びいきが過ぎるとして、彼の出身母体である山王一家内にすら恨みを抱く者が大勢いた。印旛会は次の会長候補を選出すべく、緊急幹部会議を開いたものの、籠島に冷や飯を食わされていた者たちが一致団結した。印旛会が四分五裂となるのは時間の問題と言われている。すでに新宿や六本木といった都内の盛り場で小競り合いが発生。群馬や神奈川でも山王一家系の幹部が襲撃されて重傷を負った。

英麗のデスクにある大量のカネは、その内部抗争で獲得したものだ。彼女はフィリピン産や中国産の安い拳銃を大量に仕入れ、印旛会のヤクザにせっせと売りつけている。それでも銃器の需要は高く、値段は毎日高騰中だ。

瑛子は冷蔵庫を開けた。なかには英麗が愛飲している漢方美容ドリンクのアルミパックが大量に置かれてあった。瑛子は苦手だが、黙って飲んだ。

「私に出世する資格なんてない。有嶋たちに好き放題やられて、事件を未然に防げなかった。甲斐に死なれたときから、一歩も成長していない」

「欲張りね。神様じゃないんだから、あんな古狸のイカれたプランなんか見破れるもんじゃない。印旛会の首領(ドン)でさえ出し抜かれたのに」

　同僚たちもそう言ってくれた。捜査一課の沢木にも大いに感謝されている。

　それでも思わずにはいられない。夫の雅也に死なれたときから、一介の刑事でいるのを止めた。たとえ神にはなれなくても、悪党たちの企みを出し抜き、警察組織さえも容易に手を出せない首魁(しゅかい)を叩きのめせる人になりたかった。甲斐に死なれただけでなく、有嶋にも手錠を嵌められずに、あの世へと逃げられてしまった。

　もっと自分に力があれば――。この二週間、ずっと悔やんだままでいる。稲葉はあの場でくびり殺されることはなく、その娘も殺害される父親を目の当たりにせずに済んだはずだ。娘にはこれといったケガはなかったものの、精神的に大きなショックを受け、今も言葉がうまく話せない状態にある。

　彼女を診ている精神科医によれば、急性ストレス障害で感情が麻痺しているという。いつ回復するかはわからず、たとえ症状が落ち着いたとしても、なにかのきっかけで記憶が蘇る場合もあるらしい。無惨に殺害された父親の記憶を一生抱えて生きなければならないのだ。

秀麗な鼻で笑った。

「あんたの気持ちはわからなくもない。印旛会も有嶋や片浦って男の思惑通りに動いちゃってるみたいだし。とんでもない最後っ屁を放っていったのは確かね」

「きつい一発だった」

有嶋の大それた犯行で、メディアは思わぬ特需にありついた。関西ヤクザと比べて、注目度が低かった関東ヤクザが注目を浴びている。雑誌やテレビでは、連日のように有嶋や印旛会の名前が登場し、ネットの動画サイトでは、千波組の元組員を名乗る三下が、さも事情通のような顔をしてデタラメなことを言っていた。

当の印旛会の組員たちに熱狂はない。有嶋のような東京ヤクザの大看板だった男ですら、義理も筋目もかなぐり捨てて掟に逆らったのだ。ただでさえ厳冬の時代と言われていたが、今回の事件をきっかけに足を洗う者が続出している。ヤクザ社会のシステムを憎んだ片浦らの目論見通りに事態は動いていた。

「ヤクザが消えたとしても、巨人軍と同じで組織犯罪は永久に不滅よ。任侠だの生き様だのって恰好つける悪党がいなくなって、カタギのフリをしたワルがのさばるだけの話で」

瑛子はうなずいてみせた。

この五ヶ月間は、千波組を叩くのに費やした。

有嶋も千波組もこの世から消え去ったが、やり遂げたという実感はない。瑛子は自宅を襲われ、香麻里たちを返り討ちにした。それも今となっては、瑛子の捜査を妨害するための一手に過ぎないとわかった。最後こそ片浦にかき回されたものの、有嶋はやりたい放題にやってあの世へと去ったのだ。

英麗に顔を覗き込まれた。

「強敵がいなくなって寂しそうね。大丈夫よ。煮ても焼いても食えないやつがすぐに現れる。気落ちしている暇なんかない」

「わかってる」

瑛子は英麗のオフィスを後にした。

雑居ビルを出て昭和通りを歩いた。暴力的な暑さが続いた夏も終わりつつある。台風が近づいているらしい。空は分厚い雲に覆われており、生暖かい風が吹きつけていた。秋の到来を感じさせる。強い紫外線からは逃れられそうだったが、気が滅入りそうな天気だ。

上野署の刑事部屋に戻った。組対課は熱気が充満していた。上野を拠点としていた千波組が消えたため、印旛会に限らず様々な組織が縄張りを獲得しようと蠢いている。管内の組事務所や関連施設の見張りに忙しかった。

課長の石丸が汗をタオルで拭きながら声をかけた。

「瑛子ちゃん、コレがお呼びだ」

石丸は親指を立てた。署長を指すジェスチャーだ。彼女はうなずいてみせる。

彼は不安げな顔でひそひそと言った。

「いい様子じゃねえみてえだぞ。人事一課（ヒトイチ）のスパイ野郎が署長室に来てた」

「中路監察官が？」

「署長と一緒にあれこれイチャモンつけてくるかもしれねえ。なにを企んでんだか」

「わかりました」

瑛子は署長室へと向かった。ドアをノックする寸前、室内から中路が飛び出してきた。

彼は明らかに怒りを露にしている。目を尖らせて歯を剝く。虚を衝かれたように背をのけぞらせるも、すぐに顎を引いて睨みつけてくる。

「調子に乗るんじゃないぞ」

中路は出会い頭に吠えると、肩を怒らせて歩き去っていった。

瑛子は眉をひそめながら、室内にいる富永に尋ねた。

「何事です？」

富永は相変わらず書類仕事に忙殺されていた。ただでさえ多忙な身のくせに、今回の事件では捜査一課の沢木とともに門倉を追うなど、よその案件にまで首を突っこんでもいた。

「とぼけるのはよせ。見ての通りだ」

富永はボールペンを手にしながら書類に目を落としていた。睡眠時間を削っているためか目が血走っている。

「そう言われても……」

富永が顔を上げた。目を丸くして瑛子を見つめる。

「本当にわからないのか。有嶋に死なれて意気消沈していると聞いていたが。中路監察官がまだ君をつけ狙っていたことも？」

「まったく。事件の後始末に追われてましたから」

多忙だったのは瑛子も同じだ。

籠島の愛人宅を把握し、新橋のゲイバーへと移動して有嶋たちと対決した経緯について、山ほど書類を作成しなければならなかった。稲葉が暮らす浜松町のマンションでも暴力団員三名が殺害され、新橋でも籠島や稲葉が殺された。

その現場には元警察官を射殺した門倉もいたため、愛宕署や品川署の特捜本部に何度も出向いて事情聴取にも応じる必要があった。瞬く間に二週間が過ぎていたのだ。

富永は革椅子の背もたれに身体を預けた。

「中路監察官が懲りずに上野界隈をうろついていると聞いた。本人に直接アドバイスをしてやった『私怨や出世のために動けば、前任の首席監察官と同じ運命をたどる』と」

「私をかばってくれたんですか?」

「誤解はするな。君をかばったわけでも、妙な派閥抗争に加わる気もない。あの男のつまらぬ恨みのせいで、事件の犠牲者がもっと増えたかもしれなかった。それが許せずに釘を刺しただけだ」

富永は苦々しそうに答えた。

中路は瑛子の行動を制限するため、沖永と川上を身辺警護という名目で監視に当たらせていた。籠島や稲葉親子の命が危険にさらされているのにもかかわらず、沖永が馬脚を露わして瑛子の前に立ちはだかった。

川上が沖永を制止していなければ、富永の言う通り、ゲイバーでの死者はもっと多かったかもしれない。殺人現場付近で総合格闘技顔負けの攻防を繰り広げていたふたりは、ともに減俸の懲戒処分を受けた。

富永に睨まれた。

「気合いを入れ直せ。有嶋や籠島が消え去り、都内の反社は混沌としていて、ますます君の力が求められる。だからといって、君の庇護者になる気はさらさらない。気落ちしている暇はないと思え」

瑛子はとっさに口を押さえた。

堪えきれずに噴き出してしまう。声を上げて笑った。富永が顔を強ばらせる。

「な、なにがおかしい」

笑うのを止められなかった。

泣く子も黙る黒社会の女幹部と、融通の利かない堅物の署長のふたりが、瑛子に同じ言葉で叱咤激励をするのだから。

「いえ、ちっとも。褌を締め直して職務に励みます」

署長室を後にした。

富永や英麗の言う通りだ。市民の暮らしを脅かす賊はすぐに現れるだろう。瑛子を後ろから刺そうとする輩にも注意を払わなければならない。

悪党を叩き続ける。富永らにひそかに感謝しながら、足早に組対課へと戻った。

参考資料

『ヤクザ崩壊　侵食される六代目山口組』（溝口敦／講談社＋α文庫）
『続・暴力団』（溝口敦／新潮新書）
『警視庁科学捜査最前線』（今井良／新潮新書）
『栃木リンチ殺人事件』（黒木昭雄／新風舎文庫）

アクション協力

田村装備開発株式会社

解説

香山二三郎

警察小説のパイオニアといわれるローレンス・トリート『被害者のV』がアメリカで刊行されたのは一九四五年のことだった。

それから六年後、ウイリアム・P・マッギヴァーンが『殺人のためのバッジ』で新たに作風を開拓したのがいわゆる〝悪徳警官もの〟である。さらにそれから五、六年たって日本でも島田一男や藤原審爾、松本清張によって警察小説が書かれるようになり、さらにその五、六年後に結城昌治の悪徳警官ものが登場する。

この五、六年周期にどんな意味があるのかはわからないが、一つのジャンルが大衆に馴染むにはそのくらいかかるということなのだろう。

たが、警察小説でも女性警官ものとなると、途端にペースダウンする。アメリカでいえば、本格的な女性警官ものの登場はドロシー・ユーナック『おとり』（一九六八年刊）だったし、日本ではさらに遅く、九〇年代の柴田よしき『ＲＩＫＯ　女神の永遠』や乃南アサ『凍える牙』まで待たねばならない。それが悪徳警官ものとなるとさらにペースが落ちるのは、警察が男性社会であることと無関係ではない。

そう、男性社会の中では女性警官は少数なうえ、何かと注目されがちだ。出世するのも大変だっていうのに、悪に走る余裕なんかとてもじゃないがない！

そんな常識を軽々と打ち破ってみせたのが、深町秋生『アウトバーン　組織犯罪対策課八神瑛子』（二〇一一年刊）だ。

八神は男社会で奮闘するどころか、所属する東京・上野署の男たちを手玉に取る姐御。見た目はモデル張りの長身美女だが、外国人マフィアやヤクザとも通じているうえ、警察官相手に個人金融を開いて先輩だろうが上役だろうが借金で縛りつけ、警視庁の機密情報さえ得るような女傑なのだ。人呼んで〝八神金融〟。

一方、暴力も厭わない。武道の達人でもあり、剣道三段の腕前で事あらば常備した特殊警棒を一振り、情け容赦のない打撃をくらわす。『アウトバーン』でも開巻早々、タフを装うヒモ男を撃退してのけたものだが、凶悪犯や暴力団員相手にもひるまぬ恐れ知らずぶりで上野署のエースの一人として目されてもいる。

本書『ファズイーター　組織犯罪対策課　八神瑛子』は、ヤクザも一目置くその危険すぎる女悪徳刑事シリーズ第五作に当たる。

本書もまた、秋葉原の住宅街で暴力団千波組系の麻薬密売人相手に繰り広げられる大捕りものから幕を開けるが、話に踏み込んでいく前に、これまでの軌跡をざっと振り返っておくと……。

シリーズ第一作『アウトバーン』では、本書にも登場する千波組組長（当時）有嶋章吾の娘が刺殺されたのを始めとする連続女性殺しの捜査が主軸になるが、と同時に、雑誌記者だった八神の夫・雅也の死の真相追究も通しテーマになっていく。第二作『アウトクラッシュ　組織犯罪対策課　八神瑛子Ⅱ』は、千波組の上部組織・印旛会と関東進出を謀る日本最大の暴力団・華岡組の対立劇が背景になる。華岡組はメキシコの麻薬カルテルと手を結んでいたが、それをタレこんだ裏切り者を消すため、メキシコの組織が刺客を放ったという。八神は千波組の若頭補佐で情報提供者の甲斐道明に依頼され、その裏切り者を守ることに。

そして第三作『アウトサイダー　組織犯罪対策課　八神瑛子Ⅲ』では、いよいよ自殺として片付けられていた夫・雅也の死の真相が明かされる。それは警視庁の闇を暴くことでもあった。立ちふさがる強敵相手に復讐を果たせるか。ここまでが初期の三部作となり、シリーズ第四作『インジョーカー　組織犯罪対策課　八神瑛子』では復讐を果たしたものの雅也を助けられなかった怒りを警察組織や自分自身にぶつける八神の姿が描かれる。その一方で外国人技能実習生の犯罪グループが暗躍、八神と腐れ縁にある千波組にも衝撃が。監察にマークされながらも八神は捜査にのめり込む。

　あらかじめお断りしておくと、著者は前四作の軌跡を出だしから随時挿入しつつ話を進めていくので、本書で初めてこのシリーズに触れる方も大筋がつかめるかと思うが、ネタバレを嫌われる向きはぜひ第一作からひもといていただきたい。

　さて、シリーズ第五作『ファズイーター　組織犯罪対策課　八神瑛子』は、前作から四ヶ月後、千波組は内部抗争の末に破綻し、組長の有嶋も失脚したのだが、有嶋は引退するどころか、それまでタブーだった薬物売買にまで手を染め荒稼ぎをする暴走ぶりだった。

　秋葉原の大捕りもので成果を上げた八神だが、同じ頃、池之端交番で夜勤の巡査がナイフを持った男に襲撃される事件が起きていた。幸い犯人はつかまっていたが、前月には町田署管内で過剰な職務質問が問題になり、品川では元神奈川県警の警察官が射殺される事件が起きていた。こちらは犯人未逮捕で、池之端交番の事件は警察官への風当たりが強くなった矢先の出来事だった。

有嶋の暴走が続く暴力団の社会でも二ヶ月前、印旛会の幹部が立て続けに事故死したり、失踪する事件が起きており、八神はそこに有嶋の関与を疑っていたが、その頃、千波組組員で現在服役中の夫を待つ比内香麻里は、若い衆とともに斉藤と名乗る謎の男と拳銃の密売取引をしていた……。

前作では外国人技能実習生の悲劇を交え、社会派色がいっそう濃くなった八神シリーズ。千波組の崩壊は衝撃的だったが、どっこい、関東にこの漢ありといわれた伝説のヤクザ・有嶋章吾は手下たちを自在に操り、最後まで黒幕ぶりを見せつける。その壮絶な姿はまさに〝その後の仁義なき戦い〟というにふさわしい。そもそも本シリーズは警察組織VSヤクザ組織という構図があってこその話なのだが、有嶋の暴走はまさに組織を自滅させる無理心中や拡大自殺に近い蛮行だ。これを滅びの美学とは呼びたくはないし、ましてや世の経営者たちの共感を得るようなことがあってはならないと思うが、修羅場の力学が存分に味わえるのは間違いない。

本シリーズにはまた『アウトクラッシュ』の暗殺者〝雹（グラニソ）〟や『アウトサイダー』の五条といった強敵が登場してきたが、本書に出てくる斉藤（仮名）も強烈な個性をそ

[illegible]イターだ。彼が冒頭に出てくる交番襲撃者のような単純なファズイーター（警官喰い、警官殺し）ではなく、歪んだ愛情を抱えた復讐者であることにご注目。彼が告発する問題もこと警察に限らず、現代社会そのものの矛盾や非道を暴くものだ。

男たちだけではない。福建マフィアの大幹部・劉英麗や元レスラーの落合里美といったレギュラー陣もさることながら、今回の助演女優賞は夫の留守中、荒ぶる若い衆を率いて小さな組を必死に維持しようとする比内香麻里か。家族に恵まれず、男にも恵まれず、ついに離婚を決意、打算で生きるかのように見えて実は人情にもあつい等身大の女侠である。

むろんシリーズの目玉であるアクション描写も相変わらずキレッキレ。特に注目は、中盤繰り広げられるマンションの室内での銃撃戦を交えた死闘だ。襲撃にあい、無防備とおぼしき八神の運命もこれまでかと思いきや、突如始まる血なまぐさい戦い。新選組の池田屋事件の現代版といったらうがち過ぎか。

八神瑛子はもとから悪徳警官だったわけではなく、品行方正な警官という評判だった。だが、三年前、雑誌記者だった夫・雅也が奥多摩で遺体となって発見され、当時妊娠中だった八神は一ヶ月後に流産、その後職場復帰を果たしたものの、人が変わってしまったのだった。復讐を果たし、本書で関東ヤクザも叩きのめした今、八神の心にかつての善玉の神が戻ってきはしまいか。そうなると悪徳警官ではなくなっちゃうんですけど。

新たなる強烈な敵の出現を望みたい。

――コラムニスト

この作品は二〇二一年三月小社より刊行されたものです。

ファズイーター

組織犯罪対策課 八神瑛子（そしきはんざいたいさくか やがみえいこ）

深町秋生（ふかまちあきお）

令和6年3月10日　初版発行

発行人―――石原正康
編集人―――高部真人
発行所―――株式会社幻冬舎
〒151-0051東京都渋谷区千駄ヶ谷4-9-7
電話　03(5411)6222(営業)
　　　03(5411)6211(編集)
公式HP　https://www.gentosha.co.jp/
印刷・製本―図書印刷株式会社
装丁者―――高橋雅之

検印廃止

幻冬舎文庫

ISBN978-4-344-43366-3　C0193　　ふ-21-6